쥘베른
걸작선
08

인도 왕비의 유산

LES 500 MILLIONS DE LA BÉGUM

par

JULES VERNE

DESSIN PAR

쥘베른
걸작선
08

인도 왕비의 유산

Les Cinq Cents Millions de la Bégum

김석희 옮김

열림원

아들아, 터무니없이 막대한 재산이 굴러 들어왔다!

내가 정신이 돌았다고 생각하지는 말기 바란다.

여기 동봉하는 두세 건의 문서를 읽어보면 내가 인도 왕비의 상속인이고,

현재 영국은행에 예치되어 있는 5억 프랑의 상속인이 된 것을

이해할 수 있을 것이다.

|차례|

1

샤프 씨의 등장

"영국 신문들은 정말 대단해."

커다란 안락의자에 몸을 기대면서 박사는 중얼거렸다.

사라쟁 박사는 혼잣말을 중얼거리는 버릇이 있었다. 그것이 기분을 달래는 방법 가운데 하나였다.

그는 이목구비가 또렷한 쉰 살 남짓한 남자로, 쇠테 안경 속에서 맑은 눈이 날카롭게 빛나고 있었다. 까다로우면서도 온화한 표정은 그를 처음 만난 사람에게도 솔직하고 선량한 사람이구나 하는 인상을 주었다. 이른 아침이고 외출하려는 기색도 없었지만, 박사는 수염을 깨끗이 깎고 하얀 넥타이를 단정히 매고 있었다.

그가 투숙한 브라이턴 호텔 객실에는 양탄자며 가구 위에 〈타임스〉와 〈데일리 텔레그래프〉, 〈데일리 뉴스〉 따위가 흘어져 있었다. 이제 겨우 열 시가 되었을 뿐인데 박사는 벌써 시내를 한 바퀴 돌고 병원을 한 군데 들른 뒤 호텔로 돌아와, 그저께 국제위생학회 모임에서 발표한 논문이 상세히 보도되어 있는 런던의 주요 신문들을 훑어보고 있는 참이었다. 그 논문은 박사가 개발한 '혈구 측정법'에 관한 것이었다.

박사 앞에는 하얀 냅킨을 씌운 쟁반이 놓여 있고, 쟁반 위에는 알맞게 익힌 커틀릿 한 조각, 김이 모락모락 피어오르는 향긋한 홍차 한 잔, 버터 바른 토스트 한 접시가 놓여 있었다.

"그래, 이 신문들은 정말 잘 썼어. 그건 아무도 부인하지 못할 거야!" 박사는 같은 말을 되풀이 중얼거렸다. "회장의 개회사, 나폴리에서 온 치코냐 박사의 답사, 내가 발표한 논문 내용이 모두 자세히 다루어지고 그대로 생생하게 재현되어 있어."

두에*에서 온 사라쟁 박사는 프랑스어로 이렇게 말했다. "여러분, 내가 프랑스어를 사용하더라도 양해해주시기 바랍니다. 내가 영어로 말하는 것보다 프랑스어를 쓰는 편이 더 이해하기 쉬울 것입니다."〔……〕

"작은 활자로 짜서 5단인가…… 〈타임스〉와 〈텔레그래프〉는 어느 쪽 기사가 더 좋은지 우열을 가리기가 어려워…… 이보다 더 정확한 기사는 없을 거야!"

사라쟁 박사가 생각에 잠겨 있을 때, 검은 제복을 단정히 차

* 두에: 프랑스 파리 북동쪽 200km 지점에 있는 도시.

사라쟁 박사

려입은 웨이터가 문을 두드리고 '무슈' 가 찾아왔다고 말했다.

'무슈!' 는 영국인들이 프랑스 사람에게는 무조건 붙여야 한다고 믿고 있는 호칭이다. 또한 영국인들은 이탈리아인에게는 '시뇨르', 독일인에게는 '헤르' 라는 호칭을 붙이지 않으면 예의에 어긋난다고 믿고 있다. 이런 태도에는 편리한 면도 없지 않을 것이다. 이런 관습은 쉽게 국적을 명시하는 장점이 있기 때문이다.

사라쟁 박사는 웨이터가 내민 명함을 받아들었다. 아는 사람이 하나도 없는 나라에서 손님이 찾아온 데 놀란 박사는 그 명함을 보고 더욱 놀랐다. 명함에는 이렇게 씌어 있었다.

사무변호사 샤프
런던 사우샘프턴 가 93번지

'사무변호사' 가 영국에서는 일종의 소송 대리인으로, 공증인과 변호사를 뒤섞어놓은 복합적인 법률가라는 것쯤은 박사도 잘 알고 있었다.

'샤프라는 남자를 왜 만나야 하지? 나도 모르는 사이에 나쁜 일에 말려든 게 아닐까?' 박사는 자문했다.

"정말로 나한테 볼일이 있다고 하던가?"

"그렇습니다, 무슈."

"그럼 들여보내게."

웨이터가 안내해온 남자는 아직 젊었고, 박사는 그를 첫눈에

'해골' 가계로 분류했다. 쭈그러든 것처럼 얄팍한 입술, 희고 긴 치아, 종잇장 같은 피부, 우묵하게 들어간 관자놀이, 미라와 똑같은 안색, 움푹 들어간 회색 눈―그것은 아무리 보아도 해 골이었다. 그 해골의 뒤통수는 큼지막한 체크무늬가 들어간 얼 스터코트로 가려져 있고, 손은 에나멜 여행가방을 움켜쥐고 있 었다.

그 남자는 방에 들어오자 목례를 하고, 가방과 모자를 바닥에 내려놓고는 양해도 구하지 않고 의자에 앉아 입을 열었다.

"저는 윌리엄 헨리 샤프 주니어(2세)이고, 빌로스 그린 샤프 법률회사에 소속되어 있습니다. 사라쟁 박사님이시죠?"

"그렇소만……."

"프랑수아 사라쟁 씨인가요?"

"그게 내 이름이오."

"두에에서 오신?"

"그렇소. 두에에 살고 있소."

"선친의 성함이 이지도르 사라쟁이었나요?"

"그랬지요."

샤프 씨는 주머니에서 수첩을 꺼내 그것을 보면서 다시 입을 열었다.

"이지도르 사라쟁 씨는 1857년에 파리 제6구 타란 가 54번지, 지금은 헐려버린 에콜 호텔에서 돌아가셨지요?"

"맞습니다." 박사는 점점 놀라면서 대답했다. "그런데 도대체 용건이 뭡니까?"

"할머님은 쥘리 랑제볼이셨죠?" 샤프 씨는 냉정하게 말을 이었다. "원래 바르르뒤크* 태생이고, 로리올 가에 살았던 베네딕트 랑제볼의 따님입니다. 시청 호적에 따르면 베네딕트 랑제볼은 1812년에 사망한 것으로 되어 있습니다. 호적은 정말 귀중한 자료이지요. 쥘리 랑제볼의 오빠는 제36경기병대 군악대장이었던 장 자크 랑제볼……."

사라쟁 박사는 상대가 자신의 족보를 꿰고 있는 데 경탄하여 또다시 끼어들었다.

"솔직히 말해서, 그 점에 관해서는 나보다 훨씬 잘 알고 계시는군요. 확실히 우리 할머니는 랑제볼 집안 출신이지만, 내가 아는 것은 그것뿐입니다."

"쥘리 랑제볼은 1799년에 박사님의 조부인 장 사라쟁과 결혼했고, 1807년에 남편과 함께 베르르뒤크를 떠나 믈룅†에 정착했습니다. 그곳에서 장 사라쟁은 양철공으로 일했고, 사라쟁 부인 쥘리 랑제볼은 1811년에 자식 하나를 남기고 세상을 떠났는데, 그 아들이 이지도르 사라쟁, 바로 박사님의 선친이십니다. 그런데 여기서부터 실이 툭 끊기고 맙니다. 선친께서 파리에서 돌아가신 날짜만은 알고 있습니다만……."

"내가 그 실을 이어드리죠." 박사는 상대의 수학적 엄밀함에 무심코 끌려들어 그렇게 말했다. "할아버지는 의사의 길을 택한 아들의 교육을 위해 파리로 나왔습니다. 그리고 1832년에 베르

* 바르르뒤크: 파리 동쪽 230km 지점에 있는 도시.
† 믈룅: 파리 남동쪽 45km 지점에 있는 도시.

사유 근처의 팔레조에서 돌아가셨어요. 우리 아버지는 팔레조에서 병원을 개업했고, 나는 1822년에 그곳에서 태어났지요."

"박사님이 맞으시군요." 샤프 씨가 말했다. "형제자매는 없으십니까?"

"없습니다. 나는 외아들이고, 어머니는 내가 태어난 지 2년 만에 돌아가셨어요. 그런데 대체 무슨 일로……."

샤프 씨가 자리에서 일어났다.

"브리야 조와히르 모소라나스 경." 그의 말투에는 영국인들이 귀족 칭호에 보이는 존경심이 담겨 있었다. "경을 찾아내게 되어 정말 기쁩니다. 게다가 맨 먼저 경에게 축하 인사를 드릴 수 있게 되어 더욱 기쁘군요."

'이 사람은 미쳤어. 해골 타입에는 종종 이런 친구가 있지.' 박사는 생각했다.

변호사는 박사의 눈빛에서 그 생각을 알아차리고는 침착하게 말했다.

"저는 조금도 미치지 않았습니다. 지금 현재 박사님은 벵골* 주 총독으로부터 남작 칭호를 받은 장 자크 랑제볼 씨의 유일한 유산 상속인입니다. 랑제볼 씨는 1819년에 영국에 귀화하여 아내인 고콜 왕비의 유산을 물려받았지만 1841년에 사망했고, 그분의 외아들은 정신박약이었는데, 1869년에 유언도 자식도 남기지 않은 채 사망했습니다. 유산은 30년 전에 약 500만 파운드

---

* 벵골: 인도 북동부에 있는 지역. 영국의 식민지배에서 독립한 뒤 종교적 갈등 때문에 분리되어, 오늘날에는 인도의 서(西)벵골 주와 방글라데시로 나누어져 있다.

에 이르렀지요. 그 재산은 고스란히 보관되었고, 장 자크 랑제볼의 아들이 살아 있는 동안에도 이자가 거의 다 원금에 가산되었습니다. 1870년에 재산 가치는 약 2100만 파운드, 프랑으로 따지면 5억 2500만 프랑으로 평가되었습니다. 동산과 부동산을 포함한 모든 재산을 매각하라는 아그라* 법원의 명령이 델리 고등법원과 추밀원의 승인을 얻었기 때문에, 그 명령에 따라 재산이 현금화되어 영국은행에 예탁되었습니다. 현재 예금액은 5억 2700만 프랑인데, 대법원에서 박사님의 신원을 입증하면 당장 그 돈을 수표로 인출할 수 있습니다. 그때까지는 제가 트롤로프-스미스 은행의 위임을 받아 얼마든지 박사님께 돈을 빌려드릴 수 있습니다."

사라쟁 박사는 어안이 벙벙하여 잠시 말문이 막혔다. 하지만 당장 타고난 비판 정신이 고개를 쳐들자, 그는 이 꿈 같은 이야기를 실험 재료로 받아들여 이렇게 외쳤다.

"나한테 증거를 보여줄 수 있소? 그리고 어떻게 나를 찾아냈지요?"

"증거는 여기 있습니다." 샤프 씨는 에나멜 가방을 두드리며 대답했다. "박사님을 찾아낸 방법도 아주 간단합니다. 5년 전부터 저는 박사님을 찾고 있었어요. 상속인이 없는 유산은 매년 국가 소유로 바뀌어버리지만, 영국 법률이 말하는 '근친자'를 찾아내는 것이 우리 회사의 전문입니다. 그래서 고콜 왕비의 유산 상속인에 대해서도 꼬박 5년 동안 조사했지요. 저는 모든 방

* 아그라: 인도 북부, 델리 남동쪽 200km 지점에 있는 도시.

면으로 조사의 손길을 뻗쳤고, 사라쟁이라는 성을 가진 가족을 수백 군데나 검토했시만 이지노르 사라쟁의 가족은 찾지 못했습니다. 그래서 프랑스에는 사라쟁이라는 성을 가진 사람이 더 이상 없나 보다고 생각하기 시작했는데, 어제 아침에 〈데일리 뉴스〉에서 국제위생학회 기사를 읽다가 박사님의 이름을 보게 되었지 뭡니까. 저는 당장에 그동안 수집한 자료를 조사하여, 놀랍게도 두에 시가 우리 조사에서 누락되어 있었다는 사실을 알게 되었습니다. 이번에야말로 틀림없다 싶어서 브라이턴행 열차에 올라탔지요. 그리고 학회에서 나오는 박사님을 보자마자 한눈에 확신했습니다. 외종조부인 랑제볼 씨를 쏙 빼닮으셨더군요. 우리가 가지고 있는 랑제볼 씨의 사진은 사라노니라는 인도 화가가 그린 초상화를 찍은 것이지만……."

샤프 씨는 수첩에서 사진 한 장을 꺼내 사라쟁 박사에게 건네주었다. 사진에 찍혀 있는 사람은 키가 크고 멋진 수염을 기른 남자였다. 머리에는 터번을 둘렀고, 호화로운 초록빛 비단옷을 걸치고 있었다. 정면을 똑바로 바라보면서 명령서를 쓰고 있는 총사령관 같은 모습을 역사화 특유의 기법으로 묘사했다. 배경에는 전쟁터의 포연과 기병대가 희미하게 그려져 있었다.

"제가 말씀드리는 것보다 이 자료가 훨씬 더 웅변으로 말해 줄 겁니다." 샤프 씨는 다시 입을 열었다. "이건 여기에 두고 가겠습니다. 그리고 허락해주신다면 두 시간 뒤에 다시 와서 지시를 받겠습니다."

샤프 씨는 가방에서 인쇄물 예닐곱 권과 손으로 쓴 자료를 꺼내 탁자에 놓고, 이런 말을 중얼거리면서 물러갔다.

"브리야 조와히르 모소라나스 경, 그럼 안녕히 계십시오."

박사는 반신반의하면서 그 자료를 집어들고 훑어보기 시작했다.

조사하자마자 샤프 씨의 이야기가 모두 사실인 것을 알 수 있었다. 박사의 의혹은 말끔히 사라졌다. 망설일 필요도 없었다. 예를 들면 다음과 같은 제목의 인쇄물이 있었다.

벵골 주 라지나라의 고콜 왕비가 남긴 미상속 재산에 관하여 추밀원에 제출한 보고서. 1870년 1월 5일 작성.

요점—고콜 왕비가 남긴 유산에서 유래한 아랍의 소유지, 궁전과 건물들, 작업장, 촌락, 동산, 보물, 무기 등의 소유권에 관한 문제임. 아그라 지방법원 및 델리 고등법원에서 이루어진 진술에 따르면, 인도의 루크미수르 왕의 재산을 상속한 미망인 고콜 왕비는 1819년에 장 자크 랑제볼이라는 프랑스 태생의 외국인과 결혼했음. 이 남자는 1815년까지 프랑스에서 제36경기병대 하사관(군악대장)을 지내고 제대한 뒤, 화물선을 타고 낭트를 떠났음. 배가 콜카타에 도착하자 국내로 들어와 루크미수르 왕의 군대 교관이 되었음. 그는 이윽고 총사령관이 되었고, 왕이 죽은 직후 그 미망인과 결혼했음. 식민지 정책에 대한 다양한 배려, 아그라 거주 유럽인들이 위험한 처지에 놓였을 때 장 자크 랑제볼이 수행한 중요한 역할 때문에 벵골 총독은 영국에 귀화한 랑제볼에게 남작 작위를 제의했고, 이를 수락한 랑제볼에게는 남작 칭호와 함께 브리야 조와히르 모소라나스 땅이 봉토로 하사되었음. 고콜 왕비는 1839년에 자기 재산에 대한 권리를 랑제볼에게 남기고 사망했고, 2년 뒤에 랑제볼도 아내의 뒤를 따랐음. 부부는 아들을 하나 낳았지만, 정신박약이어서 후견을 받을 필요가 있었음. 이 외아들이 1869년에 갑자기 죽을 때까지 재산은 충실하게 관리되었으나, 이 막대한 유산을 상속할 사람이 보이지 않자 아그라 법원 및 델리 고등법원은 주정부의 요청에 따라 경매를 명령했고, 그 승인을 추밀원에 요청하는 바이며…….

아그라 법원과 델리 고등법원의 명령서 사본, 매각 증서, 영국은행에 대한 예치 명령서, 프랑스에서 랑제볼의 상속인을 찾은 경위…… 이 산더미 같은 자료는 사라쟁 박사의 망설임을 당장 없애버렸다. 박사야말로 랑제볼의 '최근친자'이고, 인도 왕비의 유산 상속인이었다. 그와 은행 지하 금고에 맡겨져 있는 5억 2700만 프랑 사이를 가로막고 있는 것은 이제 출생 증명에 바탕을 둔 증명서 사본 한 장뿐이었다!

이런 행운이 찾아오면 아무리 냉정한 사람도 제정신을 잃게 마련이다. 평소 그렇게 차분한 박사도 흥분을 억누르지 못했다. 그는 잰걸음으로 실내를 돌아다녔지만, 그것도 오래 계속되지는 않았다. 정신을 차린 박사는 잠깐이나마 흥분한 것을 부끄럽게 여기고 반성하면서, 안락의자에 몸을 던지고 깊은 생각에 잠겼다.

그러다가 또 갑자기 방 안을 돌아다니기 시작했다. 하지만 이번에는 눈이 맑은 빛으로 반짝반짝 빛나고, 고귀한 생각이 눈 속에 퍼져가는 듯했다. 박사는 그 착상을 깊이 생각하고 애무하고 애지중지하다가 결국 받아들였다.

그때 문 두드리는 소리가 나고 샤프 씨가 들어왔다.

"의심해서 미안합니다." 박사는 진심으로 사과했다. "나도 겨우 납득할 수 있었어요. 폐를 끼쳐서 이거 정말……."

"폐라니요. 당치도 않습니다…… 아무것도 아닙니다. 그게 제 일이니까요." 샤프 씨가 대답했다. "브리야 경, 제 의뢰인이 되어주시겠습니까?"

"물론입니다. 당신한테 모두 맡기겠습니다…… 그런데 부탁하고 싶은 것은, 제발 그 우스꽝스러운 칭호로 나를 부르지 말아달라는 것뿐입니다."

2100만 파운드에 상당하는 칭호가 우스꽝스럽다고? 샤프 씨의 표정은 그렇게 말하고 있었다. 하지만 그 생각을 입 밖에 내는 짓은 하지 않았다.

"괜찮으시다면 박사님이라고 부르겠습니다." 샤프 씨가 대답했다. "저는 런던행 열차를 타고 지시를 기다리겠습니다."

"이 자료는 내가 맡아도 될까요?"

"그렇게 하세요. 사본이 있으니까요."

혼자 남은 사라쟁 박사는 책상 앞에 앉아서 편지를 쓰기 시작했다.

"저는 런던행 열차를 타러 가겠습니다"

아들아, 터무니없이 막대한 재산이 굴러 들어왔다! 내가 정신이 돌았다고 생각하지는 말기 바란다. 여기 동봉하는 두세 건의 문서를 읽어보면 내가 인도 남작의 상속인이고, 현재 영국은행에 예치되어 있는 5억 프랑의 상속인이 된 것을 이해할 수 있을 것이다. 사랑하는 옥타브야, 이 소식을 들었을 때 네 기분이 어떨지는 상상하기 어렵지 않다. 이런 재산에 따르는 새로운 의무, 우리의 지혜에 미칠지도 모르는 위험을 너도 아버지와 마찬가지로 이해할 것이다. 이 사실을 안 지 아직 한 시간도 안 되지만, 이런 책임은 벌써 내 기쁨을 절반쯤 앗아가버렸다. 우리의 운명에 이런 변화는 아마 불가피할 것이다. ……학문 탐구에 몰두하면서 조신하게 살아온 우리는 세상 사람들의 눈에 띄지 않는 수수한 생활 속에서 충분히 행복했다. 그런데, 앞으로도 그럴까? 아니, 아마 그렇지는 않을 것이다. ……하지만 나는 이 재산이 새롭고 강력한 과학 설비를 우리에게 가져다주고, 또한 문명을 위한 훌륭한 도구가 될 수 있을 거라고 생각하기 때문에, 나의 결심을 너에게 털어놓겠다! ……여기에 관해서는 다시 이야기하자. 이 소식을 네가 어떻게 생각했는지 듣고 싶구나. 답장을 부탁하마. 네 어머니한테도 알려다오. 누이동생은 아직 어려서 이런 이야기를 들으면 동요할 것이다. 하지만 그 애는 나이도 차지 않았는데 상당히 야무지다. 앞으로 어떻게 될지 설명해주어라. 그것도 이 변화가 가져올 혼란을 최소한으로 막아줄 것이다. 마르셀에게도 잘 말해다오. 내 장래 계획에 대해서는 모두 너한테 알려줄 작정이다.

1871년 10월 28일, 브라이턴에서

아버지가

이 편지를 두세 가지 중요한 자료와 함께 봉투에 넣고 '파리 루아드시실 가 32번지, 중앙공예대학,* 옥타브 사라쟁 앞'이라고 주소를 적은 뒤, 박사는 모자를 들고 외투를 입고 학회에 갔다. 15분 뒤, 억대 재산은 이제 그의 염두에도 없었다.

---

* 중앙공예대학: 1829년에 프랑스의 산업기술 인재를 양성하기 위해 설립된 명문 대학으로, 에펠탑의 설계자인 귀스타브 에펠, 푸조 자동차의 설립자인 아르망 푸조 등이 이 학교 출신이다.

2
두 친구

박사의 아들 옥타브 사라쟁은 이른바 게으름뱅이는 아니었
다. 바보도 아니고, 그렇다고 머리가 뛰어나게 명석하지도 않
고, 미남도 아니고 추남도 아니었다. 몸집은 크지도 작지도 않
고, 머리카락은 갈색도 금발도 아닌 밤색이었다. 그는 타고난
중류층의 일원이었다. 고등학교에서는 언제나 2등이었고, 상도
두세 번 받았다. 대학입학 자격시험에도 합격했다. 중앙공예대
학 시험에서는 제1차에는 떨어졌지만 제2차에는 127등으로 합
격했다. 성격은 우유부단했고, 끝까지 가기도 전에 만족해버렸
고, 언제나 밝지도 어둡지도 않은 달빛처럼 어중간한 생활을 하
고 있었다. 물결 따라 떠도는 코르크 마개처럼 운명의 손길에
좌우되는 그런 위인이었다. 북풍이 불면 적도로, 남풍이 불면
북극으로 흘러간다. 이런 타입의 인간은 우연으로 장래가 결정

되는 경우가 많다. 사라쟁 박사가 아들의 성격에 대해 어떤 환상도 품지 않았다면 그런 편지를 쓰기 전에 망설였을 것이다. 하지만 아무리 훌륭한 인물이라도 자식에 대해서는 다소 눈이 어두운 법이다.

다행히 옥타브는 고등학교에 들어가자마자 강한 성격을 가진 친구의 매력에 사로잡혀, 전제적이지만 상냥한 데가 있는 친구의 영향을 강하게 받게 되었다. 샤를마뉴 고등학교에서 알자스 태생의 마르셀 브뤼크망과 강한 우정을 맺게 된 것이다. 마르셀은 옥타브보다 한 살 아래였지만, 신체적·지적·정신적 강인함으로 옥타브를 압도해버렸다.

마르셀 브뤼크망은 열두 살 때 부모를 여의었지만, 부모가 남겨준 유산으로 학비는 그럭저럭 충당할 수 있었다. 방학 때마다 옥타브가 집에 데려가지 않았다면 그는 학교 밖으로 한 걸음도 나오지 않고 지냈을 것이다.

이리하여 사라쟁 박사의 가정은 어느새 이 알자스 태생의 젊은이에게도 가정이 되어 있었다. 겉으로는 냉정하지만 감수성이 예민하고 다정다감한 마음씨를 가진 그는 부모 노릇을 대신해주고 있는 그 친절한 분들과 평생 끊어지지 않을 끈으로 묶여 있다고 생각했다. 그런 그가 사라쟁 박사 부부와 그에게 완전히 마음을 터놓은 딸, 상냥하면서도 야무진 소녀를 깊이 사랑하게 된 것은 자연스러운 결과였다. 그는 고마움을 말이 아니라 행동으로 표출했다. 실제로 그는 공부를 좋아하는 잔을 올곧은 마음과 굳은 의지를 가진 분별있는 아가씨로, 그리고 옥타브를 그 아버지에 어울리는 인물로 만드는 일을 떠맡았다. 솔직히 말하면 전자보다는 후자가 더 어려운 일이었다. 누이는 나이에 비해 오빠보다 뛰어났다. 하지만 마르셀은 두 가지 목적을 모두 달성하기로 결심했다.

마르셀 브뤼크망은 해마다 파리에서 열리는 레슬링 대회에 알자스 대표선수로 출전했다. 어릴 때부터 그는 머리만 좋은 것이 아니라 몸도 건장하고 유연해서 사람들의 눈길을 끌었다. 내면에는 강한 의지와 용기를 숨기고, 겉으로는 강한 육체를 갖추고 있었던 것이다. 학교에서는 역도·구기·체조, 그리고 화학 실험실에서도 남보다 뛰어나게 잘하는 것이 그에게 부과된 사명이었다. 상을 받지 못한 해는 헛되이 낭비한 해라고 생각했다. 스무 살이 되었을 때 그는 활기에 넘치는 행동적이고 늠름한 청년으로 성장해 있었다. 그의 두뇌는 벌써 안목 있는 사람들에게 주목받고 있었다. 옥타브와 같은 해에 중앙공예대학에 차석으로 입학한 그는 수석으로 졸업하기로 결심했다. 옥타브는 적어도 2인분은 되는 그의 에너지에 우선 마음이 끌렸다. 1년 동안 줄곧 마르셀은 옥타브를 '뒤에서 떠밀어' 공부와 운동을 도와주었다. 마르셀은 마치 사자가 강아지에게 품는 것과 같은 우정과 연민을 옥타브에게 느끼고 있었다. 그는 그 창백한 얼굴의 청년을 격려하여 훌륭한 인간으로 만들 생각이었다.

1870년 전쟁*이 일어났을 때 두 사람은 마침 시험을 치르고 있었다. 스트라스부르와 알자스가 위기에 빠진 것을 안 마르셀은 시험이 끝난 이튿날 애국심에서 제31보병대대에 입대했다.

옥타브도 당장 친구를 본받았다.

두 사람은 파리 전선에서 포위전에 참가했다. 마르셀은 샹피니에서 오른팔에 총상을 입었고, 뷔장발에서는 왼쪽 어깨에 장교 견장을 달았다. 옥타브는 훈장도 받지 않았지만, 총알도 받지 않았다. 하지만 그것은 그의 탓이 아니었다. 포화 속에서 그는 언제나 친구 뒤에 붙어 있었기 때문이다. 친구보다 겨우 5미터 뒤에 있었을 뿐이지만, 이 5미터의 거리가 결정적이었다.

전쟁이 끝나 학교로 돌아온 두 사람은 학교 옆에 있는 검소한 호텔에 방 두 개를 얻어 함께 살았다. 프랑스가 전쟁에 패하고 알자스-로렌을 독일에 빼앗긴 사실은 마르셀의 성격에 남자다운 원숙미를 보태주었다.

'아버지들의 잘못을 보상하는 것은 프랑스 젊은이들의 역할이다. 그 역할을 다하는 수단은 공부밖에 없다'는 것이 마르셀의 입버릇이었다.

그는 날마다 아침 다섯 시에 일어났고, 옥타브에게도 자신을 본받게 했다. 학교에 갈 때도 옥타브를 불러 함께 갔고, 하교할 때도 옥타브 곁에서 한 발짝도 떠나지 않았다. 호텔로 돌아온 뒤에도 공부를 계속했고, 틈틈이 파이프를 피우거나 커피를 마셨다. 열 시에 잠자리에 들 때면 둘 다 마음은 만족감으로 뿌듯

---

* 프로이센-프랑스 전쟁. 프로이센의 지도 하에 통일 독일을 이룩하려는 비스마르크의 정책과 이를 저지하려는 나폴레옹 3세의 정책이 충돌해 일어났다. 1870년 7월 19일 프랑스의 선전포고로 시작되었으나 전황은 독일군이 압도적으로 우세하여, 1871년 2월에는 파리가 함락되었고, 5월에 체결된 강화조약에 따라 알자스-로렌 지방 대부분이 독일에 할양되었다.

해졌고 머리는 지식으로 가득 차 있었다. 이따금 당구를 치거나 연극을 보고 음악회에 가고, 베리에르 숲에 가서 말을 타거나 시골길을 산책하고, 일주일에 두 번 권투와 펜싱을 배우는 것이 두 사람의 기분전환이었다. 옥타브는 가끔 반항심에 사로잡혀 좋지 않은 오락을 즐기고 싶은 욕망에 빠졌다. 맥줏집에서 대부분의 시간을 보내면서 '법률을 공부하고 있는' 아리스티드 르루를 만나러 가자고 옥타브가 말하면, 마르셀은 경멸과 조롱으로 조용히 그 생각을 물리쳤다.

1871년 10월 29일 오후 일곱 시경, 두 사람은 여느 때처럼 같은 등불빛을 받은 책상 하나에 사이좋게 앉아 있었다. 마르셀은 암석 단면에 관한 도법 기하학에 열중해 있었고, 옥타브는 기도라도 드리는 것처럼 공손한 태도로 커피 1리터를 만드는 일에 몰두해 있었다. 이것은 그가 자랑하는 몇 가지 장기 가운데 하나였다. 몇 분 동안은 방정식을 늘어놓는 고역에서 해방될 수 있기 때문이다. 그의 생각에 따르면 마르셀은 아무래도 방정식을 지나치게 휘두르는 경향이 있었다. 그는 모카커피 분말에 끓는 물을 조금씩 부었다. 오랫동안 이 차분한 행복감에 잠기고 싶었다. 하지만 마르셀이 곁에 붙어 있는 것이 부담스러워서, 수다로 그 부담감을 떨쳐버리고 싶은 강한 유혹에 사로잡혔다.

"퍼콜레이터를 사야겠어. 이런 고전적인 필터는 아무리 봐도 문명의 산물은 아니야." 그가 불쑥 말했다.

"퍼콜레이터라고? 그런 걸 사들이면 밤마다 한 시간씩이나 시간을 허비할 수는 없게 될 거야." 마르셀이 대꾸했다.

그러고는 또다시 기하 문제로 관심을 돌렸다.

"시름이 상이한 세 개의 축을 가진 타원형 아치가 있다. 이것을 ABDE라고 하면, 타원의 장축 $oA=a$, 중축 $oB=b$, 단축(o, $o'\,c'$)는 수직이고, c와 같다. 따라서 아치는 납작한 편원형이고⋯⋯."

그때 문을 두드리는 소리가 들렸다.

"옥타브 사라쟁 씨에게 편지가 왔습니다." 호텔 보이가 말했다.

이것이 옥타브에게 좋은 기분전환이 된 것은 말할 나위도 없다.

"아버지 편지야. 필적을 보면 알아⋯⋯ 친서라는 거지." 편지의 무게를 손으로 재보면서 옥타브가 말했다.

마르셀도 사라쟁 박사가 영국에 가 있는 것을 알고 있었다. 박사는 일주일 전 파리에 들렀을 때 두 사람을 팔레-루아얄의 레스토랑으로 초대했다. 그 레스토랑은 옛날에는 유명했지만 지금은 한물간 상태였다. 하지만 사라쟁 박사는 여전히 파리의 고급 식당으로 믿고 있었다.

"아마 위생학회 이야기일 거야. 참석하시길 잘했어. 프랑스 학자들은 너무 고립되어 있는 게 문제야."

마르셀은 그렇게 말하고 다시 기하 문제에 매달렸다.

"⋯⋯아치는 똑같이 타원형이고, o'의 위쪽에 중심이 있다. 세 타원의 중심을 F_1, F_2, F_3이라 하고, 축을 공유하는 보조타원과 보조쌍곡선을 그리면⋯⋯."

마르셀은 다시 기하 문제에 매달렸다

그때 옥타브의 외침 소리에 그는 고개를 들었다.

"왜 그래?" 창백해진 친구의 얼굴을 보고 그는 좀 불안해져서 물었다.

"이것 봐!" 옥타브는 방금 받은 소식에 당황하여 대답했다.

마르셀은 편지를 받아들어 끝까지 훑어본 다음, 다시 한 번 되풀이 읽었다. 그리고 동봉된 자료를 훑어보고 중얼거렸다.

"정말 이상한 이야기군!"

그러고는 파이프에 담배를 담아서 일정한 간격을 두고 연기를 토해냈다. 옥타브는 그 입을 지켜보았다.

"이게 정말일까?" 그가 쉰 목소리로 외쳤다.

"정말이냐고? 물론이지. 네 아버지는 양식과 과학적 정신을 가진 분이야. 경솔하게 이런 확신을 가지실 리가 없어. 게다가 증거도 갖추어져 있잖아. 간단명료한 일이야."

여전히 유유하게 파이프를 피우면서 마르셀은 다시 기하 문제로 돌아갔다. 옥타브는 두 손이 떨려서 커피를 끓일 수도 없는 상태였다. 이게 꿈이 아니라는 것을 확인하기 위해 그는 몹시 말을 하고 싶었다.

"하지만 이게 사실이라면 엄청난 일이야…… 5억이라면 엄청난 돈이라고."

마르셀도 고개를 들고 그것을 인정했다.

"한마디로 엄청난 돈이라고 말하지만, 그만한 재산을 가진 사람이 프랑스에는 하나도 없어. 미국에 몇 명, 영국에 대여섯 명, 전 세계에 스무 명쯤 있지 않을까."

"게다가 작위! 남작 작위! 그런 걸 가지고 싶다고는 꿈에도 생각해본 적이 없지만, 막상 갖고 보니 그냥 사라쟁보다는 역시 품위가 있는 것 같아."

마르셀은 연기만 토해낼 뿐 한마디도 끼어들지 않았다. 하지만 그 연기는 분명 '뭐야, 시시하게⋯⋯' 하고 말하고 있었다.

옥타브는 계속 지껄였다.

"물론 나도 귀족처럼 보이는 이름을 붙이는 짓은 하고 싶지 않아. 하지만 진짜 작위, 영국의 귀족 명부에 올라 있는 어엿한 작위를 갖는다는 건⋯⋯."

파이프는 여전히 '시시해!' 하고 말하고 있었다.

"이봐 마르셀. 네가 뭐라고 해도 영국인들은 말하잖아. '피는 무엇보다도 귀하다'고!"

옥타브는 야유하는 듯한 마르셀의 눈빛을 보고는 말을 끊고 재산 쪽으로 화제를 돌렸다.

"수학을 가르치는 비놈 선생의 말씀을 기억하고 있겠지. 해마다 첫 시간에 말하잖아. 5억이라는 수는 인간의 지성만이 품을 수 있는 숫자라고. 분마다 1프랑씩 셀 수 있는 사람이라면 천 년이 넘게 걸리는 금액이야! 아아, 기분이 이상해. 5억 프랑의 상속자가 되다니!"

"5억 프랑!" 웬만해서는 흥분하지 않는 마르셀도 들뜬 목소리로 외쳤다. "제일 좋은 사용법을 알아? 조국을 위해 바치는 거야! 그게 제일 좋아!"

"아버지한테는 그렇게 말하지 말아줘!" 옥타브는 당황하여 간청했다. "아버지라면 정말 그렇게 할지도 몰라! 아무래도 아버지는 뭔가 생각이 있는 모양이야! 나라에 바치는 건 일단 제쳐놓고, 적어도 이자는 우리가 갖자!"

"자신도 모르는 사이에 자본가가 되었군!" 마르셀이 말했다. "옥타브, 사려 깊은 박사님은 별문제지만, 너한테는 그 유산이 훨씬 적은 편이 좋았을 거야. 산더미 같은 돈보다 2만 5천 파운드 정도의 수입을 누이와 나누어 가지면 좋았을 텐데."

이렇게 말하고 마르셀은 다시 문제를 풀기 시작했다.

옥타브는 아무 일도 손에 잡히지 않아서 방 안을 돌아다녔다. 결국 마르셀은 더 이상 참지 못하고 입을 열었다.

"밖에 나가서 산책이나 하는 게 좋겠어. 오늘 밤에 너는 아무것도 할 수 없을 테니까."

"그럴지도 몰라." 공부를 안 해도 된다는 허락과 다름없는 이 말에 옥타브는 뛸 듯이 기뻐하며 대답했다.

그러고는 모자를 움켜쥐고 계단을 뛰어내려 거리로 나갔다. 하지만 열 걸음도 가기 전에 가스등 밑에서 걸음을 멈추고 아버지의 편지를 다시 읽었다. 꿈이 아니라는 것을 다시 한 번 확인해야 했다.

'5억…… 5억……' 그는 되풀이 하여 중얼거렸다. '이자만 해도 최소한 2500만 프랑은 돼! 아버지가 1년에 2500만 프랑의 절반, 아니 4분의 1만 주어도 얼마나 좋을까! 돈만 있으면 뭐든지 할 수 있어! 사용법은 여러 가지가 있지! 나도 바보는 아니야. 이래봬도 중앙공예대학에 들어갔는걸…… 게다가 작위도

'5억…… 5억……' 그는 되풀이 하여 중얼거렸다

있어! 이름에 작위를 붙일 수 있어!'

그는 걸으면서 상점 유리창에 비치는 제 모습을 바라보았다.

'호텔도 가질 수 있고, 말도 가질 수 있어! 마르셀한테도 한 마리 주자. 내가 부자가 되면 마르셀도 부자가 되는 거야. 5억 프랑…… 남작……! 지금 분명히 깨달았지만, 내가 바라던 게 바로 이거야! 나는 원래 책이나 화판 앞에서 녹초가 되고 싶진 않았어! 역시 이게 내 꿈이었어!'

옥타브는 이런 생각을 곱씹으면서 리볼리 가의 아케이드를 걸어 샹젤리제에 이르자 루아얄 가 모퉁이를 돌아서 큰길로 나 갔다. 전에는 쇼윈도를 장식한 멋진 물건들도 자기와 아무 관계 도 없는 시시한 물건처럼 마음을 끌지 못했지만, 이제 마음만 먹으면 손에 넣을 수 있다고 생각하자 그는 강렬한 기쁨에 사로 잡혀 쇼윈도 앞에 걸음을 멈추곤 했다.

'네덜란드의 방적공이 실을 잣는 것도, 엘뵈프*의 직공이 부 드러운 옷감을 짜는 것도, 시계공이 시계를 조립하는 것도, 오 페라 극장의 샹들리에가 빛을 흩뿌리는 것도, 바이올린을 켜는 것도, 여가수가 아름다운 목소리로 노래하는 것도, 모두 나를 위해서야! 나를 위해 마구간에서 말을 손질하고, 카페 앙글레에 불을 켜지…… 파리는 이제 내 거야…… 모두 다 내 거야…… 여행을 떠날까? 인도에 있는 영지를 찾아가볼까? 절 하나를 승 려와 불상까지 끼워서 싸게 살 수 있어…… 코끼리를 사자…… 호랑이 사냥을 하자…… 훌륭한 무기도 사자…… 아름다운 보

---

* 엘뵈프: 파리 북서쪽 140km 지점에 있는 도시. 모직물 제조로 유명하다.

트도…… 보트라고? 좋아! 하지만 증기기관이 달린 요트를 사서, 가고 싶은 곳에 가고 마음 내키는 대로 정박하거나 출항하는 것도 나쁘지 않아! 어머니한테도 이 소식을 알려야 돼. 두에에 가자! 학교 때문에 안 되나? 아아, 학교 따위는 아무래도 좋아…… 하지만 마르셀은? 마르셀한테는 알려야 돼. 그래, 편지를 쓰자. 서둘러 어머니와 누이동생을 만나야 한다는 것쯤은 이해해주겠지!'

옥타브는 전신국에 들어가서, 시골에 갔다가 이틀 뒤에 돌아오겠다는 전보를 마르셀에게 보냈다. 그러고는 마차를 불러 북부역으로 달려갔다.

기차에 타자 그는 다시 몽상에 잠겼다.

오전 두 시에 옥타브는 부모의 집 현관 초인종을 요란하게 울려 조용한 오베트 가에 파문을 던졌다.

"급한 환자라도 생겼나?" 부근의 상점 주인이 생각했다.

"선생님은 안 계십니다!" 지붕 밑 다락방 창문에서 하녀가 소리쳤다.

"나야, 옥타브야. 내려와서 문 좀 열어줘, 프랑신!"

10분 뒤에야 겨우 옥타브는 집 안에 들어갈 수 있었다. 어머니와 누이동생 잔이 잠옷 바람으로 내려와, 옥타브에게 집에 돌아온 이유를 물었다.

옥타브가 아버지의 편지를 큰 소리로 읽어주자 수수께끼는 풀렸다.

사라쟁 부인은 순간 당황했지만, 기쁨의 눈물을 흘리면서 아들과 딸을 끌어안았다. 세상은 이제 자기들 것이 될 대고, 수억의 재산을 가진 자식들은 결코 불행을 당하지 않을 거라고 생각한 것이다. 그리고 여자는 남자보다 운명의 충격에 익숙해지기 쉬운 법이다. 그녀는 남편의 편지를 다시 읽어보고, 그녀 자신과 아이들의 운명을 결정하는 것은 남편의 일이라고 생각하자 평온을 되찾았다. 잔은 어머니와 오빠가 기뻐하는 것을 보고 행복했다. 하지만 열세 살 소녀의 상상력으로는 이 가정의 조촐한 행복보다 더한 행복이 있다고는 생각할 수 없었다. 여기서는 선생의 가르침과 부모의 자애 사이에서 하루하루가 조용히 흘러가고 있었다. 지폐뭉치가 어떻게 그 생활을 바꿔놓을지 짐작도 가지 않았고, 큰돈이 들어온다는 말을 들어도 전혀 마음이 어지러워지지 않았다.

젊은 나이에 묵묵히 연구에만 몰두하는 남자와 결혼한 사라쟁 부인은 남편의 학문적 열정을 존경했고, 자신은 잘 이해하지 못하면서도 남편을 사랑하고 있었다. 사라쟁 박사가 연구에서 느끼는 행복감을 나누어 가질 수 없는 그녀는 일밖에 모르는 남편 옆에서 이따금 외로움을 맛보기도 했지만, 그 대신 두 아이에게 모든 기대를 걸었다. 그녀는 아이들을 위해 빛나는 미래를 꿈꾸고, 그렇게 되면 행복하겠다고 늘 생각하고 있었다. 옥타브에게는 더 행복한 운명이 기다리고 있다고 믿어 의심치 않았고, 옥타브가 중앙공예대학에 들어간 뒤로는 그 학교가 아들을 출세시킬 못자리라고 생각했다. 그녀의 유일한 걱정은 빈약한 재산이 아들의 빛나는 장래에 걸림돌이 되고, 딸의 사회 진출을 방해하지 않을까 하는 것이었다. 남편의 편지를 받은 지금, 그런 걱정은 말끔히 사라져버렸다. 그래서 그녀는 진심으로 만족했다.

어머니와 아들은 잠도 자지 않고 밤새도록 장래 계획을 이야기했다. 현재에 만족하고 미래에 대해 어떤 불안도 갖고 있지 않은 잔은 소파 위에서 잠들어버렸다.

어머니와 아들이 조금 쉬기로 했을 때 사라쟁 부인이 물었다.

"마르셀 이야기를 하지 않았구나. 아버지 편지에 대해 말하지 않았니? 뭐라고 하더냐?"

"그 친구는 고지식하기 이를 데 없어요! 이런 어마어마한 재산이 들어오는 게 우리한테 해로울지도 모른다고 걱정하고 있어요. 아버지에 대해서는 걱정하지 않아요. 어머니와 잔, 특히 나를 걱정하고 있죠. 그보다 훨씬 적은 재산, 이를테면 2만 5천 파운드의 이자 정도가 딱 적당하대요."

"마르셀의 말이 옳을지 몰라." 아들의 얼굴을 바라보면서 사라쟁 부인이 대답했다. "사람에 따라서는 큰 재산이 오히려 위험할 수도 있으니까."

잔이 잠에서 깨어났다. 어머니의 마지막 말을 듣고는, 침실로 가려고 눈을 비비면서 말했다.

"어머니는 늘 말씀하시잖아요. 마르셀의 말은 언제나 옳다고! 저도 마르셀의 말을 믿어요."

잔은 어머니에게 입을 맞추고 방에서 나갔다.

잔이 잠에서 깨어나, 눈을 비비면서 말했다

3
신문 기사

위생학회에 도착하자 동료들이 유별나게 정중한 태도로 맞아
주는 것을 사라쟁 박사는 알아차렸다. 지금까지는 위생학회 회
장이자 가터 훈작사인 글랜도버 경이 프랑스 의학회 대표로 참
석한 박사에게 경의를 표한 정도였다.

글랜도버 경은 당당한 인물이었고, 그가 맡은 역할은 개회나
폐회를 선언하고 눈앞에 놓인 발언자 명단을 기계적으로 읽는
것뿐이었다. 그는 언제나 오른손을 프록코트 가슴에 찔러넣고
있었다. 말에서 떨어져 부러진 팔을 받치기 위해서가 아니라,
영국 조각가가 만든 정치인의 동상이 이런 자세를 취하고 있었
기 때문이다.

수염도 없이 매끈매끈하고 창백한 얼굴, 붉은 검버섯, 우묵하
게 들어간 이마 위에 곧추선 가발―이런 것들이 놀랄 만큼 위

엄있는 얼굴을 이루고 있었다. 글랜도버 경은 목각 인형처럼 몸놀림이 뻣뻣했고, 눈의 움직임도 인형처럼 어색했다.

사라쟁 박사를 처음 소개받았을 때 글랜도버 회장은 보호자나 되는 듯한 태도로 잔뜩 생색을 내며 이렇게 인사를 했었다.

"안녕하시오…… 그 시시한 연구라도 하지 않으면 생계를 꾸려나가기가 어려운가요? 당신처럼 나와는 전혀 다른 작은 인물을 식별하려면 상당히 좋은 눈을 갖추어야 합니다."

그런데 그 글랜도버 경이 이번에는 만면에 미소를 지으며, 어서 이리 와서 앉으라고 정중하게 오른쪽 빈자리를 가리켰다. 학회 참석자들도 모두 일어섰다.

사라쟁 박사는 이런 알랑거리는 태도에 깜짝 놀랐지만, 자신이 발표한 혈구 측정법이 그 후 사람들의 관심을 끈 모양이라고 생각하고 회장이 가리키는 자리에 앉았다.

하지만 그런 환상은 곧 사라져버렸다. 글랜도버 경이 상체를 비스듬히 기울여 박사의 귀에 입을 대고 이렇게 속삭였기 때문이다.

"엄청난 부자라면서요? 2천만 파운드라던가?"

이런 부자를 그처럼 가볍게 취급한 것을 글랜도버 경은 후회하는 듯했다. 그의 태도는 이렇게 말하고 있었다.

'왜 미리 가르쳐주지 않았소? 당신 같은 부자를 알아보지 못하고 무시하는 실수를 저지르게 해서 사람들을 난처한 지경에 빠뜨리는 건 공정하지 않습니다.'

사라쟁 박사는 지난번 회의 때보다 자기 재산이 한푼이라도 늘었다고는 생각지 않았기 때문에, 왜 이렇게 뉴스가 빨리 퍼지는 걸까 하고 고개를 갸웃거렸다. 그때 오른쪽 옆자리에 앉은 베를린 출신의 오비디우스 박사가 억지웃음을 지으면서 말을 걸어왔다.

"로스차일드 집안*과 어깨를 나란히 할 만큼 부자라면서요…… 〈데일리 텔레그래프〉에서 보았습니다. 정말 축하합니다."

그러면서 그날의 조간신문을 내밀었다. 거기에는 이런 기사가 실려 있었다. 그 기사를 쓴 필자가 누구인지는 한눈에 짐작이 갔다.

거액의 유산—

저 유명한 고콜 왕비의 유산 상속인은 행방이 묘연했지만, 런던의 빌로스 그린 샤프 법률회사 소속 변호사들의 면밀한 조사로 드디어 상속자가 발견되었다. 현재 영국은행에 예치되어 있는 2100만 파운드의 소유자는 3일 전 브라이턴에서 열린 위생학회에서 훌륭한 연구 발표를 하여 본지에도 소개된 프랑스 의사 사라쟁 박사다. 변호사 샤프 씨의 고생담은 그 자체로 하나의 드라마가 되지만, 사라쟁 박사야말로 고콜 왕비의 두 번째 남편인 장 자크 랑제볼 남작의 유일한 혈육임을 흠잡을 데 없이 입증하는 데 성공했다. 이 행운의 주인공

---

* 로스차일드 집안: 유럽의 유명한 은행가 가문. 약 200년 동안 유럽 경제에 커다란 영향을 끼치면서 정치사에도 간접적으로 영향을 주었다.

은 프랑스 바르르뒤크 출신이다. 상속을 마무리하는 데에는 단순한 절차상의 문제밖에 남아 있지 않다. 신청서는 이미 대법원에 제출되어 있다. 온갖 우여곡절 끝에 인도 왕에게 대대로 내려온 재물은 이렇게 작위와 함께 프랑스 학자의 손으로 넘어가게 되었다. 운명의 여신은 종종 터무니없는 짓을 하지만, 이번에는 다행히도 재산의 유익한 사용법을 알고 있을 만한 사람에게 막대한 재산을 넘겨주었다.

이 기사를 읽고 사라쟁 박사는 야릇한 감정에 사로잡혔다. 앞으로 성가신 인간관계가 예상되었기 때문만은 아니다. 이 사건을 모두 중대하게 여기는 데 상처를 받은 것이다. 마치 자신이 그 막대한 재산의 그늘에 가려 왜소한 존재가 되어버린 듯한 기분이 들었다. 그는 자신에게 재능이 있다고 확신했지만, 그런 재능과 업적이 금은보화의 바다에 삼켜져버린 꼴이었다.

'동료들은 이제 나에게서 불요불굴의 연구자, 예민한 지성, 뛰어난 발견자를 보려고 하지 않아. 그들이 보는 것은 5억 프랑뿐이야. 내가 알프스의 갑상선종 환자라 해도, 무지몽매한 호텐토트족*이라 해도, 인간이 아니라 하등동물이라 해도 마찬가지였을 거야. 글랜도버 경의 지적은 적절했어. 앞으로 내 가치는 2100만 파운드라고. 그 이상도 그 이하도 아니라고.'

이렇게 생각하자 오싹 소름이 끼쳤다. 5억 프랑이나 되는 재산을 가진 사람이 어떻게 생겼나 하고, 과학적인 호기심을 담아

* 호텐토트족: 아프리카 남부 내륙지방의 원주민.

그를 바라보고 있던 참석자들은 화제의 주인공이 갑자기 서글픈 표정을 짓는 것을 알아차리고는 깜짝 놀랐다.

하지만 그 약한 마음은 순간적인 것에 불과했다. 생각지도 않게 굴러 들어온 거금을 위대한 목적에 바치자는 생각이 마음에 떠오르자 박사는 다시 침착성을 되찾았다. 그는 글래스고에서 온 스티븐슨 박사의 '정신지체 청소년 교육'에 대한 발표가 끝나기를 기다려 발언권을 요구했다.

글랜도버 경은 다음 차례인 오비디우스 박사를 뒤로 돌리고, 곧바로 사라쟁 박사에게 발언을 허락했다. 참석자들이 모두 반대해도, 유럽의 모든 학자들이 항의해도 당신한테 발언을 허락하겠습니다! 회장의 말투는 분명 그렇게 말하고 있었다.

"여러분." 사라쟁 박사가 입을 열었다. "제가 많은 유산을 받게 되었고 이 뜻밖의 행운이 과학 발전에 도움이 되리라는 것은 며칠 뒤에나 알려드리게 될 줄 알았습니다. 하지만 이미 알려진 이상, 침묵을 지킬 수는 없습니다. 여러분, 적지 않은 돈, 지금 영국은행에 예치되어 있는 5억 프랑의 재산이 법률에 따라 제 소유가 되는 것은 사실입니다. 하지만 그 재산은 제 것이 아닙니다. (웅성거림) 그것은 인류의 것이고, 진보를 위한 재산입니다. (다양한 움직임. 탄성. 일제 박수. 모두 이 선언을 듣고 감전이라도 된 것처럼 벌떡 일어난다.) 여러분, 박수는 그만두십시오. 과학자라면 누구든 저와 같은 처지에 놓이면 그렇게 할 겁니다. 인간에게는 다양한 활동 분야가 있지만, 과학에 힘쓰는 사람이 헌신을 싫어하고 오직 자기만 생각한다고 누가 생각하겠습니까?

(옳소!) 이제 여러 말을 할 필요는 없습니다. 결론을 말씀드리죠. 제 생각은 이렇습니다. 우연이 제 손에 넘겨준 5억 프랑의 돈은 제 것이 아니라 과학을 위한 것입니다! 여러분! 이 예산의 분배를 담당하는 위원이 되어주시지 않겠습니까? 저 혼자서는 아무래도 불안합니다. 여러분이 재판관이 되어서, 이 재산을 어떻게 쓰는 것이 최선인지 결정해주십시오! (외침. 격렬한 흥분. 열광의 도가니)"

모두 일어났다. 흥분한 나머지 탁자 위로 올라간 사람도 몇 명 있었다. 글래스고의 턴불 교수는 금방이라도 기절할 것 같았다. 나폴리의 치코냐 박사는 숨을 멈추었다. 글랜도버 경만은 그 지위에 어울리는 평정을 유지하고 있었다. 그는 확신하고 있었다. 사라쟁 박사는 농담했을 뿐이고, 그런 터무니없는 계획을 실행할 마음은 털끝만큼도 없다고.

장내가 조금 조용해지자 박사가 말을 이었다.

"허락해주신다면 여기서 제 계획을 한 가지 말씀드리고 싶습니다. 이 계획은 발전시켜 완성하기도 별로 어렵지 않습니다."

그제야 겨우 사람들이 냉정을 되찾고 경건한 태도로 귀를 기울였다.

"여러분, 우리를 둘러싸고 있는 질병·빈곤·죽음의 온갖 원인들 가운데 특별히 한 가지를 중시할 필요가 있습니다. 그것은 대다수 사람들이 놓여 있는 열악한 위생 조건입니다. 사람들은 대도시에 몰려서, 인간의 생존에 불가결한 요소인 공기와 햇빛을 박탈당한 곳에 살고 있습니다. 도시라는 인구 밀집 지대는 종종 전염병의 좋은 서식지가 되기도 합니다. 죽지는 않더라도 건강이 손상됩니다. 생산력은 떨어지고 사회는 많은 노동력을, 좀더 유익하게 쓸 수 있을 노동력을 잃어버리고 있습니다. 여러분, 왜 좀더 강력한 수단에 호소하지 않습니까? 왜 우리의 상상력을 발휘하여, 지극히 과학적인 토대 위에 이상적인 도시를 건설할 계획을 세우지 않습니까? (옳소! 옳소!) 왜 우리에게 맡겨진 자금을 이상 도시 건설에 투입하여 세계에 실물 교육을 베풀지 않겠습니까? (옳소! 옳소! 우레와 같은 박수)"

위생학회 회원들은 똑같이 억누를 수 없는 열광에 사로잡혀 서로 악수를 나누고, 사라쟁 박사에게 달려가 헹가래를 치고 장내를 누볐다.

박사는 원래 자리로 돌아오자 다시 말을 이었다.

"여러분! 우리는 각자 그 도시의 모습을 벌써 생생하게 머리에 그려볼 수 있습니다. 게다가 몇 달 뒤에는 현실이 될 겁니다. 건강과 행복의 그 도시에 모든 사람들을 초대합시다. 모든 나라의 언어로 그 계획과 도시의 모습을 묘사합시다. 빈곤과 실업 때문에 인구가 과밀한 나라에서 쫓겨난 성실한 가족들을 불러모읍시다. 여러분은 놀라실지 모르나, 외국에 정복당하고 어쩔 수 없이 망명한 사람들도 여기서는 열심히 일하고, 그 두뇌로 사회에 이바지하고, 돈이나 다이아몬드보다 훨씬 귀중한 정신적 풍요로움을 우리에게 베풀어줄 수도 있을 것입니다. 우리는 이곳에 거대한 학교를 세워, 젊은이들이 훌륭한 학자 밑에서 학문을 배우고, 정신적 · 신체적 · 지적 재능의 균형있는 발전이 이루어지게 합시다. 미래를 위해 힘찬 세대를 육성합시다."

그 뒤의 흥분은 이루 형언할 수가 없다. 15분이 넘도록 박수와 환호가 그치지 않았다.

사라쟁 박사가 겨우 자리에 앉자, 글랜도버 경이 또다시 몸을 기울이고 눈짓을 하면서 귀엣말로 속삭였다.

"훌륭한 생각입니다…… 박사께서는 그 수입을 기대하시고 계시군요. 확실한 사업입니다. 처음에 시작을 잘하고 저명인사들의 후원을 받으면…… 요양 중인 환자나 허약한 사람들은 모두 갈 겁니다…… 나한테도 땅을 좀 나누어주시지 않겠습니까?"

박사는 자신의 행위를 타산적인 동기로 해석하는 데 기분이 상해서 한마디 대꾸해주려고 했지만, 바로 그때 부회장이 사라쟁 박사의 박애적인 제안에 환호로 답하자고 제의했다.

"그처럼 숭고한 제안을 하신 것은 브라이턴 학회에 영원히 사라지지 않을 명예입니다. 더없이 풍부하고 관대한 마음이 숭고한 지성과 결합해야만 비로소 그런 구상을 할 수 있을 것입니다. 그 제안을 듣고 보니, 왜 지금까지 그것이 실현되지 않았는지 이상한 생각이 들 정도입니다. 얼마나 막대한 돈이 어리석은 전쟁이나 쓸데없는 목적을 위해 쓰였습니까. 그 돈은 바로 이런 계획을 위해 쓰였어야 마땅합니다!"

끝으로 발언자는 설립자의 이름을 따서 이 새로운 도시에 '사라지나'라는 이름을 붙이자고 제안했다.

원래는 표결에 붙여야 할 사항이었지만, 이 제안은 곧장 박수로 승인되었다.

"그러면 안 됩니다." 박사가 말했다. "제 이름을 붙일 필요는 없습니다. 또한 이 미래의 도시에 그리스어나 라틴어에서 유래한 현학적인 이름을 붙이는 것도 그만둡시다. 그것은 행복의 도시입니다. 하지만 저는 내 조국의 이름을 따서 프랑스빌(프랑스시)이라고 부르고 싶습니다!"

아무도 박사의 희망을 물리치지 못했다.

프랑스빌은 이렇게 우선 구두로 건설되었다. 이어서 회의가 끝나면 작성될 의사록 안에 문장 형태로 존재하게 되었다. 그리고 이야기는 곧 구체적인 문제로 넘어갔다.

하지만 이런 실제적인 문제는 학회 쪽에 맡겨두자. 〈데일리 텔레그래프〉가 보도한 유산이 어떤 경로로 굴러 들어왔는지, 그 과정을 한 걸음씩 더듬어가는 일은 학회가 평소에 하는 일과는 전혀 다른 작업이었다.

10월 29일 저녁부터 이 기사는 영국의 모든 신문에 전재되어 전국 방방곡곡으로 퍼져 나가기 시작했다. 특히 〈헐 가제트〉지는 2면 톱기사로 대문짝만 하게 게재했고, 석탄 운반선 '퀸 메리' 호가 11월 1일에 그 신문을 로테르담으로 실어 날랐다.

〈네덜란드 에코〉지 편집장이 당장 그 기사를 번역했고, 이 신문은 증기선을 타고 11월 2일에 〈브레멘 일보〉에 도착했다. 여기서는 기사의 본체는 그대로 두고 장식만 바꾸어 독일어로 인쇄했다. 독일의 신문기자가 기사 첫머리에 '터무니없는 유산'이라고 썼을 때 고식적인 수단에 호소한 것이나 '브라이턴 특파원' 이라는 말을 추가하여 독자의 신뢰를 악용한 것을 여기에 밝혀둘 필요가 있을까?

그거야 어쨌든 독일어로 번역된 이 기사는 권위있는 〈가제트 뒤 노르〉지 3면에, 이렇게 진지한 인물에게 사기꾼 같은 인상을 주는 표제를 없앤 상태로 게재되었다.

이런 우여곡절 끝에 그 기사가 실린 신문은 11월 3일 밤에 예나* 대학의 슐츠 교수 댁 식당에서 작센 출신인 덩치 큰 집사의 두툼한 손에 잡히게 되었다.

지체 높은 이들이 으레 그렇듯이, 슐츠 교수도 처음 보는 사람의 눈을 끌 만한 데가 전혀 없었다. 나이는 마흔다섯 살 정도였고, 키가 상당히 컸다. 딱 바라진 어깨에서는 다부진 체격을 엿볼 수 있었다. 이마는 벗겨졌고, 뒤통수와 관자놀이에 조금 남은 머리털은 금빛 삼베 부스러기를 연상시켰다. 푸른 눈의 아득한 푸르름은 사색의 깊이를 말해주었다. 날카로운 빛을 내지는 않지만, 그 눈길을 받으면 몸이 오그라드는 듯한 느낌에 사로잡혔다. 슐츠 교수는 입이 컸고, 튼튼해 보이는 이는 사냥감을 한번 물면 절대 놓치지 않을 것처럼 보였다. 그 치아는 얄팍한 입술에 덮여 있었고, 입에서 차례로 튀어나오는 말에 번호를 매기는 것이 그 입술의 주된 역할인 것처럼 보였다. 이리하여 전체적으로는 왠지 남을 위압하는 듯한 느낌을 주었지만, 교

---

* 예나: 독일 중부 튀링겐 주에 있는 도시. 1558년에 설립된 예나 대학은 18세기 말과 19세기 초에 전성기를 맞았다. 당시 극작가 실러, 철학자 헤겔과 피히테, 시인 슐레겔 등이 이 대학에서 강의했다.

수는 자신의 그런 모습에 만족하고 있는 게 분명했다.

집사가 낸 소음에 교수는 시선을 난로 위로 들어올려 저속한 가구 중에서 유난히 이채를 띠고 있는 바르브디엔*의 벽시계를 쳐다보고는 거칠다기보다 딱딱한 목소리로 말했다.

"여섯 시 55분인가! 마지막 우편배달 시각은 여섯 시 반이야. 오늘 자네는 25분 늦었어. 여섯 시 반에 이 탁자 위에 우편물을 갖다놓지 않으면 여덟 시에는 이 집에서 나가게 돼."

"나리, 곧 식사를 하시겠습니까?" 집사가 물러가면서 물었다.

"지금 시각은 여섯 시 55분이야. 저녁식사는 일곱 시로 정해져 있잖나. 이 집에 온 지 3주나 됐으면 그 정도는 숙지하고 있을 텐데 그래. 한 시간이라도 예정을 틀어지게 하지 마라. 도대체 같은 말을 몇 번 되풀이해야 하지?"

교수는 신문을 탁자 위에 놓고, 모레 《생리학 연감》에 게재할 회고록을 쓰기 시작했다. 제목은 〈프랑스인은 정도의 차이는 있지만 왜 유전적으로 퇴화하고 있는가?〉였다. 그는 이런 제목을 붙이는 것이 부주의하다고는 조금도 생각지 않았다.

교수가 그 일을 계속하는 동안, 양배추를 넣은 소시지와 맥주 따위가 난롯가의 둥근 탁자에 조용히 차려졌다. 교수는 펜을 놓고 식사를 시작하여, 이런 고지식한 인물에게는 상상할 수도 없을 만큼 만족스럽게 음식을 음미했다. 그런 다음 벨을 울려 커피를 마시고, 커다란 파이프에 불을 붙여 담배를 피우면서 다시

---

* 페르디낭 바르브디엔(1810~92): 프랑스의 청동제품 제작자.

"오늘 자네는 25분 늦었어"

일을 시작했다.

교수가 원고 끝에 서명한 것은 자정이 다 되어서였다. 그는 곧 휴식을 취하기 위해 침실로 갔다. 그는 언제나 침대 속에서 신문을 읽었다. 막 졸음이 덮쳐오려 할 때, 어느 외국인의 이름이 교수의 관심을 끌었다. 그것은 막대한 유산을 보도한 기사 속에 나오는 '랑제볼'이라는 이름이었다. 하지만 아무리 기억을 더듬어보아도 랑제볼이 누군지 생각나지 않았다. 교수는 몇 분 동안 헛수고를 거듭하다가 신문을 내던지고 불을 끄자마자 곧 기분 좋은 숨소리를 내며 잠들어버렸다.

하지만 교수가 연구하고 해명한 생리적 현상에 따라 그 랑제볼이라는 이름은 슐츠 교수의 꿈속에서도 계속 추구되었다. 이튿날 아침에 눈을 뜨자 기계적으로 그 이름을 되뇌고 있음을 깨닫고 교수 자신도 깜짝 놀랐다.

지금 몇 시일까 하고 시계를 보려 했을 때 문득 생각이 떠올랐다. 교수는 침대 발치에 떨어져 있던 신문을 집어 들고는 생각을 집중하려고 손을 이마에 댄 채 몇 번이나 그 기사를 되풀이 읽었다. 그리고 어젯밤에 끝내 생각해내지 못하고 지나가버린 것을 후회했다. 이제 분명 광명이 머릿속에 비쳐들었다. 교수는 꽃무늬 실내복을 입는 시간도 아까워서 그대로 곧장 벽난로로 달려가 거울 옆에 걸려 있는 작은 초상화를 떼어 뒤집었다.

교수의 생각이 옳았다. 초상화 뒤에는 반세기가 지나는 동안 거의 지워지기는 했지만 노란 잉크로 이름 하나가 적혀 있었다.

'테레즈 슐츠, 랑제볼 태생.'

그날 밤 교수는 런던행 직행열차를 탔다.

4
똑같이 나누기

11월 6일 오전 일곱 시, 슐츠 교수는 체링크로스 역에 도착했다. 그리고 정오에 사우샘프턴 가 93번지에 나타났다. 큰방이 칸막이로 구획되어, 한쪽은 사무원들이 일하는 공간으로, 또 한쪽은 손님들을 위한 공간으로 쓰이고 있었다. 의자 여섯 개와 검은 탁자 한 개, 그리고 수많은 초록색 클립과 주소록이 비치되어 있었다. 젊은 남자 두 명이 탁자 앞에 앉아서 빵과 치즈를 조용히 먹고 있었다. 빵과 치즈는 어느 나라에서나 법률사무소의 전통적인 점심식사였다.

"빌로스 그린 샤프 법률회사지요?" 교수는 식사를 주문할 때와 같은 목소리로 물었다.

"샤프 씨는 서재에 있습니다. 성함은? 용건은?"

"예나에서 온 슐츠 교수요. 랑제볼 문제로……."

젊은 서기는 나팔 모양의 송화기에 대고 이 말을 전달한 뒤, 수화기로 대답을 받았다. 그 대화는 공개를 꺼릴 만한 것이었지만, 여기에 그대로 옮겨보면 다음과 같다.

"뭐라고? 또 랑제볼이야? 또 이상한 놈이 유산을 받을 자격이 있다고 찾아왔겠지!"

젊은 서기의 대답.

"언뜻 보기에는 훌륭한 신사분입니다. 느낌이 좋은 사람은 아니지만, 요전에 왔던 그런 작자는 아닙니다."

또 신비로운 외침 소리.

"독일에서 왔다고 했나?"

"본인은 그렇게 말하고 있습니다만……."

수화기를 통해 한숨 소리가 들려왔다.

"들여보내."

"3층으로 올라가서 정면에 있는 문으로 들어가세요." 서기가 이번에는 큰 소리로 통로를 가리키며 말했다.

교수는 복도로 나가서 3층으로 올라간 다음 부드러운 충전물을 넣은 문 앞에 섰다. 거기에는 가죽 바탕에 검은 글자로 '샤프'라는 이름이 돋을새김되어 있었다.

가죽 의자와 뚜껑이 열린 커다란 서류상자가 놓여 있고 양탄자가 깔린 서재 안에서 그 남자는 큼직한 책상 앞에 앉아 있었다. 슐츠가 들어가도 그는 의자에서 몸을 일으키지도 않고 무척 바쁜 듯이 5분 동안 서류를 뒤적인 뒤에야 겨우 옆에 앉은 교수 쪽으로 몸을 돌렸다.

수화기를 통해 한숨 소리가 들려왔다

"용건을 간단히 말씀해주십시오. 시간이 없어서 잠시밖에 시간을 내드릴 수 없으니까요."

교수는 이런 푸대접을 받고 기분이 상했지만, 애써 미소를 지으면서 말했다.

"내 이야기를 들으면 시간을 좀더 내는 편이 좋겠다고 생각하실거요."

"어서 말씀해보세요."

"바르르뒤크 출신인 장 자크 랑제볼의 유산 상속 문제로 찾아왔습니다. 나는 장 자크 랑제볼의 누나인 테레즈 랑제볼의 손자요. 테레즈 랑제볼은 1792년에 우리 할아버지인 마르틴 슐츠와 결혼했는데, 할아버지는 브라운슈바이크*에서 군의관으로 일하다가 1814년에 돌아가셨지요. 가계를 증명하는 공문서는 물론, 외종조부가 누님에게 보낸 편지 세 통, 예나 전투†가 끝난 뒤 집으로 돌아가는 데 사용한 통행증 따위가 남아 있습니다."

샤프 씨에게 아무리 설명해도 허사였다. 여느 때와는 달리 교수는 말이 많았다. 사실 이것이야말로 아무리 지껄여도 끝이 없는 유일한 논점이었다. 게르만족이 다른 모든 민족을 지배할 필요가 있다는 것을 영국인인 샤프 씨에게 납득시키는 것이 문제다. 상속권을 요구하는 것도 그 유산을 프랑스인의 손에서 빼앗기 위해서였다! 상대의 못마땅한 점은 그 국적이다. 상대가 독

---

* 브라운슈바이크: 독일 북부 니더작센 주에 있는 도시. 1918년까지는 브라운슈바이크 공국의 수도였다.
† 예나 전투: 1806년 10월 14일 나폴레옹 1세의 프랑스군이 프로이센 군대를 격파한 전투.

일인이라면 이런 식으로 이의를 제기하지는 않았을 것이다. 하지만 명색이 학자라는 프랑스인이 프랑스적 착상을 위해 막대한 재산을 쓴다고 생각하자, 슐츠는 저도 모르게 분별력을 잃고 끝까지 자기 권리를 주장했다.

샤프 씨는 처음 얼마 동안은 그 정치적 견해와 막대한 유산의 관계를 이해하지 못했지만, 많은 사건을 다룬 변호사인 만큼 이윽고 게르만족의 민족적 비원과 인도 왕비의 유산에 대한 슐츠의 개인적 갈망 사이에 깊은 관계가 있음을 알게 되었다. 이 두 가지는 결국 같은 차원의 것이었다.

그것은 의심할 여지가 없었다. 열등한 민족과 혈연관계가 있다는 사실은 예나 대학 교수에게는 수치스러운 일인지도 모르지만, 이 비범한 인물을 세상에 내보낸 책임의 일부가 프랑스인 할머니에게 있는 것은 분명했다. 다만 사라쟁 박사에 비해 부차적인 이 혈연관계는 문제의 상속에 관해서도 부차적인 권리밖에 구성하지 않는다. 하지만 변호사는 이 상속을 인정하는 것도 합법이라고 생각했다. 게다가 빌로스 그린 샤프 법률회사에도 그 편이 이익이다. 소환장, 증서, 온갖 서류가 눈앞에 생생하게 떠올랐다. 가장 좋은 것은 샤프 씨가 조정 역할을 맡아서 두 고객의 이익을 위해 문제를 처리해주는 것이다. 그러면 샤프 씨도 명예와 이익을 얻을 수 있다.

샤프 씨는 사라쟁 박사도 상속 자격을 갖추고 있다는 것을 슐츠 교수에게 납득시키고 그 증거를 제시한 뒤, 만약 빌로스 그린 샤프 법률회사가 슐츠 씨의 상속권에서 이익을 얻는 일을 맡을 경우—"이건 어디까지나 '예상'입니다. 재판까지 갔을 때 과연 이길 수 있을지 어떨지는 의문이지만……"—슐츠 교수는 사례로 법률회사에 상당한 권리를 인정해주어야 할 거라고 설명했다.

이 변호사의 이야기는 교수도 이해했다. 그래서 사소한 점은 어쨌든, 그 점만은 걱정하지 말라고 말했다. 샤프 씨는 충분한 시간을 들여 이 문제를 검토해도 좋으냐고 정중하게 양해를 구하고, 그를 공손히 배웅했다. 좀 전에 시간이 없다고 말한 것은 벌써 까맣게 잊어버리고 있었다.

슐츠 교수는 자기가 인도 왕비의 유산을 상속할 자격을 충분히 갖추지 않은 것은 납득했지만, 그래도 색슨족과 라틴족이 싸우면 실수를 저지르지 않는 한 색슨족에 승산이 있다고 확신하면서 물러갔다.

문제는 사라쟁 박사의 의향을 타진하는 것이다. 당장 브라이턴에 지급 전보를 쳤고, 박사는 다섯 시쯤 변호사 사무실에 도착했다.

사라쟁 박사는 이야기를 듣고도 냉정해서, 샤프 씨가 놀랄 정도였다. 샤프 씨가 말을 꺼내자마자 박사는 솔직하게 말했다. 그러고 보니 옛날 집에서 이모할머니 이야기를 들은 적이 있다. 돈많은 부인 슬하에서 자랐고, 부인과 함께 망명하여 독일에서 결혼했다는 말을 들었다. 하지만 그 이모할머니의 이름이나 정확한 관계는 모른다고 박사는 말했다.

샤프 씨는 상자 속에 꼼꼼히 분류해둔 자료의 도움을 빌리기로 하고, 박사에게 그것을 보여주었다.

"이것은 재판까지 갈 수도 있는 문제지만, 이런 종류의 재판은 자칫하면 아주 오래 갑니다. 물론 박사님이 지금 저한테 솔직하게 털어놓은 사실을 상대에게 인정할 필요는 전혀 없습니다. 하지만 상대 쪽에는 슐츠 씨 말대로 장 자크 랑제볼이 누님에게 쓴 편지가 있습니다. 이건 유리한 증거입니다. 신빙성이 희박하고 합법성이 없는 증거지만, 증거는 증거지요…… 다른 증거는 아마 시청 기록보관소의 먼지 속에서 발견될 겁니다. 진짜 증거가 없으면 상대는 증거를 위조할지도 모릅니다. 모든 것을 예상해야 합니다. 새로운 조사가 시작되면 테레즈 랑제볼과 그 자손들이 박사님보다 더 많은 권리를 갖게 될지 누가 알겠습니까. 어쨌든 소송은 오래 갈 테고, 검증에는 시간이 걸리고, 해결은 한없이 지연될 겁니다. 승소할 가능성은 양쪽 다 가지고 있습니다. 소송비용만으로도 회사 하나를 너끈히 차릴 수 있을 겁니다. 이런 재판으로 유명한 것은 대법원에서 무려 83년 동안 계속되다가 돈이 다 떨어져서 끝난 경우가 있습니다. 원금도 이자도 몽땅 날아가버렸지요. 증거 조사, 위원회, 검증, 절차 등에 시간이 걸리면 10년이 지나도 문제는 해결되지 않은 채 5억 프랑은 은행에서 잠자고…….'"

사라쟁 박사는 이 끝없는 수다가 언제쯤이면 끝날까 생각하면서 듣고 있었다. 그 말을 전적으로 믿는 것은 아니지만, 조금 전까지는 그렇게 가까이 다가와 있었고 벌써 용도까지 결정해버린 재산이 자칫하면 사라져버릴 수도 있다는 것을 깨달았다.

뱃머리로 몸을 내민 여행자가 이제 곧 입항할 줄 알고 항구를 바라보는데 항구가 점점 멀어지고 희미해지다가 결국에는 사라져버린 듯한 기분이었다.

"그럼 어떻게 하면 됩니까?" 박사가 변호사에게 물었다.

"어떻게 하면 되냐고요? 으음…… 어려운 문제로군요. 곤란한 일이지만 어떻게든 잘 수습하겠습니다." 샤프 씨가 장담했다. "영국 법원은 훌륭합니다. 일처리는 다소 늦지만…… 느린 만큼 확실하지요. 박사님의 자격이 확실하다면 몇 년 안에 유산을 상속할 수 있을 겁니다."

박사가 사우샘프턴 가의 법률사무소를 나왔을 때 확신은 완전히 흔들리고 있었다. 언제 끝날지도 모르는 소송을 시작할 것인가. 아니면 꿈을 포기할 것인가. 둘 중 하나를 택해야 한다는 것을 박사는 깨달았다. 그 인도적인 계획을 생각하면 역시 유감스러워서 견딜 수가 없었다.

한편 샤프 씨는 슐츠 교수가 남기고 간 주소로 편지를 보내, 사라쟁 박사는 테레즈 랑제볼에 대한 이야기를 들은 적도 없다면서 독일인 친척의 존재를 부인하고 타협을 거부했다고 통고했다. 따라서 당신이 상속권을 주장한다면 소송을 걸 수밖에 없다. 나는 사실 이 문제에 전혀 관심이 없다. 말하자면 제삼자로서의 호기심밖에 갖고 있지 않다. 따라서 당신을 단념시킬 생각은 전혀 없다. 소송은 아마 30년쯤 계속될 것이고, 결과가 어떻게 나올지는 아무도 모른다. 변호사에게는 더할 나위 없이 좋은 소송이다. 나 개인으로서는 무척 기쁠 것이다…… 슐츠 교수가 의심스럽게 생각할 것을 걱정하지 않았다면, 샤프 씨 자신은 끝까지 무관심한 태도를 취하면서 교수의 이익을 대변해줄 동료 변호사를 추천했을 것이다. 정말로 어느 쪽을 선택할지는 중요한 문제였다. 법률의 길은 이제 모험가와 강도가 우글거리는 간선도로가 되어버렸다. 샤프 씨는 얼굴을 붉히면서 이 수치스러운 사실을 시인했다.

"그 프랑스 의사가 타협으로 문제를 해결할 생각이라면 비용이 얼마나 들까요?" 교수가 물었다.

현명한 인간은 말로는 움직일 수 없는 법이다. 실제적인 사람은 도중에 조금이라도 시간을 허비하지 않으려고 목표를 향해 쏜살같이 나아간다. 샤프 씨는 이런 방식에 조금 당황했지만, 슐츠 교수에게 이렇게 설명했다.

"문제는 그렇게 간단치 않습니다. 그리고 이제 막 시작되었을 뿐인데 끝을 예고할 수도 없는 일입니다. 사라쟁 박사를 타협으로 끌고 가려면 교수님이 벌써 화해할 준비를 하고 있다는 것을 상대가 눈치채지 못하도록 일을 추진해야 합니다. 아시겠습니까? 저한테 맡겨두세요. 믿으셔도 됩니다."

"믿고말고요. 다만 어떻게 해야 좋을지 알고 싶었을 뿐이오."

하지만 슐츠 교수는 변호사가 도대체 어느 정도의 금액을 예상하고 있는지도 듣지 못한 채, 백지위임을 할 수밖에 없었다.

이튿날 샤프 씨의 사무실로 불려간 사라쟁 박사는 침착한 태도로 무슨 일이 일어났느냐고 물었다. 변호사는 그 침착한 태도에 불안을 느꼈지만, 신중하게 검토해본 결과 악은 뿌리째 뽑아버리는 것이 상책이니까 슐츠 교수에게 화해를 제의하는 것이 제일 좋겠다고 말했다.

"박사님도 인정하시겠지만, 이거야말로 이해타산을 떠난 조언입니다. 제 입장에서 이런 조언을 할 변호사는 없습니다. 하지만 이 문제의 조기 해결에 저는 긍지와 명예를 걸고 있습니다. 그래서 부모와 같은 심정으로 이 문제를 다루고 있는 겁니다."

사라쟁 박사는 변호사의 이야기를 듣고 비교적 현명한 방법이라고 생각했다. 며칠 전부터 박사는 그 과학의 꿈을 당장 실현할 수 있으리라는 생각에 익숙해져서, 모든 것을 그 계획에 맞추고 있었다. 그런데 계획을 실행하기 위해 10년을 기다려야 한다면 어떻게 되겠는가. 10년은커녕 1년을 기다리는 것도 지금의 박사에게는 잔혹한 실망이었다. 하지만 법률이나 경제 문제에 어두운 박사는 이론을 실행에 옮길 수 있는 돈의 권리를 끝까지 요구하는 짓은 하고 싶지 않았다. 그래서 박사는 샤프 씨에게 백지위임장을 건네주고 돌아갔다.

이리하여 변호사는 바라던 것을 손에 넣었다. 다른 변호사라면 아마 소송을 제기하고, 그 소송을 한없이 오래 끌어서 막대한 종신연금을 확보하고 싶은 유혹에 저항하지 못했을 것이다. 하지만 샤프 씨는 장기적인 생각을 하는 사람이 아니었다. 단번에 많은 이익을 얻을 수 있다고 생각하자, 당장 그 기회를 잡기로 작정한 것이다. 이튿날 그는 사라쟁 박사에게 편지를 써서 슐츠 교수도 화해에 반대하지 않을 거라는 냄새를 풍겼다. 그는 다시 사라쟁 박사와 슐츠 교수를 찾아가서, 각자 상대가 납득하지 않을 뿐만 아니라, 냄새를 맡은 제3의 상속인 후보가 존재를 드러낼 것 같다고 말했다.

이런 연극이 일주일 동안 계속되었다. 아침에는 만사가 잘 돌아가도 저녁에는 예기치 못한 일이 생겨 엉망진창이 되어버린다. 박사에게 그것은 함정이고 망설임이고 끊임없는 변화였다. 샤프 씨는 막판에 물고기가 날뛰기 시작하여 낚싯줄을 끊어버릴 우려가 있는 한, 낚싯바늘을 빼버릴 결심은 서지 않았다. 하지만 걱정할 필요는 없었다. 사라쟁 박사는 처음부터 번거로운 소송에 호소할 생각이 없었고 화해에 기꺼이 응할 생각이었다. 샤프 씨는 저 유명한 말에 따르면 '심리적 순간'이 찾아왔다고 여겨졌을 때, 쉽게 말해서 고객이 바작바작 속을 태우기 시작했을 때, 마침내 싸움을 그만두고 화해를 제의했다.

친절한 남자가 나타났다. 은행가인 스틸빙 씨가 양쪽에 2억 5000만 프랑씩 나누어주고 전체 유산에서 5억 프랑을 뺀 나머지 2700만 프랑만 수수료로 받겠다는 것이다.

샤프 씨가 거만한 태도로 이렇게 제의하자 사라쟁 박사는 기꺼이 받아들였다. 박사는 당장 서명하겠다고 말하고, 스틸빙과 샤프 씨를 위해 금으로 조상을 만들어 세워도 좋다고 제안했다.

서류가 작성되고, 증인들이 모이고, 서머싯하우스에 있는 유언 등기소의 소인기(消印機)가 막 작동하려는 참이었다. 슐츠 교수도 왔다. 앞에서 말했듯이 샤프 때문에 진퇴양난의 궁지에 빠져 있었던 그는 상대가 사라쟁 박사보다 다루기 어려운 인간이었다면 고생한 보람을 전혀 얻지 못했을 거라고 확신할 수 있었다. 절차는 눈 깜짝할 사이에 끝났다. 두 상속인은 정식 위임장과 평등한 분배 수락서를 제출하고, 각자 10만 파운드의 수표를 받았다. 그리고 법적 수속이 끝나는 대로 당장 그 수표를 현금화할 수 있다는 약속을 받았다.

그리하여 이 놀랄 만한 사건은 앵글로색슨의 우월성에 최대의 영광을 바치면서 끝났다.

그날 밤 샤프 씨가 친구인 스틸빙과 코브던 클럽에서 저녁식사를 함께 하면서 사라쟁 박사와 슐츠 교수의 건강을 위해 샴페인으로 건배하고 술병을 비울 때 저도 모르게 다음과 같은 말을 외친 것은 사실이다.

"만세! 영국의 지배력! 역시 우리뿐이야!"

진상은 이러했다. 은행가 스틸빙은 샤프 씨가 5000만 프랑은 틀림없이 벌 수 있는 사건을 2700만 프랑으로 끝내버린 가련한 남자라고 생각했고, 결국 슐츠 교수도 같은 의견이었다. 슐츠 교수는 어떤 타협안이라도 받아들일 수밖에 없다고 생각했기 때문이다. 그리고 사라쟁 박사처럼 경박하고 감수성이 예민하고 몽상가인 켈트인이 상대라면 교섭이 어떻게 진행될지 모른다!

슐츠 교수는 경쟁자가 민족의 모든 특성을 발전시켜 강건하고 용감한 젊은 세대를 양성하기에 적합하고 정신적·신체적으로 위생적인 환경에 프랑스빌이라는 도시를 창설할 계획이라는 소문을 듣고 있었다. 이런 계획은 어리석게 여겨졌다. 진보의

"만세! 영국의 지배력! 역시 우리뿐이야!"

법칙은 라틴족이 쇠퇴하여 색슨족에게 굴복하고 마지막에는 지구상에서 완전히 소멸할 것을 예언하고 있다. 교수의 감각에 따르면, 사라쟁 박사의 계획은 이 진보의 법칙에 어긋나기 때문에 반드시 실패할 수밖에 없었다. 하지만 만에 하나라도 박사의 계획이 실현될 실마리를 얻어 성공할 가망이 생기면, 이런 예측도 뒤집힐 우려가 있었다. 따라서 모든 색슨인에게 일반적인 질서를 지키는 의미에서도 불가피한 법칙에 따르기 위해서라도, 가능하면 그런 미치광이 같은 계획을 매장해버릴 필요가 있었다. 이런 상황 아래에서 예나 대학 화학 교수이고 다른 인종에 대한 많은 비교 연구—그 연구에서는 게르만족이 다른 민족을 흡수해야 하는 당위성이 증명되어 있었다—로 유명한 그가 대자연의 창조와 파괴를 되풀이하는 위대한 힘으로 자연에 반항하는 소인들을 절멸시키도록 특별히 지명받은 것은 분명했다. 테레즈 랑제볼과 마르틴 슐츠가 결혼한 이상, 언젠가는 프랑스의 박사와 독일의 교수 속에서 두 민족성이 한데 섞여 후자가 전자를 압도하게 되는 것은 영원한 진리였다. 교수는 이미 박사의 재산 절반을 손에 넣었다. 이제 필요한 것은 무기뿐이었다.

물론 이 계획은 슐츠 교수에게는 부차적인 것에 불과했다. 그것은 그가 생각하고 있는 훨씬 원대한 계획, 즉 게르만족과 융합하여 '조국'의 깃발 아래 결집하기를 거부하는 모든 민족을 절멸시키려는 계획에 딸려 있었을 뿐이다. 하지만 이미 얕볼 수 없는 강적인 사라쟁 박사의 계획을 밑바탕까지 알아내기로 마음먹은 교수는 국제위생학회에 참석하여 회원들의 발언에 열심히 귀를 기울였다. 이 집회가 끝났을 때 사라쟁 박사를 포함한 몇몇 회원들은 슐츠 교수가 프랑스빌 같은 어리석고 비상식적인 개미탑을 대신할 강력한 도시를 건설할 작정이라고 선언하는 것을 들었다.

교수는 이렇게 덧붙였다.

"나는 우리가 그 도시를 건설할 때 맛보는 경험이 전 세계에 본보기가 되기를 바랍니다!"

아무리 인류애에 넘치는 선량한 사라쟁 박사라 해도, 모든 동료가 반드시 박애라는 이름에 걸맞은 인간이 아니라는 것은 누가 가르쳐주지 않아도 알고 있었다. 그는 상대의 말을 주의 깊게 마음에 새겨넣고, 상식인으로서 어떤 협박도 무시해서는 안 된다고 생각했다. 잠시 후 박사는 마르셀에게 자신의 계획을 도와달라고 부탁하는 편지를 쓰면서 이 사건을 이야기하고, 슐츠 교수를 정확하게 묘사했다. 그 때문에 알자스 출신의 젊은이는 선량한 박사가 강적을 만났다고 생각하게 되었다. 게다가 박사는 편지에 이런 말을 덧붙였다.

"우리는 건설을 위해서만이 아니라 자기 방어를 위해서라도 강건하고 정력적인 사람들, 행동하는 학자들을 필요로 하게 될 것이다."

마르셀은 답장을 썼다.

"저는 지금 당장 박사님의 도시 건설에 참여할 수는 없지만, 장차 필요한 경우에는 저를 믿어주십시오. 박사님이 훌륭하게 묘사하신 슐츠 교수를 저는 하루도 잊지 않을 작정입니다. 알자스 사람인 저의 본성이 슐츠 교수의 일에 관여할 권리를 저에게 부여해줍니다. 곁에 있든 멀리 있든, 저는 박사님께 모든 것을 바치고 있습니다. 만에 하나라도 몇 달, 아니 몇 년 동안 제 소식을 듣지 못하게 되더라도 걱정하지 마십시오. 박사님 곁에 있든 없든, 저는 오로지 박사님을 위해 일하고 결과적으로 프랑스를 위해 애쓰는 것밖에는 생각지 않을 작정이니까요."

5
강철 도시

무대와 시대가 바뀌었다. 인도 왕비의 유산이 두 상속인의 손에 맡겨진 지 벌써 5년이 지나, 무대는 이제 미국의 태평양 연안에서 40킬로미터쯤 떨어진 오리건 주 남부로 옮겨진다. 이곳에는 인접한 두 주(州) 사이에 경계가 불확실한 미개척지가 펼쳐져 있어서, 미국의 스위스 같은 곳을 형성하고 있었다.

하늘을 향해 우뚝 솟은 봉우리들이 길게 늘어서 있는 산맥을 가르는 깊은 골짜기, 눈 아래 내려다보이는 웅장한 미개지의 풍경 등, 겉만 보면 확실히 그곳은 스위스였다.

하지만 이 가짜 스위스는 유럽의 스위스처럼 목동이나 산악 가이드나 급사장 같은 평화 산업에 종사하는 사람들에게 맡겨져 있지 않다. 그것은 강철과 석탄 덩어리 위에 놓여 있는 알프스식 장식, 바위나 흙이나 오래된 소나무 껍질일 뿐이다.

관광객이 이런 조용한 풍경에 발을 멈추고 자연의 소리에 귀를 기울여도, 산악지대의 오솔길에 있을 때처럼 산중의 깊은 정적과 섞인 생명의 미묘한 속삭임은 들려오지 않을 것이다. 멀리서는 동력 망치가 땅을 내리치는 둔탁한 소리, 발밑에서는 화약이 터지는 폭발음 따위가 희미하게 들려온다. 지면은 아래에 지하실이 만들어져 있는 극장 무대 같은 구조로 되어 있다. 거대한 바위는 속이 텅 비어 있어서, 금방이라도 신비로운 땅속 깊은 곳으로 가라앉아버릴 것처럼 보인다.

재와 코크스로 포장된 몇 개의 길이 산허리를 감듯이 이어져 있다. 누르스름한 잡초 덤불 밑에는 프리즘의 모든 색으로 장식된 슬러그가 쌓여 뱀 눈처럼 빛나고 있다. 여기저기 비바람에 시달리고 가시나무로 체면을 구긴 폐광의 우물이 사화산의 분화구처럼 입을 딱 벌리고 바닥 모를 심연을 드러내고 있다. 공기에는 연기가 섞여, 거무스름한 외투처럼 땅 위에 무겁게 덮여 있다. 하늘을 나는 새도 한 마리 없고, 곤충조차 이곳을 경원하는 듯하다. 그리고 인간의 기억이 존재하는 한, 한 마리의 나비도 보이지 않았다.

가짜 스위스! 그 북쪽 끝, 산맥의 줄기들이 평원으로 녹아드는 곳에 빈약한 언덕이 두 줄로 뻗어 있고, 그 사이에 1871년 무렵에는 '붉은 사막'이라고 불린 지역이 펼쳐져 있다. 그곳은 철산화물이 섞인 토양 때문에 그렇게 불렸지만, 지금은 '슈탈펠트', 즉 '강철 평원'이라고 불린다.

일찍이 해저였던 곳에서 볼 수 있듯이 모래가 흩어져 있는 30

킬로미터 사방의 쓸쓸한 대지를 상상해주기 바란다. 이런 황무지에 활기를 주고 생명의 약동을 불어넣기 위해 자연은 아무 일도 하지 않았다. 하지만 인간은 갑자기 비할 데 없는 힘과 의지를 보여주었다.

초목 하나 없는 돌투성이 평원에 불과 5년 사이에 18개의 노동자 마을이 생겨났다. 그것은 시카고에서 완전히 조립하여 운반해온 똑같은 모양의 회색 목조주택으로, 거친 노동자를 많이 수용하고 있었다.

이 마을들의 중심에는 무진장한 석탄으로 이루어진 '코크스 버츠'라는 산이 솟아 있고, 그 기슭에 음울하고 거대한 건물들이 늘어서 있었다. 붉은 지붕에 원통형 굴뚝이 숲을 이루고, 대칭적인 창문을 단 똑같은 모양의 건물이 수많은 입에서 검은 연기를 끊임없이 토해낸다. 바람을 타고 멀리서 굉음이 들려온다. 그것은 우레 소리나 파도 소리와 비슷하지만, 좀더 규칙적이고 무거운 울림이다. 하늘은 검은 커튼에 싸여 있고, 그 위를 이따금 붉은 섬광이 스치고 지나간다.

이것이 바로 독일 도시 슈탈슈타트, 즉 '강철 도시'였고, 일찍이 예나 대학 교수였던 슐츠 씨의 개인 소유물이었다. 슐츠 교수는 인도 왕비의 막대한 유산으로 세계 최대의 제철업자가 되었고, 특히 신대륙과 구대륙을 통틀어 최대의 대포 제조업자가 되어 있었다.

사실 그는 러시아와 터키 · 루마니아 · 일본 · 이탈리아 · 중국을 위해서도 대포를 만들었지만, 특히 독일을 위해 온갖 형식

이것이 바로 슈탈슈타트, 즉 '강철 도시'였다

과 온갖 구경의 대포, 내강이 매끄러운 대포와 선조가 있는 대포, 포미가 이동식인 대포와 고정식인 대포 등 온갖 종류의 대포를 만들고 있다.

거대한 자본력 덕분에 진짜 도시인 동시에 훌륭한 공장이기도 한 이 괴물 같은 시설은 마치 마법의 지팡이를 휘둘러 지상에 홀연히 출현한 것 같았다. 대부분 독일 출신인 3만 명의 노동자가 이 도시 주변에 모여 수많은 촌락을 이루었다. 여기서 만들어진 제품은 압도적인 우수성 때문에 몇 달 만에 세계적인 명성을 얻었다.

슐츠 교수는 자기 소유의 광산에서 철광석을 채굴했다. 그러고는 그것을 당장 제련하여 곧바로 대포를 만들어버렸다.

어떤 경쟁 상대도 해내지 못한 일을 그는 마침내 실현한 것이다. 프랑스에서는 40톤의 강철을 제조하고 있다. 영국에서는 100톤의 연철제 대포를 주조했다. 에센*에서는 크루프† 씨가 500톤의 강철을 제련하는 데 성공했다. 그런데 슐츠 씨는 한도를 모른다. 어떤 중량에 어떤 위력을 가진 대포라도 좋으니까 시험 삼아 그에게 주문해보라. 적당한 시기에 새 주화처럼 반짝반짝 빛나는 대포를 보내올 것이다.

하지만 그는 고객들에게 비싼 대금을 받아냈다. 1871년에 받은 유산 2억 5천만 프랑은 그의 탐욕을 더욱 자극한 것 같았다.

---

* 에센: 독일 뒤셀도르프에 있는 루르 공업지대의 중심 도시.
† 알프레트 크루프(1812~87): 독일의 철강업자. 1842년에 발명한 새로운 제철법을 기초로 대포 제작을 추진했다. 그 우수성이 인정되어 주문이 쇄도했고, 비스마르크의 후원에 힘입어 그의 회사는 철강·무기 콘체른으로 크게 성장했다.

철광석을 당장 제련하여 곧바로 대포를 만들어버렸다

모든 산업이 그렇듯이 대포 제조업에서도 다른 업자가 해내지 못한 일을 할 수 있으면 떼돈을 번다. 슐츠 씨의 대포는 전례 없는 거리까지 포탄을 쏘아 보낼 수 있을뿐더러, 사용하면 조금 손상되기는 하지만 절대로 폭발하지는 않는다. 슈탈슈타트의 강철은 특수한 성분을 함유하고 있는 모양이었다. 이 점에 대해 신비한 합금이라느니 화학상의 비밀이라느니 하는 소문이 퍼졌다. 한 가지 확실한 것은 아무도 그 비밀을 모른다는 것이다.

똑같이 확실한 것은 강철 도시에서는 비밀이 신중하고 엄격하게 지켜지고 있다는 것이다.

사막에 둘러싸여 있고, 성벽 같은 산맥으로 세상과 격리되어 가장 가까운 한촌에서도 800킬로미터나 떨어져 있는 북아메리카의 외딴 구석에서는 미국의 힘의 원천인 자유를 한 조각도 찾아볼 수 없을 것이다.

슈탈슈타트의 성벽 밑에 도착해서, 해자와 요새를 일정한 간격으로 구획하는 거대한 성문을 통과하려 해봤자 소용없다. 냉혹하기 이를 데 없는 위병에게 쫓겨날 게 뻔하다. 그러면 촌락으로 돌아가야 한다. 마술 같은 서류나 암호, 또는 도장과 서명과 확인 서명까지 있는 정식 허가증이 없으면 아무도 강철 도시에 들어갈 수 없다.

11월의 어느 날 아침, 슈탈슈타트에 도착한 젊은 노동자는 이 허가증을 가지고 있었던 게 분명하다. 그는 낡고 작은 가죽 트렁크를 숙소에 맡긴 뒤, 마을과 가장 가까운 성문으로 걸어갔다.

젊은이는 골격이 늠름하고 몸집이 컸다. 그리고 미국의 개척자처럼 격식을 차리지 않은 옷차림이었다. 그는 헐렁한 겉옷 속에 칼라가 없는 모직 셔츠와 코르덴 바지를 입고 반장화를 신고 있었다. 살 속에 스며든 석탄 가루를 되도록 감추려는 양 커다란 소프트 모자를 깊이 눌러쓰고 갈색 콧수염 속에서 휘파람을 불면서 기운차게 걸어갔다.

성문에 도착하자 젊은이는 위병 장교에게 서류 한 장을 제시하고 당장 입장을 허락받았다.

"자네 명령서엔 셀리그만 공장장의 주소가 적혀 있어. K지구 9번가 743호 공장이야. 오른쪽 순환도로를 따라가다가 K지구 경계에 다다르면 수위한테 가." 보초가 말했다. 그러고는 젊은이가 막 떠나려 할 때 덧붙였다. "규칙은 알고 있겠지? 다른 지구에 발을 들여놓으면 당장 추방이야."

젊은 노동자는 순환도로를 따라 보초가 알려준 방향으로 나아갔다. 오른쪽에는 해자가 있고, 그 제방 위를 수많은 보초들이 돌아다니고 있었다. 왼쪽에는 넓은 순환도로와 건물들 사이로 복선 철로가 깔려 있고, 그 끝에 외벽과 비슷한 두 번째 성벽이 솟아 있었다. 그 내벽은 강철 도시를 완전히 둘러싸고 있었다.

슈탈슈타트는 너무 거대해서, 바퀴살처럼 요새화된 성벽으로 둘러싸인 각 지구는 같은 성벽과 해자로 둘러싸여 있었지만 서로 완전히 독립되어 있었다.

젊은 노동자는 곧 K지구 경계에 이르렀다. 길가에 높은 성문이 솟아 있고, 돌에 새긴 K라는 글자가 성문 위에 놓여 있었다. 젊은이는 성문 앞으로 가서 수위를 찾았다.

젊은이는 위병 장교에게 서류 한 장을 제시하고……

이번 상대는 병사가 아니라 의족을 달고 가슴에 훈장을 단 상이군인이었다.

상이군인은 서류를 조사하고 새 도장을 찍고 나서 말했다.

"왼쪽 9번 도로로 가시오."

젊은이는 이 두 번째 방벽을 통과하여 마침내 K지구로 들어갔다. 성문에서 출발하는 도로가 K지구의 축을 이루고 있었다. 양쪽에는 똑같은 모양의 건물이 일직선으로 이어져 있었다.

기계의 굉음으로 귀가 먹먹할 정도였다. 수많은 채광창을 낸 회색 건물은 생명이 없는 사물이라기보다 살아 있는 괴물처럼 여겨졌다. 하지만 젊은이는 그런 광경에 익숙해졌는지, 그 야릇한 광경에 아무런 주의도 기울이지 않았다.

5분 뒤, 젊은이는 9번가 743호 공장을 찾아가, 서류철과 장부로 가득 찬 작은 사무실에서 셸리그만 공장장 앞에 서 있었다.

공장장은 도장이 덕지덕지 찍힌 서류를 손에 들고 확인한 뒤, 젊은 노동자에게 눈길을 돌렸다.

"제련공으로 채용됐나? 나이가 아주 젊어 보이는데."

"나이는 문제가 아닙니다." 젊은이가 대답했다. "저는 이제 곧 스물여섯 살이 되고, 제련공으로 일곱 달 동안 일한 경험도 있습니다. 원하신다면 제가 뉴욕에서 고용 계약을 맺을 때 도움이 되었던 증명서를 보여드릴 수도 있습니다."

젊은이는 독일어를 유창하게 구사했지만, 외국 말투가 조금 섞여 있어서 그것이 공장장에게 불신감을 준 모양이었다.

"자네 혹시 알자스 사람인가?"

"아니, 스위스 사람입니다. 샤프하우젠 출신이죠. 보세요. 여기 규정된 서류가 모두 갖추어져 있습니다."

그는 가죽지갑을 꺼내 여권과 증명서, 자격증 따위를 공장장에게 보여주었다.

"좋아. 어쨌든 자네는 채용되었으니까, 이제 자네가 일할 부서만 지시하면 돼." 셀리그만은 공식 서류를 보고 안심하여 말을 이었다.

그는 고용계약서에 적힌 요한 슈바르츠라는 이름을 등록부에 옮겨 적은 다음, 이름과 57938이라는 숫자가 적힌 파란색 카드를 젊은이에게 건네주면서 덧붙여 말했다.

"자네는 아침마다 일곱 시에 K문에 와서 이 카드를 제시해야 돼. 그 전에 바깥쪽 성벽을 통과할 때도 이 카드를 쓰면 돼. 수위실 선반에서 자네 번호가 적힌 토큰을 찾아서, 여기 들어올 때 나한테 제시해. 저녁 일곱 시에 퇴근할 때는 그 토큰을 공장 문 옆에 놓인 상자 속에 집어넣으면 돼. 토큰 상자는 그 시간에만 열리니까 명심해."

"그 시스템은 알고 있습니다. 그런데 저는 시내에서 살 수 있습니까?"

"아니. 밖에서 숙소를 찾아야 돼. 하지만 식사는 구내식당에서 값싸게 해결할 수 있어. 급료는 초기에는 하루에 1달러지만, 3개월마다 5퍼센트씩 인상될 거야. 처벌은 추방뿐이야. 자네가 규칙을 위반하면 우선 내가 추방을 통고하고, 자네가 상소하면 인사 담당관이 판단을 내리게 돼. 오늘부터 일을 시작할 텐가?"

"물론입니다."

"지금 시작하면 한나절밖에 안 돼." 공장장은 슈바르츠를 안쪽 복도로 안내하면서 말했다.

두 사람은 넓은 통로를 지나고 마당을 건너 거대한 종착역 플랫폼처럼 생긴 커다란 홀로 들어갔다. 슈바르츠는 주위를 두리번거리면서 직업적인 감탄을 억누를 수 없었다.

기다란 홀 양쪽에는 로마의 성 베드로 성당의 천장을 떠받치고 있는 원기둥만큼 커다란 기둥들이 두 줄로 늘어서 있었다. 기둥 꼭대기는 유리지붕을 뚫고 위로 올라가 있었다. 토대가 벽돌로 되어 있는 그것은 용광로 굴뚝이었고, 한 줄에 굴뚝이 50개씩 있었다.

한쪽 끝에서는 기관차가 용광로에 넣을 철광을 끊임없이 실어오고, 반대쪽 끝에서는 텅 빈 화차가 강철로 변한 철광을 받아서 실어 나르고 있었다.

제련 작업은 철광을 강철로 변화시키는 것을 목적으로 삼고 있다. 웃통을 벗은 거인들이 길고 가는 쇠갈고리를 사용하여 활발하게 그 일을 하고 있었다.

슬러그의 무게 때문에 두 배로 커진 용광로에 들어간 철광은 우선 높은 열을 받는다. 철광은 열에 녹자마자 상당히 오랫동안 휘저어진다. 선철과 강철은 성분은 비슷하지만 분명히 구별된다. 강철을 얻으려면 선철이 다 녹아서 쇳물이 될 때까지 용광로 내부 온도를 높게 유지할 필요가 있다. 그런 다음 제련공은 갈고리 끝으로 금속 덩어리를 밀가루 반죽하듯 이기면서 이리

제련공은 갈고리 끝으로 금속 덩어리를 이리저리 굴린다

저리 굴린다. 불길 한가운데에서 몇 번이나 뒤집는 것이다. 그것이 슬러그와 섞여 어느 정도 저항을 나타내면 스펀지 모양의 네 덩어리로 나누어 조수에게 넘긴다.

그 작업은 홀의 중심부에서 이루어지고 있었다. 용광로 앞에는 굴뚝 속에 장치된 수직 보일러의 증기로 움직이는 동력 망치가 하나씩 배치되어 단련공에게 일거리를 주고 있었다. 발끝에서 머리끝까지 양철 장화와 팔 보호대로 무장하고, 두꺼운 가죽 앞치마를 두르고 철망 마스크를 쓴 이 산업계의 기사는 기다란 집게 끝에 뜨거운 덩어리를 끼워 망치 밑에 놓는다. 거대하고 무거운 망치가 쾅쾅 내리치면, 불꽃이 비처럼 쏟아져 내리는 가운데 마치 스펀지를 쥐어짠 것처럼 그 덩어리 속에 들어 있던 불순물이 모두 밖으로 나온다. 덩어리가 식으면, 갑옷 입은 기사는 그것을 도로 용광로에 집어넣었다가 다시 꺼내어 전처럼 망치질을 한다.

이 괴물 같은 거대한 대장간에는 끊임없는 움직임, 끝없이 이어진 벨트, 쉴새없이 들리는 굉음, 그 배경음을 깨뜨리는 둔중한 타격음, 빨간 불똥을 흩뿌리는 불꽃, 뜨겁게 달구어진 용광로의 이글거리는 빛이 있었다. 이런 노예화된 물질들의 성난 고함소리 속에서 인간은 마치 무력한 어린애처럼 보였다.

그렇다 해도 제련공들은 늠름한 사내들이다! 타는 듯한 온도 속에서 팔 끝으로 200킬로미터나 되는 금속 덩어리를 밀가루 반죽처럼 이기고, 뜨겁게 달구어져 눈부신 빛을 내는 쇠를 몇 시간이나 주시한다. 이것은 힘든 노동이고, 10년만 그런 식으로

인간은 마치 무력한 어린애처럼 보였다

일하면 인간은 기력을 다 소진해버린다.

슈바르츠는 자기가 그런 노동을 견딜 수 있는 사람이라는 것을 공장장에게 보여주려는 듯 겉옷과 셔츠를 벗어 모든 관절 위에 근육이 솟아오른 운동선수 같은 상반신을 드러내고는 한 제련공의 손에서 쇠갈고리를 빼앗아 움직이기 시작했다.

그가 만족스럽게 일하는 것을 보고, 공장장은 그를 남겨둔 채 사무실로 돌아가버렸다.

젊은 노동자는 점심시간까지 철광 덩어리를 제련하는 일을 계속했다. 하지만 일을 너무 열심히 했기 때문인지, 아니면 오전에 이만한 체력 소모에 걸맞은 식사를 하지 않은 탓인지, 그는 기진맥진하여 휘청거리는 것 같았다. 작업반장도 그가 비틀거리는 것을 알아차릴 정도였다.

"자네는 제련이 체질에 맞지 않는 것 같군." 작업반장이 말했다. "지금 당장 지구 변경을 신청하는 게 좋겠어. 나중에는 허락해주지 않으니까."

슈바르츠는 항변했다. 일시적인 피로일 뿐이다! 나도 다른 사람들과 똑같이 제련 작업을 할 수 있다!

그래도 반장이 고자질했기 때문에 젊은이는 당장 주임기사한테 불려갔다.

주임기사는 그의 서류를 살펴보고 고개를 저으며 심문조로 물었다.

"브루클린에서 제련공으로 일했나?"

슈바르츠는 당황하여 눈을 내리깔았다.

"솔직히 말씀드리는 게 낫겠군요. 저는 원래 주조공이었지만, 급료를 많이 받고 싶어서 제런 일을 해보려고 생각했습니다."

"모두 같은 생각을 하지." 기사는 어깨를 으쓱하면서 대꾸했다. "이제 겨우 스물다섯 살인 주제에 서른다섯 살 먹은 남자도 제대로 못하는 일을 하고 싶어하다니…… 그래도 자네는 우수한 주조공이겠지?"

"두 달 전에 제1급 주조공이 됐습니다."

"그럼 그 일을 계속하는 게 좋았을 텐데! 여기서는 우선 제3급부터 시작해야 돼. 그래도 자네는 내가 지구 변경을 도와준 것을 고맙게 생각해야 돼."

기사는 통과증에 무언가를 기입하고 심부름꾼을 보낸 뒤에 말했다.

"출근표를 돌려주고, 여기서 나가서 O지구의 주임기사 사무실로 곧장 가도록 해. 그 사람한테는 미리 알려둘 테니까."

K지구 입구에서 슈바르츠의 발목을 붙잡은 것과 똑같은 절차가 O지구에서도 그를 기다리고 있었다. 오전과 마찬가지로 그는 그곳에서 심문을 받은 뒤 공장장에게 갔고, 공장장은 주조공장으로 그를 안내했다. 그곳의 일은 전보다 조용하고 체계적이었다.

"여기는 42밀리포 부품을 주조하는 작은 공장이야." 공장장이 말했다. "대형포 주조공장에는 일류 직공만 들어갈 수 있어."

작은 공장이라 해도 세로가 150미터, 가로는 65미터나 되었다. 슈바르츠가 보기에 그 공장은 크기에 따라 옆쪽 용광로에 4개, 8개, 12개씩 설치된 600개 남짓한 도가니에 한꺼번에 불을 지필 수 있을 터였다.

쇳물을 받아들이는 거푸집은 공장의 축이라고 해야 할 중앙의 도랑 바닥에 가로놓여 있었다. 도랑 양쪽에는 레일이 깔려 있고, 그 위를 이동식 크레인이 달리고 있었다. 그 크레인은 마음대로 이동하여, 무거운 물건을 움직일 필요가 있는 곳에서 작업할 수 있도록 되어 있었다. 제련공장과 마찬가지로 한쪽 입구에서는 쇳물이 궤도차에 실려 들어오고, 또 한쪽에서는 거푸집에서 빠져나온 대포가 궤도차에 실려 나가고 있었다.

각각의 거푸집 옆에는 철제 앞치마로 무장한 사내가 하나씩 자리잡고 도가니 속에 들어간 쇠의 용해 상태를 감시하고 있었다.

슈바르츠가 다른 곳에서 본 방법이 이곳에서는 놀랄 만큼 완벽하게 이루어지고 있었다.

주조하는 순간이 찾아오면 벨이 울려, 용해 상태를 감시하는 사람들에게 신호를 보낸다. 그러면 키가 같은 노동자들이 둘씩 짝을 지어 어깨에 수평 철봉을 올려놓고 보조를 맞추어 용광로 앞에 자리를 잡는다.

호루라기를 입에 물고 초 단위까지 표시되는 스톱워치를 손에 든 반장이 모든 용광로 근처에 설치된 거푸집 옆에 선다. 양쪽에는 양철로 덮인 내화벽돌 홈통이 완만하게 기울어지면서

레일 위를 이동식 크레인이 달리고 있었다

거푸집 바로 위에 놓인 깔때기 모양의 쇠대야까지 뻗어 있다. 반장이 호루라기를 불면, 펜치가 불 속에서 끌어낸 도가니가 첫 번째 용광로 앞에 서 있는 두 노동자가 어깨에 메고 있는 쇠막대기에 매달린다. 다시 호루라기 소리가 들리면 두 사내는 도가니에 든 것을 도랑에 흘려보낸다. 그런 다음 빨갛게 달아오른 빈 도가니를 수조 속에 던져 넣는다.

규칙적으로 일정하게 부품을 주조하기 위해 다른 용광로를 맡은 팀도 정확히 계산된 간격을 두고 막힘없이 차례로 움직이고 있었다.

그 정확성은 정말 볼 만해서, 마지막 움직임이 끝나고 10분의 1초 뒤에는 텅 빈 마지막 도가니가 수조에 던져져 있을 정도였다. 이처럼 완벽한 조작은 백 명 남짓한 인간 의지의 협력이라기보다는 맹목적인 메커니즘의 결과처럼 여겨졌다. 하지만 엄격한 규율, 습관의 위력, 음악적인 방식이 이 기적을 실현시키고 있었다.

슈바르츠는 이런 광경에 익숙해져 있는 듯이 보였다. 그는 곧 같은 키의 직공과 짝을 지어 별로 중요하지 않은 부품을 주조하면서 우수한 솜씨를 보여주었다. 그날이 끝날 무렵, 그의 작업반 반장이 빠른 급료 인상을 약속했을 정도였다.

그는 저녁 일곱 시에 O지구와 바깥쪽 성벽을 나오자마자 숙소로 짐을 가지러 갔다. 그리고 바깥쪽 길을 걸어 아침에 눈여겨보아둔 촌락에 도착하여, '하숙인을 구하는' 성실한 부인 집에서 독신자용 하숙방을 쉽게 찾아냈다.

이 젊은이는 저녁식사를 끝낸 뒤에도 술집에 가지 않고 하숙 방에 틀어박혀, 제련공장에서 주워 온 강철 부스러기와 O지구 에서 모아 온 도가니용 벽돌 파편을 주머니에서 꺼냈다. 그러고 는 그을음이 낀 등잔 불빛 아래에서 열심히 그것들을 조사하기 시작했다.

이어서 그는 주머니에서 표지가 두꺼운 공책을 꺼내 기호와 수식과 계산이 잔뜩 적혀 있는 책장을 펼쳐서, 자기만 알 수 있 는 프랑스어 암호로 다음과 같은 글을 써넣었다.

11월 10일. 슈탈슈타트. 제련 방법에 관해서는 특기할 만 한 것이 없다. 물론 체르노프가 검정한 법칙에 따라 제1가열 과 재가열의 경우 비교적 낮은 두 가지 온도를 선택하는 문제 는 별도다. 주조는 크루프 방식을 따르고 있지만, 작업의 균 일화는 참으로 경탄할 만하다. 이 정확한 조작이야말로 독일 의 위대한 힘이다. 그것은 게르만족 고유의 음악적 감정에서 유래한다. 영국인은 절대로 이런 완벽함에 도달하지 못할 것 이다. 그들에게는 규율이 없고 소리에 대한 음감이 부족하기 때문이다. 세계 제일의 무용가인 프랑스인은 그런 완벽함에 쉽게 도달할 수 있다. 따라서 지금 주목할 만한 성공을 거두 고 있는 이곳의 생산 과정에는 아무런 비밀도 없다. 산속에서 채집한 광석 표본은 우리나라의 질 좋은 철광석과 아주 비슷 하다. 석탄 표본은 확실히 훌륭하고 야금학적으로 탁월한 특 성을 갖추고 있기는 하지만, 그 이상은 아니다. 슐츠식 공정이 이런 양질의 재료를 다른 함유물에서 추출하기 위해 특별한 수의를 기울이고, 또한 완전히 순수한 상태의 재료만 사용하는 것은 의심할 여지가 없다. 하지만 그런 것 역시 쉽게 실현할 수 있는 일이다. 따라서 문제의 모든 요소를 파악하기 위해서는 도가니와 홈통의 재료가 된 내화벽돌의 성분을 확인해야 한다. 이 물질을 손에 넣고 우리나라의 주조공들을 충분히 훈련시키면, 여기서 만들어지고 있는 것을 우리가 왜 만들 수 없겠는가! 지금까지 나는 두 지구밖에 보지 못했다. 그런데 여기에는 적어도 24개 지구가 있고, 그 밖에 핵심 조직과 설계 부문과 비밀실까지 있다. 그 소굴 속에서는 얼마나 위험한 계획이 무르익고 있을까? 슐츠 교수가 유산을 손에 넣고 공공연히 협박했을 때, 우리 동포는 왜 두려워하지 않았던가?

이런 것들을 생각하면서 하루 일에 지친 슈바르츠는 옷을 벗고 독일 침대 못지않게 불편하고 작은 침대—이건 정말 큰일이다—에 들어가 파이프에 불을 붙이고 낡은 책을 읽기 시작했다. 하지만 그의 생각은 딴 데 가 있었다. 입술에서 뿜어 나오는 향긋한 담배 연기는 이렇게 말하고 있는 것 같았다.

"푸! 푸! 푸! 푸!"

이윽고 그는 책을 내려놓고, 해결하기 어려운 문제에 마음을 빼앗기고 있는 것처럼 오랫동안 깊은 생각에 잠겼다.

"좋아!" 마침내 그는 소리쳤다. "악마가 방해하려 해도 나는 슐츠 교슈의 비밀을 반드시 알아내고야 말겠어. 무엇보다도 슐츠 교수가 프랑스빌에 대해 어떤 음모를 꾸미고 있는지는 반드시 알아낼 거야."

슈바르츠는 사라쟁 박사의 이름을 중얼거리면서 잠이 들었다. 하지만 잠 속에서 그의 입술에 되살아난 것은 소녀 잔의 이름이었다. 소녀의 모습은 그대로 고스란히 남아 있었다. 그가 작별을 고한 이래 잔은 소녀에서 처녀로 성장했기 때문에 더욱 강렬하게 생각이 났다. 이 현상은 연상 작용의 일반 법칙으로 쉽게 설명할 수 있다. 그것은 인접에 따른 연상이다. 박사에 대한 생각 속에 소녀 잔에 대한 생각이 포함되어 있었던 것이다. 따라서 슈바르츠, 아니 마르셀 브뤼크망이 눈을 떴을 때 그의 마음속에는 아직 잔의 이름이 남아 있었지만, 그는 거기에 놀라지 않고 그 사실 속에서 스튜어트 밀*의 심리학적 원칙의 우수성을 입증하는 새로운 증거를 발견했다.

* 존 스튜어트 밀(1806~73): 영국의 경제학자·철학자·사회사상가.

6

알브레히트 갱

마르셀 브뤼크망을 친절하게 대해준 선량한 바우어 부인은 스위스 태생이었고, 광부 생활을 전투처럼 위험하게 만드는 사고로 4년 전에 남편을 여읜 과부였다. 부인은 공장에서 매년 30달러의 연금을 받고, 가구 딸린 방에서 들어오는 방세와 일요일마다 아들 카를이 가져오는 급료로 생활을 꾸려나가고 있었다.

카를은 이제 겨우 열세 살이었지만, 탄광에서 석탄을 실은 광차가 통과할 때 통풍구를 여닫는 일을 하고 있었다. 그 통풍구는 갱도의 통풍에 없어서는 안 될 것이었고, 공기가 일정한 방향으로 흐르게 하는 역할을 맡고 있었다. 집에 있는 방들은 어머니가 세를 놓았고, 카를이 밤마다 귀가하기에는 알브레히트 갱과 집의 거리가 너무 멀었기 때문에 그는 갱 밑바닥에서 여분의 일까지 맡고 있었다. 마부가 지상에 나가 있는 동안, 지하 마구간에서 여섯 마리의 말을 돌보는 일이었다.

그래서 카를은 거의 온종일 500미터 지하에서 지내고 있었다. 낮에는 통풍구 옆을 지키고, 밤에는 지하 마구간에 짚을 깔고 자면서 말을 지켰다. 일요일 아침에만 지상으로 돌아와 인간의 공유재산—햇빛, 푸른 하늘, 어머니의 미소—을 몇 시간 동안 맛볼 수 있었다.

쉽게 상상할 수 있겠지만, 이런 일주일을 보내고 갱에서 나오는 카를의 모습은 아무리 보아도 젊은 멋쟁이는 아니었다. 그래서 바우어 부인은 언제나 많은 비누와 뜨거운 물을 사용하여 오랫동안 아들의 몸을 씻어주었다. 그리고 삼나무로 만든 커다란 옷장 구석에서 꺼낸 아버지의 초록색 양복을 줄여서 아들에게 입히고, 그 순간부터 저녁까지 제 아들이 세상에서 제일 잘생겼다고 생각하면서 싫증도 내지 않고 계속 아들을 바라보았다.

석탄가루를 씻어내면 확실히 카를은 그렇게 못생긴 소년은 아니었다. 비단 같은 금발과 상냥한 푸른 눈이 하얀 피부색과 잘 어울렸다. 하지만 키는 나이에 비해 좀 작았다. 햇볕을 쬐지 못하는 생활 때문에 카를은 상추처럼 창백했다. 사라쟁 박사의 혈구 측정기를 이 어린 광부에게 사용했다면, 터무니없이 부족한 혈구수를 나타냈을 게 분명하다.

카를은 정신적으로는 과묵하고 침착하고 냉정한 아이였다. 끊임없는 위기감, 규칙적인 노동 습관, 어려움을 이겨내는 만족감이 모든 광부들에게 주는 자부심도 조금은 가지고 있었다.

카를의 가장 큰 기쁨은 천장이 낮은 거실 한복판에 놓여 있는 네모난 탁자 앞에 어머니와 나란히 앉는 것, 그리고 대지의 태내에서 가지고 돌아온 갖가지 곤충들을 골판지에 핀으로 꽂는 것이었다. 갱은 따뜻한 온도가 일정하게 유지되기 때문에 독특한 동물상이 존재한다. 그것은 생물학자들에게는 잘 알려져 있지 않지만, 갱도의 축축한 벽에 푸르스름한 이끼나 미지의 버섯, 형태가 일정하지 않은 술 모양의 식물 등 독특한 식물상이 존재하는 것과 마찬가지다. 곤충 애호가인 마울레스뮐레 기사는 그 점에 주목하고, 카를이 신종 곤충 표본을 가져오면 하나에 얼마씩 돈을 주겠다고 약속했다. 돈을 벌 수 있다는 기대감 때문에 소년은 우선 갱 안을 구석구석 조사하게 되었고, 차츰 곤충 수집가로 성장했다. 그래서 이제 카를은 자신을 위해 곤충을 찾아다니고 있었다.

게다가 카를은 자신의 애정을 거미나 쥐며느리에만 한정하지 않았다. 외로운 카를은 박쥐 두 마리와 커다란 들쥐 한 마리와도 친한 관계를 맺었다. 뿐만 아니라 카를의 말을 믿는다면 그 세 마리의 동물은 세상에서 가장 영리하고 사랑스러운 존재였다. 길고 부드러운 털과 반들반들한 엉덩이를 가진 말들보다 훨씬 정신적인 동물이었다. 물론 카를은 말에 대해서도 경외감을 품고 있었다.

특히 마구간의 고참인 블레어 아톨은 늙은 철학자라고 할 만했다. 이 말은 6년 전에 500미터 지하로 내려온 뒤 한 번도 햇빛을 보지 않았다. 이제는 눈이 거의 멀어버렸지만, 지하 미로를 훤히 알고 있었다. 말은 광차를 끌면서 한 걸음도 잘못 내딛지 않고 오른쪽이나 왼쪽으로 정확하게 구부러졌다. 그리고 아침과 저녁에 사료를 먹을 시간이 되면 어김없이 다정한 울음소리를 냈다. 블레어 아톨은 착하고 사랑스럽고 우아한 말이었다.

"어머니, 그 녀석은 제가 얼굴을 내밀면 정말로 볼을 바싹 대고 저한테 키스를 해요. 그리고 녀석이 머릿속에 시계를 갖고 있어서 아주 편리해요. 녀석이 없으면 우리는 일주일 동안 밤인지 낮인지, 저녁인지 아침인지 전혀 모를 거예요."

아들이 이런 말을 하면 바우어 부인은 그저 황홀하게 귀를 기울이고 있었다. 부인도 아들 못지않게 블레어 아톨을 사랑했고, 각설탕을 보내는 것을 거르지 않았다. 바우어 부인은 왜 남편과도 아는 사이였던 그 늙은 말을 만나러 가지 않았을까. 폭발이 일어난 뒤, 남편의 시체가 먹물처럼 새까맣게 그을린 상태로 발견된 그 불길한 곳을 왜 찾아가보지 않았을까. 그것은 갱이 금녀 구역이었기 때문이다. 그래서 부인은 아들의 이야기를 듣는 것만으로 만족할 수밖에 없었다.

아아! 부인은 그 갱을 잘 알고 있었다. 남편이 두 번 다시 살아서 돌아오지 못한 어둡고 큰 굴을! 그녀는 지름이 6미터나 되는 그 거대한 굴 옆에서 몇 번이나 남편을 기다리고, 돌벽을 따라 케이블에 묶이거나 강철 도르래에 매달린 짐바구니를 내려보내는 권양기를 몇 번이나 바라보고, 바깥쪽의 높은 골조나 증기기관이 설치되어 있는 건물, 기록 담당자의 사무실을 몇 번이나 찾아갔던가! 거대한 쇠그릇 속에서는 언제나 석탄이 이글이글 타오르고 있어서 굴에서 나온 광부들은 그 석탄불에 젖은 옷을 말리고, 애연가들은 그 불로 파이프에 불을 붙였다. 바우어 부인도 그 뜨거운 석탄불에 몸을 녹인 적이 많았다. 이 지옥문의 소음과 활기에 부인은 얼마나 친숙해졌던가! 석탄을 가득 실은 화차를 분리하는 사람, 연결하는 사람, 석탄을 나르는 운반부, 채탄부와 선광부, 기계공, 세탁부—부인은 그들이 일하는 모습을 몇 번이나 보았다!

부인에게는 노동자들을 가득 실은 바구니가 낙하할 때 일어나는 일이 보일 리가 없지만, 부인은 마음의 눈으로 분명히 보았다. 옛날에는 남편이, 지금은 하나뿐인 아들이 그 사람들 틈에 끼여 있었다.

부인은 그들의 목소리와 웃음소리가 땅속으로 멀어져가고 차츰 작아져서 이윽고 사라져버리는 것을 듣고 있었다. 부인은 마음속으로 500미터나 600미터 깊이—거대한 피라미드 높이의 네 배나 된다—의 좁은 수직갱 속으로 내려가는 그 작은 바구니를 쫓아갔다. 바구니가 겨우 종점에 이르자 사람들이 앞을 다투어 내리는 모습을 보았다.

그들은 지하 도시 속을 좌우로 흩어져간다. 광석 운반부는 화차를 향해, 채탄부는 곡괭이로 무장하고 석탄 덩어리를 향해 돌진한다. 매립을 맡은 일꾼들은 보석처럼 검게 빛나는 석탄이 채굴된 자리를 단단한 흙으로 메우고, 목공들은 아직 벽이 만들어지지 않은 갱도를 떠받칠 골조를 만들고, 도로공들은 길을 수리하여 궤도를 깔고, 석공들은 둥근 천장을 조립하고……

갱도 입구에서 중심 갱도가 대로처럼 출발하여, 3~4킬로미터 떨어진 다른 갱도 입구에 이른다. 거기에서 직각으로 제2의 갱도가 뻗어 있고, 그것과 평행하여 제3의 갱도가 달리고 있다. 이런 갱도들 사이에는 바위나 석탄 자체로 만들어진 벽이나 기둥이 서 있다. 그것들은 모두 규칙적이고 네모나고 단단하고 새까맣다!

그리고 너비도 길이도 똑같은 이런 미로 속에서는 웃통을 벗은 광부들이 안전등의 희미한 불빛 아래에서 꿈틀거리고 지껄이고 일을 한다……

바우어 부인은 난롯가에서 혼자 생각에 잠길 때 이따금 그런 광경을 머리에 떠올렸다.

어지럽게 뒤엉킨 그런 갱도들 가운데 부인이 특히 자주 상상한 것은 가장 잘 알고 있는 갱도, 아들 카를이 통풍구를 여닫고 있는 갱도였다.

저녁이 되면 주간 근무자들은 지상으로 나와 야근 근무자들과 교대한다. 하지만 바우어 부인의 아들은 바구니에 타지 않는다. 카를은 마구간에 가서 친구인 블레어 아톨을 만나 귀리와 건초를 먹인다. 그리고 자신도 지상에서 가져온 차가운 음식으로 저녁을 먹고, 한동안 발치에 가만히 앉아 있는 커다란 쥐와 주위를 둔중하게 날아다니는 박쥐 두 마리와 놀고 나서 짚더미 위에 누워 잠이 든다.

바우어 부인은 이런 것을 모두 잘 알고 있었고, 카를의 말이라면 아무리 사소한 것도 잘 이해할 수 있었다.

"어머니, 어제 마울레스뮐레 기사님이 무슨 말을 했는지 아

바우어 부인은 난롯가에서 혼자 생각에 잠길 때……

세요? 조만간 산수 문제를 내서 제가 대답을 잘하면, 나침반을 써서 갱내 지도를 그릴 때 제가 측량줄을 잡을 수 있게 해주겠대요. 지금 베버 갱과 연결되는 갱도를 팔 계획을 세우고 있는 모양인데, 올바른 자리에 굴을 파기가 무척 어려울 거예요!"

"그게 정말이냐?" 바우어 부인은 황홀하여 소리쳤다. "마울 레스뮐레 기사님이 정말로 그렇게 말했니?"

바우어 부인은 기사가 손에 든 공책에 숫자를 계산하고 나침반을 보면서 돌파구의 방향을 결정할 때 측량줄을 잡고 있는 아들의 모습을 벌써 눈앞에 떠올리고 있었다.

"하지만 곤란하게도……" 카를이 말을 이었다. "산수를 풀다가 모를 때 물어볼 사람이 없어요. 그래서 기사님이 내는 문제에 제대로 대답하지 못할까 봐 걱정이에요."

그때 하숙인 자격으로 난롯가에 앉아 말없이 담배를 피우고 있던 마르셀이 대화에 끼어들어 카를에게 말을 걸었다.

"네가 모르는 문제를 말해주면 내가 가르쳐줄 수 있을 거야."

"당신이?" 바우어 부인은 믿을 수 없다는 투로 말했다.

"물론이죠." 마르셀이 대답했다. "식후에 늘 가는 야학에서 아무것도 배우지 않는 줄 아세요? 야학 선생님은 나한테 아주 만족해서, 조만간 복습 감독이 될 수 있을 거라고 하셨답니다."

이야기가 마무리되자 마르셀은 방에서 공책을 가져와 소년 옆에 앉았다. 그리고 어려운 부분을 무척 알기 쉽게 설명했기 때문에 카를은 눈이 번쩍 뜨인 것처럼 쉽게 문제를 풀 수 있었다.

난롯가에 앉아 말없이 담배를 피우고 있던 마르셀이……

그날부터 바우어 부인은 전보다 더욱 신경을 써서 하숙인을 돌보게 되었고, 마르셀은 어린 친구에게 애정을 품게 되었다.

마르셀 자신도 모범적인 노동자로 처신하여, 순식간에 2급을 거쳐 1급으로 승진했다. 그는 매일 아침 일곱 시에 O지구 입구에 도착했다. 그리고 밤마다 저녁을 먹은 뒤 트루브너 기사의 강의에 참석했다. 마르셀은 기하와 대수, 인물 데생과 기계 데생 등 모든 과목에 똑같은 열의를 쏟았기 때문에 선생이 놀랄 만큼 눈부신 진보를 보였다. 이 젊은 노동자는 슐츠 공장에 들어온 지 두 달 뒤에는 O지구만이 아니라 강철 도시 전체에서 가장 총명한 인물로 인정받고 있었다. 4분기 말에 그의 직속 상사가 제출한 보고서에는 다음과 같은 소견이 적혀 있었다.

'요한 슈바르츠, 26세, 1급 주조공. 이 사람에 대해 중앙관리국에 지적해야 할 점은 그가 이론적 지식과 실제적 기량 및 발명 정신이라는 세 가지 의미에서 남달리 우수하다는 사실임.'

하지만 마르셀에게 상사들의 관심이 집중되기 위해서는 그이상의 무언가가 필요했다. 그런 일은 늦든 빠르든 언젠가는 일어나게 되어 있었지만, 불행히도 더없이 비극적인 상황 아래에서 일어나고 말았다.

어느 일요일 아침, 열 시가 다 되어도 카를이 찾아오지 않자 마르셀은 아래층으로 내려가서 바우어 부인에게 카를이 늦는 이유를 물었다. 부인은 몹시 걱정스러워 보였다. 카를은 적어도 두 시간 전에는 집에 돌아왔어야 했다. 부인이 불안해하는 것을 본 마르셀은 무슨 일인지 사정을 알아보러 가겠다고 말하고, 알브레히트 갱으로 갔다.

도중에 광부 몇 명을 만나서 소년을 보았느냐고 물었다. 광부들은 보지 못했다고 대답했다. 마르셀은 독일인 광부들의 인사말인 "글뤼크 아우프!"(무사히 돌아오라!)를 나눈 뒤 걸음을 재촉했다.

그는 열한 시쯤 알브레히트 갱에 도착했다. 갱 주위는 평일처럼 시끄럽지도 않고 활기도 없었다. 한 젊은 모자장수—광부들이 여자 선탄부를 놀리기 위해 붙인 별명—가 휴일에도 일 때문에 갱 입구에 발이 묶여 있는 기록 담당자와 수다를 떨고 있을 뿐이었다.

"41902번 카를 바우어 소년이 갱에서 나오는 것을 못 봤습니까?" 마르셀은 담당자에게 물었다.

남자는 명단을 조사해보고 고개를 저었다.

"이 탄광에는 다른 출구가 있나요?"

"없어. 이것뿐이야." 담당자가 대답했다. "북쪽으로 나가게 되어 있는 굴은 아직 완성되지 않았으니까."

"그럼 카를은 아직 지하에 있군요?"

"그렇겠지만, 이건 확실히 예삿일이 아니야. 일요일에는 보안계 다섯 명만 남아 있을 테니까."

"내려가서 조사해봐도 될까요?"

"내가 허가하지 않으면 안 돼."

"사고가 일어났을지도 몰라요." 모자장수가 말참견을 했다.

"일요일에 사고가 일어날 턱이 있나!"

"어쨌든……" 마르셀이 말을 이었다. "나는 그 아이가 어떻게 되었는지 알아야 합니다!"

"이 사무소의 기계 주임한테 부탁해봐. 그가 집에 있다면 말이지만……."

양철처럼 딱딱한 칼라가 달린 셔츠를 입고 일요일 나들이옷으로 차려입은 주임은 기꺼이 그를 위해 외출을 늦추어주었다. 현명하고 인정 많은 기계 주임은 곧 마르셀의 불안을 이해해주었다.

"카를이 어떻게 됐는지 보러 가세." 주임이 말했다.

그리고 기계 담당자에게 케이블을 풀라고 명령한 뒤, 마르셀과 함께 갱 안으로 내려갈 준비를 했다.

"갈리베르 장치는 없습니까?" 마르셀이 물었다. "도움이 될지도 모릅니다."

"그것도 그렇군. 갱 밑바닥에서 무슨 일이 일어나고 있는지 전혀 모르니까."

주임은 선반에서 아연으로 만든 공기통 두 개를 꺼냈다. 파리에서 감초물 장수가 등에 메고 있는 물탱크와 비슷한 그것은 압축공기가 들어 있는 공기통이었다. 이 사이에 물도록 되어 있는 두 개의 고무관이 뿔 모양의 끝부분과 입술을 연결하고 있었다. 공기통에 공기를 채울 때는 완전한 진공이 되도록 만들어진 특제 풀무를 사용했다. 나무집게로 코를 집으면 입으로 공기가 보충되기 때문에, 아무리 호흡하기 어려운 곳에도 태연히 들어갈 수 있었다.

준비가 끝나자 주임과 마르셀은 바구니에 매달렸다. 케이블이 도르래 위를 미끄러져 내려가기 시작했다. 두 사람은 작은 알전구 두 개의 불빛을 받으며 땅속 깊이 내려가면서 이야기를 나누었다.

"자네는 이 부서 사람도 아닌데 별로 무서워하지 않는 것 같군." 주임이 말했다. "당당하게 내려갈지, 토끼처럼 바구니 바닥에 납작 엎드릴지 결정하지 못하고 망설이는 사람을 자주 보았다네!"

"정말입니까?" 마르셀이 대답했다. "이런 것쯤은 아무렇지도 않습니다. 물론 지금까지 두세 번 갱 안에 들어간 적은 있습니다."

이윽고 갱 밑바닥에 도착했다. 원형 광장에 있는 보안 담당자도 카를 소년을 보지 못했다고 대답했다.

그들은 마구간으로 갔다. 그곳에는 말밖에 없었고, 말들은 진심으로 따분해하는 듯이 보였다. 적어도 블레어 아톨이 세 사람을 환영하는 뜻으로 내지른 울음소리에서는 그런 결론을 끌어낼 수 있었다. 마구간 못에는 카를의 헝겊 가방이 걸려 있고, 말의 털을 빗겨줄 때 쓰는 빗 옆에는 그의 산수책이 놓여 있었다.

마르셀은 카를의 손전등이 없는 것을 곧 알아차렸다. 그것은 소년이 갱 안에 있다는 새로운 증거였다.

"낙반사고를 당했을지도 몰라." 주임이 말했다. "하지만 그럴 가능성은 거의 없어. 도대체 일요일에 채굴 갱도에서 뭘 하고 있었을까?"

"어쩌면 갱에서 나가기 전에 곤충을 찾으러 갔는지도 모릅니다!" 보안 담당자가 대답했다. "카를은 곤충 채집에 열중해 있었으니까요!"

마구간을 맡고 있는 소년도 그 가설을 뒷받침했다. 소년은 카를이 일곱 시 전에 손전등을 들고 나가는 것을 보았다는 것이다.

그래서 이제는 체계적인 수색을 시작할 수밖에 없었다. 호루라기를 불어 보안 담당자들을 소집한 뒤, 갱내 지도에 따라 일을 분담했다. 그들은 각자 등잔을 한 손에 들고 할당받은 제2갱도와 제3갱도를 탐색하기 시작했다.

두 시간 만에 갱내 점검이 끝나고, 일곱 명의 사내는 원형 광장에 다시 집결했다. 천장이나 벽이 무너져 내린 흔적은 어디에도 없었고, 카를의 흔적도 전혀 보이지 않았다. 주임은 아마 점점 심해지는 허기에 영향을 받았겠지만, 소년이 누구의 눈에도 띄지 않고 갱을 빠져나가 지금쯤은 집에 있을 거라는 의견으로 기울었다. 하지만 마르셀은 카를이 아직 갱 안에 있다고 확신했기 때문에, 갱을 다시 한 번 수색하자고 주장했다.

"이건 뭡니까?"

마르셀은 지도에 점선으로 둘러싸인 부분을 가리키면서 물었다. 그것은 명확하게 그려진 부분의 한복판에 있었고, 지리학자들이 북극 대륙의 극한에 붙이는 '미지의 땅'과 비슷했다.

"그건 채굴할 수 있는 석탄층이 얇아서 일시적으로 방치된 지대야." 주임이 대답했다.

"방치된 지대가 있다고요? 그럼 그곳을 찾아봐야 합니다!" 마르셀은 다른 사람들이 이의를 제기할 수 없을 만큼 강력한 어조로 말했다.

그들은 곧 갱도 입구에 이르렀다. 그 갱도는 내벽이 축축하고 끈적거리는 것으로 미루어보아 몇 년 전부터 방치되어 있는 모양이었다. 잠시 그 갱도를 수색해보았지만 의심스러운 점은 아무것도 발견하지 못했다. 그때 마르셀이 사람들을 멈추어 세우고 말했다.

"몸이 나른해지고 두통이 나지 않습니까?"

"정말 그래!" 모두 입을 모아 대답했다.

"제 경우에는……" 마르셀이 말을 이었다. "기절할 것처럼 느껴지는 순간도 있었습니다. 여기에는 분명 이산화탄소가 있습니다…… 잠깐 성냥불을 켜봐도 되겠습니까?" 그가 주임에게 물었다.

"켜보게. 괜찮아."

마르셀은 주머니에서 성냥갑을 꺼내 성냥개비 하나에 불을 붙인 다음, 몸을 구부려 그 작은 불꽃을 땅바닥으로 가까이 가져갔다. 성냥불은 당장 꺼져버렸다.

"틀림없습니다." 마르셀이 말했다. "이산화탄소는 공기보다 무거우니까 땅바닥 가까이에 모여 있습니다. 갈리베르 장치가 없는 사람들은 여기 있으면 안 됩니다. 주임님, 괜찮으시다면 우리끼리 수색을 계속합시다."

결정이 내려지자 마르셀과 주임은 각자 압축 공기통의 고무관 끝을 입에 물고 나무집게로 코를 집은 다음, 오래된 갱도를 따라 나아갔다.

15분 뒤, 그들은 공기통의 공기를 갈아넣기 위해 기구를 풀었다. 그리고 그 작업이 끝나자 그들은 또다시 출발했다.

세 번째에 그들의 노력은 성공의 왕관으로 장식되었다. 손전등의 푸르스름한 빛이 어두운 안쪽에 어렴풋이 나타났다. 그들은 그 불빛을 향해 나아갔다.

축축한 벽 밑에 불쌍한 카를 소년이 벌써 차가워진 몸으로 가만히 누워 있었다. 카를의 그런 자세와 함께 새파란 입술, 굳은 얼굴, 멈추어버린 맥박도 무슨 일이 일어났는지를 말해주고 있었다.

소년은 땅바닥에서 무언가를 집으려고 한 게 분명했다. 몸을 구부렸을 때, 소년은 말 그대로 이산화탄소 속에 잠겨버렸다.

카를을 되살리려는 노력은 모두 허사로 끝났다. 벌써 네댓 시간 전에 죽음이 찾아와 있었다. 이튿날 저녁, 슈탈슈타트의 묘지에 작은 무덤이 또 하나 만들어졌다. 불쌍한 바우어 부인은 남편만이 아니라 아들까지 잃어버렸다.

축축한 벽 밑에 카를이 차가워진 몸으로 누워 있었다

7
중앙 구획

알브레히트 갱 지구의 주치의 에흐터나흐 박사의 명쾌한 보고서는 '카를 바우어, 41902번, 13세, 228갱도 통풍구 담당'의 죽음은 호흡기에 다량의 이산화탄소를 흡입한 데 따른 질식사라고 단정했다.

마울레스밀레 기사의 보고서는 완만하고 감지할 수 없는 일종의 증류작용으로 갱도에서 유독가스가 발생하도록 방치된 14도면 B지대를 환기장치 방면에서 이해해야 할 필요성을 강조했다.

마지막으로 마울레스밀레 기사는 주무 기관에 제출한 보고서에서 라이어 주임과 1급 주조공 요한 슈바르츠의 헌신적 행위를 지적했다.

그로부터 열흘 뒤, 출근표를 받으러 수위실에 들른 젊은 주조공은 인쇄된 명령서가 못에 걸려 있는 것을 보았다.

'슈바르츠는 오늘 10시에 총지배인 사무실로 출두할 것. 중앙 구획 A문 A도로. 작업복 차림도 무방함.'

'드디어 왔구나!' 하고 마르셀은 생각했다. '시간이 꽤 오래 걸렸지만 드디어 걸려들었군!'

그는 지금까지 동료들과 잡담을 나누거나 일요일에 슈탈슈타트 주변을 산책하면서 그 도시의 전반적인 조직을 충분히 파악했기 때문에, 중앙 구획 출입 허가는 쉽게 얻을 수 없다는 것을 알고 있었다. 그 점에 관해서는 몇 가지 그럴듯한 전설이 퍼져 있었다. 그 비밀의 울타리 안에 들어가려고 한 자들은 두 번 다시 돌아오지 않았다느니, 그곳에서 일하는 노동자나 종업원들은 각종 비밀결사 의식에 따라 어떤 비밀도 누설하지 않겠다고 서약해야 하고, 그 서약을 어기면 비밀 법정에서 가차 없이 사형을 선고받는다…… 지하 철도가 이 성역과 순환 철도를 연결하고 있다…… 야간열차가 미지의 방문객들을 이곳으로 실어 나르고 있다…… 그곳에서는 이따금 최고 회의가 열리고, 정체 모를 인물들이 토의에 참석한다…… 따위의 소문이 파다했다.

마르셀은 이런 이야기를 필요 이상으로 믿고 있었던 것은 아니지만, 그것이 현실적인 사실―중심부에 들어가기가 극도로 어렵다는 것―에 대한 대중적 표현임을 알고 있었다. 그가 사귄 노동자들―그는 철광산의 갱부들, 탄광의 광부들, 제련공과 용광로 인부, 토목기사와 목수, 대장장이와도 친구가 되었다― 가운데 A문을 통과해본 사람은 하나도 없었다.

그래서 그는 강한 호기심과 기쁨을 맛보면서 지정된 시간에 출두했다. 이윽고 그는 경계가 더없이 삼엄하다는 것을 깨달았다.

마르셀은 우선 기다려야 했다. 회색 제복 차림에 긴 칼을 차고 허리에는 권총을 찬 두 남자가 수위실에 서 있었다. 수위실은 수도원의 수위실처럼 문이 두 개 있어서, 하나는 바깥쪽으로 또 하나는 안쪽으로 통해 있었고, 절대로 두 문이 동시에 열리지 않았다.

수위들이 통행증을 조사하고 검인을 찍어주자, 마르셀이 놀랄 틈도 없이 제복 차림의 두 하인이 하얀 머플러로 마르셀의 눈을 가렸다.

이어서 그들은 마르셀의 두 팔을 잡고 한마디 말도 없이 걷기 시작했다.

서른 걸음쯤 걸은 뒤 층계를 올라갔고, 문이 열렸다가 다시 닫혔다. 그런 뒤에야 마르셀은 눈가리개를 풀 수 있었다.

그는 소박하고 넓은 방에 들어와 있다는 것을 깨달았다. 가구라고는 의자 몇 개와 칠판, 제도(製圖)에 필요한 기구를 두루 갖춘 커다란 설계판이 있을 뿐이었다. 젖빛유리가 끼워진 높은 창문으로 햇빛이 비쳐들고 있었다.

오래지 않아 대학 교수 같은 풍모의 두 남자가 방으로 들어왔다.

"자네는 탁월한 인물로 주목받았네." 한 사람이 말했다. "우리는 자네를 시험해서 설계국에 들어올 자격이 있는지를 조사할 걸세. 우리 질문에 답변할 생각이 있나?"

마르셀은 시험을 받을 용의가 있다고 조심스럽게 대답했다.

그러자 두 시험관은 번갈아 화학과 지리와 수학에 관한 질문을 던졌다. 젊은 노동자는 명쾌하고 적절한 대답으로 모든 점에서 시험관들을 만족시켰다. 그가 칠판에 분필로 그린 도형은 우아하고 명확했다. 그의 방정식은 정예부대처럼 빈틈없고 정연했다. 뿐만 아니라 어떤 증명은 너무나 참신했기 때문에 시험관들은 깜짝 놀라 대체 그것을 어디서 배웠느냐고 물었을 정도였다.

"고향인 샤프하우젠의 초등학교에서 배웠습니다."

"자네는 우수한 설계사인 것 같은데?"

"제가 제일 자신있는 분야가 설계입니다."

"스위스의 교육은 정말 훌륭하군!" 한 시험관이 말했다.

그러고는 상당히 복잡한 증기기관의 단편 하나를 마르셀에게 건네면서 말을 이었다.

"두 시간을 줄 테니까 이걸 설계해보게. 그 일을 훌륭하게 해내면 자네는 '만족스럽고 비범함'이라는 평가를 받고 설계국에 들어오는 것이 허가될 걸세."

마르셀은 혼자 남아서 열심히 작업에 몰두했다.

정확히 두 시간 뒤에 돌아온 시험관들은 마르셀이 그린 설계도를 보고 깜짝 놀란 나머지, 앞서 약속한 평가에 이런 말을 덧붙였다. '그에게 필적할 만한 설계사는 없음.'

마르셀은 다시 회색 제복 차림의 남자들에게 눈가리개를 당하고 총지배인 사무실로 안내되었다.

"자네는 설계국 제도실에 추천되었다." 총지배인이 말했다.
"규율에 복종할 용의는 되어 있겠지?"

"그 조건이 어떤 것인지는 아직 모르지만 받아들일 수 있을
거라고 생각합니다." 마르셀이 대답했다.

"조건은 다음과 같다. 첫째, 자네는 계약 기간이 끝날 때까지
설계국 안에서 거주해야 할 의무가 있다. 지극히 예외적이고 특
별한 허가가 없는 한, 한 발짝도 밖으로 나갈 수 없다. 둘째, 자
네는 군대식 규율에 따라야 하고, 명령을 어기면 군사재판에 회
부된다는 조건 아래 상관의 명령에 절대 복종해야 한다. 그 대
신 자네는 현역 하사관에 임명되고, 정기적인 진급을 통해 가장
높은 계급까지 올라갈 수도 있다. 셋째, 자네는 관계 부서에서
보고 들은 것을 누구에게도 발설하지 않겠다고 서약할 의무가
있다. 넷째, 자네 편지는 보내는 것도 받는 것도 모두 상관이 개
봉하여 검열하며, 편지를 주고받는 상대는 가족으로 한정해야
한다."

'요컨대 감옥에 갇히는 거로군' 하고 마르셀은 생각했다.

이어서 그는 짤막하게 대답했다.

"그 조건은 정당하다고 생각하니까 복종할 용의가 있습니
다."

"좋다. 그럼 한 손을 들고…… 서약해…… 자네는 제4실 설
계사로 임명되었다…… 자네한테는 거처할 방이 할당되고, 식
사는 여기서 제1급 식당을 이용할 수 있다…… 자네, 신변용품

을 가져왔나?"

"아니요. 무슨 용건인지 몰라서 하숙집에 두고 왔습니다."

"그럼 사람을 보내서 가져오게 하지. 자네는 이제 밖으로 나갈 수 없으니까."

'공책에 암호로 써두길 잘했군!' 마르셀은 생각했다. '어차피 발견될 건 그것뿐이야!'

저녁 무렵에는 넓은 안마당에 면한 건물 5층에 있는 깨끗한 방에 자리를 잡았기 때문에, 마르셀은 새로운 생활에 대해 생각할 수 있었다.

새 생활은 처음에 생각했던 만큼 괴롭지는 않았다. 동료들—그들과는 식당에서 알게 되었다—은 모든 노동자와 마찬가지로 조용하고 차분했다. 이 단조로운 생활에는 활기가 부족했기 때문에 조금 쾌활해지기 위해 몇 명이 오케스트라를 만들어 밤마다 꽤 훌륭한 연주를 하고 있었다. 어쩌다 틈이 날 때면 도서실이 과학적인 견지에서 귀중한 자원을 제공해주었다. 제1급 교수진의 특별 강의는 모든 종업원이 반드시 들어야 했고, 시험과 경시대회가 수없이 열렸다. 하지만 이 비좁은 환경에는 자유와 공기가 부족했다. 그것은 엄격한 성인용 대학이었다. 따라서 그들이 아무리 엄격한 규율에 복종하고 있어도, 주위의 분위기가 그들의 정신에 영향을 주지 않을 수 없었다.

그러는 동안 겨울이 가고 봄이 왔다. 마르셀은 일에 몸과 영혼을 집중시켰다. 그의 열의, 완벽한 설계도, 모든 선생과 시험관들이 주목할 만큼 놀랄 만한 진보는 부지런히 일하고 공부하는 동료들 사이에서 오래지 않아 그를 유명인사로 만들어버렸다. 그가 가장 유능하고 솜씨 좋은 설계사라는 것은 아무도 의심하지 않았다. 어려운 문제에 부닥치면 모두 그에게 상담했다. 주임들까지도 그의 경험을 존중해주었다. 존경받을 가치가 있는 사람은 아무리 강렬한 시샘도 무력화시키는 법이다.

하지만 마르셀이 설계국 중심부에 들어가면 그 핵심적인 비밀에 도달할 수 있을 거라고 생각했다면, 그 기대는 완전히 빗나갔다고 말할 수밖에 없다.

그의 생활은 그가 소속된 중앙 구획을 둘러싼 지름 300미터의 철책 속에 갇혀 있었다. 그는 지식에 관해서는 야금산업의 가장 먼 분야까지 활동 범위를 넓힐 수 있었고, 당연히 그렇게 되어야 마땅했다. 하지만 실제로 그의 활동 범위는 증기기관 설계에 한정되어 있었다. 그는 온갖 종류의 산업과 용도를 위해, 군함과 인쇄기를 위해, 다양한 용적과 출력의 증기기관을 설계했다. 하지만 그 범위를 넘어서지는 못했다. 자신의 전문 분야를 극한까지 넓히면, 그것은 반대로 바이스처럼 그를 단단히 죄었다.

A지구에서 넉 달을 보낸 뒤에도 마르셀은 이곳에 들어오기 전과 마찬가지로 슈탈슈타트가 하는 일 전체에 대해서는 아무것도 알지 못했다. 기껏해야 조직에 대한 개략적인 정보를 몇 가지 모았을 뿐이고, 그는―공로가 있는데도―그 조직의 작은 톱니에 지나지 않았다. 슈탈슈타트가 쳐놓은 거미줄의 중심부는 근접해 있는 모든 건물을 압도하는 거인 같은 '황소탑'이라

는 것은 마르셀도 알고 있었다. 또한 마르셀은 식당에서 주워들은 전설 같은 이야기를 통해 슐츠 교수의 사저가 황소탑 지하에 있고, 그 유명한 비밀 집무실은 황소탑의 심장부를 차지하고 있다는 것도 알고 있었다. 둥근 천장이 있는 그 방은 모든 화재의 위험에서 보호되어 있고, 소형 철갑선처럼 안쪽에 방벽이 구축되어 외부의 공격에서 보호되어 있고, 입구의 강철 출입문에는 세상에서 가장 의심 많은 은행에나 어울리는 기관총 총안이 뚫려 있다는 것이었다. 슐츠 교수는 사상 유례없는 위력을 가진 가공할 무기, 언젠가는 독일의 세계 지배를 약속하는 전쟁 무기를 완성하기 위해 애쓰고 있다는 것이 모든 사람의 의견이었다.

그 비밀을 알아내려고 마르셀은 대담하기 이를 데 없는 가택 침입과 변장 계획을 세우면서 헛되이 시간을 보냈다. 그는 그런 계획이 전혀 실현성이 없다는 것을 인정할 수밖에 없었다. 밤이 되면 불빛의 파도를 받고 훈련받은 보초들이 지키는 거대한 담장은 언제나 그의 노력을 방해하는 장애물이 되었다. 그 담장의 일부를 부술 수 있다 해도 뭐가 보이겠는가? 부분, 단지 일부분이 보일 뿐이다. 전체는 결코 볼 수 없다!

'괜찮아. 나는 절대로 지지 않겠어.' 마르셀은 속으로 맹세했다. '나는 지지 않아. 견습기간이 10년 필요하다면 10년 동안 기다리겠어. 언젠가는 반드시 그 비밀을 알아낼 수 있을 거야! 틀림없이 그렇게 될 거야.'

행복의 도시인 프랑스빌은 번영을 누리고, 그 좋은 시설은 모든 사람에게 혜택을 주고, 실의에 빠진 사람들에게 새로운 희망의 지평을 열어주고 있었다. 슐츠가 라틴족의 이런 성공을 보면 협박을 실행에 옮기겠다는 결심이 어느 때보다도 강해질 거라고 마르셀은 확신했다. 슈탈슈타트와 그 도시의 공장들이 그 증거였다.

이렇게 몇 달이 지났다.

3월의 어느 날, 마르셀이 천 번째로 그 맹세를 새삼 마음에 되살리고 있을 때, 회색 제복 차림의 사내가 와서 총지배인이 부른다고 말했다.

총지배인은 마르셀에게 말했다.

"슐츠 씨가 가장 우수한 설계사를 보내라고 명령하셨어. 우리 중에서 가장 우수한 설계사는 자네야. 중심부로 옮겨야 하니까 짐을 꾸리게. 자네는 중위로 진급했어."

이리하여 마르셀은 절망에 빠져 있을 때 그토록 애타게 기다리던 기회를 마침내 손에 넣었다. 중심부에 들어가는 것은 그의 영웅적인 행위가 낳은 자연스럽고 논리적인 결과였다. 마르셀은 기쁜 나머지 그 감정이 얼굴에 드러나는 것을 막지 못했다.

"자네한테 이렇게 좋은 소식을 전할 수 있어서 기쁘군." 지배인이 말을 이었다. "나로서는 자네가 용감하게 걷고 있는 길을 앞으로도 계속 열심히 나아가라고 격려해줄 수밖에 없네. 더없이 눈부신 미래가 자네를 기다리고 있다. 자, 어서 가보게."

마침내 마르셀은 오랜 시련 끝에 반드시 도달하겠다고 맹세한 목표를 엿보았다!

옷가지를 가방 속에 챙겨넣은 마르셀은 회색 제복의 남자들을 따라 A도로에 면한 유일한 입구를 통과했다. 앞으로도 오랫동안 닫혀 있을지 모를 마지막 울타리를 넘는 데에는 겨우 몇 분 밖에 걸리지 않았다.

마르셀은 마침내 범접하기 어려운 '황소탑' 발치에 이르렀다. 그는 지금까지 구름 저편에 높이 솟은 그 탑의 뾰족한 꼭대기밖에 본 적이 없었다.

눈앞에 펼쳐진 광경은 그야말로 예상을 초월하는 것이었다. 평범하고 시끄러운 유럽식 공장 한복판에서 단번에 열대 원시림으로 옮겨진 한 남자를 상상해보라.

그래도 원시림이라면 위대한 작가들의 묘사를 통해 친숙해져 있어서 가치를 알고 있지만, 손질이 잘된 슐츠 씨의 정원은 오로지 즐기기 위한 정원이었다. 높고 날씬한 종려나무, 잎이 무성한 바나나나무, 통통하게 살찐 선인장이 밀집해 있었다. 덩굴이 유칼리나무를 우아하게 휘감고 초록색 꽃줄이 되어 매달리거나 풍성한 머리털처럼 늘어져 있었다. 믿을 수 없을 만큼 굵은 식물이 땅에 가득 꽃을 피우고 있었다. 파인애플과 구아바 열매가 오렌지 옆에서 익어가고 있었다. 벌새와 극락조가 화려한 깃털을 과시하며 날아다니고 있었다. 게다가 기온까지도 식물과 마찬가지로 열대 기후였다.

마르셀은 이 기적을 낳는 유리창과 난방장치를 눈으로 찾았지만, 푸른 하늘밖에 보이지 않았기 때문에 놀라서 잠시 멍해졌다.

이어서 그는 가까운 땅속에 영원히 불타는 탄갱이 있음을 생

마르셀은 유리창과 난방장치를 눈으로 찾았다

각해내고, 슐츠 씨가 이 지하열의 보고를 교묘히 이용하여 금속 파이프를 통해 온실의 온도를 일정하게 유지하는 모양이라고 이해했다.

알자스 젊은이의 이성은 그렇게 자신을 납득시켰지만, 그의 눈은 역시 초록빛 잔디에 매혹되고, 그의 코는 주위에 감도는 향기를 황홀하게 들이마셨다. 그것은 풀 한 포기도 보지 않고 지낸 반년을 벌충해주었다. 한 줄기 자갈길이 완만한 경사를 이루며, 즐비하게 늘어선 거대한 기둥들을 뒤에 거느린 아름다운 돌계단으로 그를 이끌었다. 그 저편에는 '황소탑'의 토대라고 해야 할 크고 네모난 건물이 우뚝 솟아 있었다. 정면의 기둥 아래까지 오자, 붉은 제복 차림의 하인 예닐곱 명과 헌병 모자를 쓰고 쌍날창을 든 문지기가 보였다. 아름다운 청동 촛대 사이로 뻗어 있는 계단을 올라갈 때 그는 희미한 굉음을 느끼고, 발밑에 지하 철도가 달리고 있는 것을 알아차렸다.

마르셀이 이름을 말하자, 조각품이 전시된 진짜 미술관이라고 말할 수 있는 현관으로 안내되었다. 현관에 서 있을 사이도 없이 그는 붉은색과 황금색의 살롱에 이어 검은색과 황금색의 살롱을 지나 마지막으로 노란색과 황금색의 살롱에 이르렀다. 하인은 그를 5분쯤 그 방에 혼자 놓아두었다. 이윽고 그는 초록색과 황금색으로 꾸며진 아름다운 집무실로 안내되었다.

그 호화롭기 그지없는 배경 한복판에서 커다란 맥주잔을 옆에 놓고 기다란 도자기 파이프를 피우고 있는 슐츠 씨는 번쩍번쩍 윤이 나게 닦은 장화에 진흙 얼룩이 하나 묻어 있는 듯한 인

마르셀은 현관으로 안내되었다

상을 주었다.

강철왕은 일어나지도 않고 고개를 돌리지도 않은 채 무뚝뚝하고 차갑게 말했다.

"자네가 설계사인가?"

"예, 그렇습니다."

"자네 설계도를 보았다. 아주 훌륭하더군. 그런데 자네는 증기기관밖에 설계하지 못하나?"

"다른 일은 한 번도 명령받지 않았으니까요."

"탄도학 분야는 얼마나 알고 있나?"

"한가할 때 취미로 연구한 적은 있습니다."

이 대답이 슐츠 씨의 마음을 움직였다. 그는 드디어 고용인의 얼굴을 돌아보았다.

"그럼 나와 함께 대포 설계하는 일을 맡아주겠나? 자네가 어떤 솜씨를 보일지, 한동안 지켜보겠네. 아니, 자네라면 오늘 아침에 다이너마이트를 만지작거리다가 죽은 그 바보 같은 녀석을 대신할 수 있을 거야! 그 얼간이 녀석은 하마터면 우리를 모두 날려 보낼 뻔했어!"

분명히 말해두지만, 이런 실례되는 말도 슐츠 씨 입에서 나오면 그리 불쾌하게 느껴지지 않았다.

"자네가 설계사인가?"

8
용의 동굴

알자스 젊은이의 운명을 더듬어온 독자들은 그가 몇 주 뒤에
는 슐츠 씨와 완전히 친해진 것을 보아도 놀라지 않을 것이다.
두 사람은 이제 떨어질 수 없는 사이가 되어버렸다. 일, 휴식,
정원 산책, 맥주를 마시면서 파이프를 피우는 일도 그들은 모두
함께 했다. 일찍이 예나 대학 교수였던 슐츠는 이렇게까지 마음
이 잘 맞는 협력자, 넌지시 암시만 해도 그의 기분을 이해하고
이론적 데이터를 그와 마찬가지로 재빨리 이용할 수 있는 협력
자를 이제껏 만나본 적이 없었다.

마르셀은 직무의 모든 분야에서 탁월한 재능을 갖고 있었을
뿐만 아니라 더없이 매력적인 동료이자 열성적인 일꾼이며 신
중하고 유능한 발명가였다.

슐츠 씨는 마르셀에게 반해버렸다. 하루에도 열 번씩 그는 작

은 소리로 중얼거렸다.

'그 젊은이는 보물단지야! 진주처럼 귀중한 존재야!'

그 진상은 마르셀이 무서운 주인의 성격을 첫눈에 꿰뚫어본 데 있다. 그는 슐츠 씨의 가장 큰 특징은 잡식성의 거대한 이기주의이고, 그것이 외부에는 광포한 허영심의 형태로 나타나는 것을 알고, 자신의 일거수일투족을 거기에 충실하게 맞추려고 애썼다.

며칠도 지나기 전에 마르셀은 이 건반의 특별한 연주법을 완전히 터득했기 때문에 마치 피아노를 치듯 슐츠를 연주할 수 있게 되었다. 그의 책략은 자신의 장점을 최대한 과시하는 것뿐이었지만, 상대에게 언제나 우수성을 발휘할 여지를 남겨주었다. 예를 들면 어떤 설계도를 완성할 경우, 마르셀은 일을 완벽하게 해내면서도 쉽게 발견해서 수정할 수 있는 결점을 남겨두었기 때문에, 전직 교수는 당장 그것을 지적하고 만족스러워했다.

어떤 이론적 생각이 떠올랐을 경우, 마르셀은 대화 속에서 그 생각이 나타나도록 애썼기 때문에 슐츠 씨는 그것을 스스로 발견했다고 믿을 정도였다. 때로는 좀더 공을 들여서 이런 식으로 말하기도 했다.

"충각을 떼어낼 수 있는 배를 설계했는데요. 교수님이 명령하신……."

"내가?" 그런 것에 관해서는 꿈에도 생각해본 적이 없는 슐츠 씨가 되물었다.

"그럼요! 설마 잊어버리신 건 아니겠죠? 떼었다 붙였다 할 수 있는 충각을 이용하면 적함 옆구리에 어뢰를 마음대로 박아 넣을 수 있으니까, 3분 뒤에는 배가 폭발하는 겁니다!"

"나는 전혀 기억이 나지 않아. 어쨌든 머릿속이 온갖 생각으로 가득 차 있으니까."

이리하여 슐츠 씨는 새로운 발명품을 창안한 영예를 양심적으로 차지했다.

그가 이런 조작에 완전히 속지는 않았을 것이다. 결국 그는 마르셀이 자기보다 강하다고 느끼고 있었을지도 모른다. 하지만 인간의 뇌수에서 일어나는 그 신비로운 발효작용 덕분에 그는 쉽게 우위에 있는 듯이 '보이는' 데 만족하고, 특히 부하들에게 그런 환상을 심어주는 데 만족했다.

'그 경비견은 재능이 있기는 하지만 어차피 동물일 뿐이야!' 그는 이따금 서른두 개의 '이빨'을 다 드러내고 소리 없이 웃으면서 중얼거렸다.

물론 그는 상처받은 허영심을 이런 생각으로 위로했다. 이런 산업의 꿈을 실현할 수 있는 사람은 전 세계에 오직 나밖에 없어. 그런 꿈은 내 돈이 없었다면 아무 가치도 없었을 거야. 마르셀은 결국 내가 창조한 조직의 톱니일 뿐이야.

슐츠는 마르셀을 총애했지만 결코 흉금을 터놓고 이야기하는 법이 없었다. 그래서 마르셀은 '황소탑'에서 다섯 달을 지냈는데도 중앙 구획의 비밀을 별로 알지 못했다. 사실 그의 의혹은 거의 확신으로 변해 있었다. 슈탈슈타트가 어떤 비밀을 감추고 있고, 슐츠 씨가 이익 이외에 전혀 다른 목적을 추구하고 있다는 그의 확신은 점점 강해지기 시작했다. 슐츠 씨의 흥미와 산업의 성질은 그가 뭔가 새로운 병기를 발명했다는 가설을 충분히 뒷받침하고 있었다.

하지만 그 수수께끼를 푸는 열쇠는 여전히 알 수 없었다.

이윽고 마르셀은 위험을 무릅쓰지 않고는 그 열쇠를 손에 넣을 수 없을 거라고 생각하게 되었다. 열쇠가 제 발로 다가오지 않는다면 이쪽에서 먼저 도발해주자고 마르셀은 결심했다.

9월 5일 밤, 저녁식사가 끝났을 때였다. 마침 그날은 1년 전 알브레히트 갱에서 어린 친구 카를의 주검을 발견한 날이었다. 밖에는 길고 혹독한 겨울이 찾아와 벌써 들판을 하얀 망토로 뒤덮고 있었다. 하지만 슈탈슈타트의 정원은 5월처럼 따뜻했고, 눈은 땅에 닿기도 전에 녹아서 팔랑팔랑 내리지 않고 이슬이 되어 땅에 내려앉았다.

"양배추 초절임을 곁들인 이 소시지는 정말 맛있지 않나?" 인도 왕비의 막대한 유산을 손에 넣은 뒤에도 여전히 전에 좋아하던 요리를 즐겨 먹는 슐츠 씨가 말했다.

"맛있습니다." 이제는 이 요리를 보는 것조차도 싫어졌지만 밤마다 용기를 짜내어 억지로 먹고 있는 마르셀이 대답했다.

위장의 반항 때문에 마침내 그는 전부터 생각하고 있던 시도를 해보기로 결심했다.

"소시지도, 양배추 초절임도, 맥주도 먹지 않는 사람들이 어떻게 인생에 만족하는지 정말 알다가도 모르겠어!" 슐츠 씨가 한숨을 내쉬면서 말을 이었다.

"그런 사람들한테 인생은 긴 형벌이나 마찬가지일 겁니다."
마르셀이 맞장구쳤다. "모든 인류를 조국과 통합하는 것은 정말
로 자애로운 자선 행위가 될 겁니다."

"아무렴! 그렇고말고! 언젠가는 반드시 그렇게 될 거야. 아
암, 그렇게 되고말고." 강철왕은 소리쳤다. "우리는 이미 미국
의 심장부에 진입했어. 이제 일본 근해에 있는 섬을 한두 개 손
에 넣으면 지구 전체를 정복할 수 있어."

하인이 파이프를 가져왔다. 슐츠 씨는 파이프에 담배를 담고
불을 붙였다. 마르셀은 날마다 되풀이되는 이런 방심의 순간을
노리고 있었다.

"감히 말씀드리지만……" 그는 잠시 침묵한 뒤 말을 이었다.
"저는 그 정복을 믿을 수가 없습니다."

"무슨 정복?" 벌써 화제를 잊어버린 슐츠 씨가 되물었다.

"독일인의 세계 정복 말입니다."

전직 교수는 귀를 의심했다.

"독일인의 세계 정복을 믿을 수 없다고?"

"그렇습니다."

"아니, 이거 놀랍군! 그렇게 의심하는 이유를 알고 싶은걸."

"이유는 간단합니다. 결국에는 프랑스 포병이 우세해져서 독
일을 이겨버릴 것이기 때문이죠. 우리 스위스 사람들은 프랑스
인을 잘 알고 있습니다. 프랑스인은 미리 경고를 받으면 독일인
두 사람과 맞먹고, 1870년에 교훈을 준 사람들에게 교훈을 되돌
려줄 거라고 우리는 굳게 믿고 있지요. 우리나라에서는 아무도

그것을 의심치 않습니다. 그리고 감히 말씀드리건대, 영국에서 가장 현명한 사람들의 의견도 그렇습니다."

마르셀은 냉정하고 메마르고 단호한 어조로 이렇게 말했다. 그 말투는 맞대놓고 모욕을 당한 강철왕에게 주는 효과를 갑절로 높여줄 터였다.

슐츠 씨는 숨이 막힌 듯 무서운 표정으로 입을 다물고 있었다. 피가 얼굴로 격렬하게 올라왔기 때문에 마르셀은 말이 좀 지나쳤나 생각했을 정도였다. 하지만 희생자가 분노로 질식할 듯하면서도 그 때문에 즉사하지 않는 것을 확인하고, 마르셀은 말을 이었다.

"물론 이것을 인정하려면 부아가 치밀겠지만, 사실이 그렇습니다. 우리 경쟁자가 침묵을 지키고 있는 것은 일을 하고 있기 때문입니다. 전쟁이 끝난 뒤 그들이 아무것도 배우지 않았다고 생각하십니까? 우리가 어리석게도 대포 무게를 늘리는 동안, 그들은 틀림없이 새 병기를 준비하고 있을 겁니다. 기회가 오면 그 신병기가 어떤 건지 알게 되겠죠."

"신병기! 신병기라고?" 슐츠 씨가 중얼거렸다. "그런 건 우리도 만들고 있어."

"아아, 그건 저도 알고 있습니다. 우리는 조상들이 청동으로 만든 것을 강철로 만들고 있지요. 그것뿐이에요! 대포 크기나 사정거리를 두 배로 늘리고 있을 뿐이죠."

"두 배라고?" 슐츠 씨는 '사실은 두 배가 훨씬 넘어!' 하고 말하고 싶은 듯한 어조로 대꾸했다.

"하지만 요컨대……" 마르셀이 말을 이었다. "우리는 표절을 하고 있을 뿐입니다. 진실을 말씀드려도 되겠습니까? 우리는 발명 능력이 부족합니다. 우리는 아무것도 새로 발견하지 않습니다. 그런데 프랑스인은 그것을 할 수 있습니다. 틀림없습니다!"

슐츠 씨는 겉으로는 어느 정도 침착성을 되찾았다. 그래도 입술이 바르르 떨리고 뇌졸중 발작을 일으킨 사람처럼 붉어졌던 얼굴이 창백해진 것은 마음의 동요를 분명히 보여주고 있었다.

이런 모욕을 견뎌야 하나? 세계 최대의 공장과 제1급 대포 제작소의 절대군주, 몇 명의 왕과 의회를 휘하에 거느린 저 유명한 슐츠가 스위스의 젊은 설계사한테 발명 능력이 부족하다느니 프랑스 포병보다 못하다느니 하는 말을 듣게 되다니! 게다가 바로 옆의 두꺼운 장갑판을 댄 벽 뒤에는 이 무례한 풋내기를 1천 번이나 때려눕히고 그의 입을 틀어막고 어리석은 주장을 날려 보내기에 충분한 무기가 있는데! 아니, 이런 모욕은 절대로 참을 수 없어.

슐츠 씨는 파이프가 부러질 만큼 격렬한 동작으로 벌떡 일어섰다. 그러고는 마르셀에게 빈정거리는 눈길을 던지면서 이를 악문 채 말했다.

"나를 따라와. 이 슐츠가 과연 발명 능력이 부족한지 어떤지 보여줄 테니까!"

마르셀은 큰 도박을 했지만, 대담하고 예기치 않은 말이 교수의 마음속에 불러일으킨 놀라움과 격렬한 분노 덕분에 승리를 거두었다. 슐츠 씨는 자신의 비밀을 과시하고 싶어서 좀이 쑤셨다. 그래서 마지못한 것처럼 서재로 들어가 문을 잠그고는 책꽂이로 곧장 다가가서 선반 하나에 손을 댔다. 그러자 책에 가려져 있던 문이 열렸다. 그것은 좁은 통로의 입구였고, 돌계단을 통해 '황소탑' 지하까지 이어져 있었다.

그곳에는 떡갈나무로 만든 문이 있었다. 슐츠 씨는 절대로 몸에서 떼어놓지 않는 열쇠로 그 문을 열었다. 그러자 두 번째 문이 나타났다. 그 문은 금고에 사용되는 실린더 자물쇠로 닫혀 있었다. 슐츠 씨가 암호를 맞춰 육중한 철문을 열었다. 문 안쪽은 폭발물의 복잡한 기구로 무장되어 있었다. 마르셀은 직업적인 호기심에서 그것을 조사해보고 싶었다. 하지만 안내자는 그럴 여유를 주지 않았다.

두 사람은 이윽고 세 번째 문 앞에 섰다. 그것은 겉보기에는 자물쇠도 없고 그냥 밀기만 하면 열렸지만, 물론 일정한 규칙에 따르고 있었다.

이 삼중 요새를 지난 뒤, 슐츠 씨와 마르셀은 철층계를 200계단쯤 올라가 슈탈슈타트 전체가 내려다보이는 '황소탑' 꼭대기에 이르렀다.

이 견고하기 이를 데 없는 탑 위에는 많은 총안이 뚫린 천장이 둥글게 부풀어 있었다. 그 둥근 천장 중앙에 강철 대포 하나가 놓여 있었다.

"이거야!" 그때까지 한마디도 하지 않았던 교수가 말했다.

그것은 마르셀이 이제까지 본 것 가운데 가장 큰 대포였다.

둥근 천장 중앙에 강철 대포 하나가 놓여 있었다

무게는 적어도 300톤이고, 폐쇄기로 장전되었다. 포의 구경은 1.5미터였다. 강철 포가 위에 놓여 있고, 역시 강철로 만든 벨트 컨베이어를 사용하면 어린애라도 조작할 수 있었을 것이다. 그만큼 이 대포는 톱니바퀴 장치로 쉽게 움직일 수 있었다. 포좌의 배후에 붙어 있는 보정 스프링은 후퇴를 무력하게 하거나 적어도 엄밀하게 평등한 반동이 생기게 하여, 포격할 때마다 자동적으로 대포를 처음 위치로 돌려놓는 효과를 가지고 있었다.

"이 대포의 관통력은 얼마나 됩니까?" 마르셀이 병기에 감탄하면서 물었다.

"수평 사격이면 2만 미터 거리에서도 1미터 두께의 철판을 식빵처럼 쉽게 뚫을 수 있지."

"그럼 사정거리는요?"

"사정거리라고?" 슐츠 씨가 흥분하여 소리쳤다. "아아! 자네는 아까 우리의 모방 능력도 현재 대포의 사정거리를 두 배 이상 늘릴 수는 없다고 말했지? 이 대포를 사용하면 40킬로미터 거리까지 아주 정밀하게 포탄을 쏘아 보낼 수 있다고 보증해도 좋아!"

"40킬로미터라고요?" 마르셀이 소리쳤다. "40킬로미터라면 도대체 어떤 화약을 사용하는 겁니까?"

"좋아! 이렇게 된 바에는 다 말해주지!" 슐츠 씨는 묘한 어조로 대답했다. "이젠 내 비밀을 자네한테 다 털어놓아도 상관없으니까. 지금까지는 알갱이로 된 화약의 시대였어. 하지만 내가 사용하고 있는 화약은 면화약일세. 그 폭발력은 보통 화약보다

네 배나 강력해. 나는 거기에 가성칼륨 질산염을 화약 중량의 10분의 8쯤 섞어서 그 위력을 다섯 배로 끌어올렸지."

"하지만 최고의 강철로 만든 대포도 그런 면화약의 폭발에는 저항할 수 없습니다. 교수님이 만든 대포도 세 발이나 네 발, 기껏해야 다섯 발쯤 쏘면 오차가 생겨서 쓸모가 없어져버릴 겁니다." 마르셀이 지적했다.

"한 발밖에 쏘지 못해도, 그것만으로 충분해!"

"그 한 발을 쏘는 비용이 엄청나겠군요."

"100만 달러야. 그게 대포의 원가니까."

"한 발에 100만 달러라니……"

"상관없어. 그 한 발이 10억 명을 죽일 테니까!"

"10억 명이나!" 마르셀이 소리쳤다.

그래도 그는 이 놀라운 파괴의 천재가 불어넣는 찬탄 섞인 공포감을 얼굴에 드러내지 않으려고 애썼다. 이윽고 그는 이렇게 덧붙였다.

"과연 이것은 놀랄 만큼 훌륭한 대포일지 모르지만, 역시 제 생각을 완전히 증명하고 있습니다. 아무리 뛰어난 대포라 해도 기존의 대포를 완성하고 모방한 것일 뿐, 발명은 아니라는 겁니다."

"발명이 아니라고?" 슐츠 씨가 어깨를 으쓱하면서 대답했다. "되풀이 말하지만, 나는 이제 자네한테 어떤 비밀도 갖고 있지 않아. 자, 따라오게!"

강철왕과 마르셀은 둥근 천장을 떠나 수력을 이용한 엘리베이터로 포좌와 연결되어 있는 철계단을 다시 내려갔다. 그곳에는 원뿔 모양의 물체가 많이 놓여 있었는데, 멀리서 보면 분해된 다른 대포들처럼 보였다.

"이게 포탄이야." 슐츠 씨가 말했다.

이번에야말로 마르셀은 그 물체가 지금까지 알고 있던 것과는 전혀 다르다고 인정할 수밖에 없었다. 그것은 길이가 2미터, 지름이 1.1미터인 거대한 원통이었다. 외부는 포신 내부의 나선형 홈에 맞도록 납으로 덮여 있고, 뒤쪽은 볼트로 고정된 강철판이었고, 머리 쪽은 격발 버튼이 달린 뾰족한 모양의 강철로 덮여 있었다.

이런 포탄의 특성은 무엇일까? 겉으로 보아서는 아무것도 알 수 없었다. 다만 그 속에는 일찍이 이런 종류의 포탄에 사용된 것을 능가하는 무서운 폭발물이 감추어져 있으리라는 예감이 들었다.

마르셀이 잠자코 있는 것을 보고 슐츠 씨가 물었다.

"모르겠나?"

"전혀 모르겠습니다. 왜 이렇게 길쭉하고 무거운 포탄입니까? 적어도 외견상으로는……."

"외견은 속임수야. 그리고 중량은 같은 구경의 보통 포탄과 별 차이가 없어…… 이왕 이렇게 됐으니 전부 다 말해주지…… 이건 떡갈나무로 덮인 로켓탄이야. 내부 압력은 72기압이고, 액화 이산화탄소가 장전되어 있다네. 목표물에 명중하면 외피가 폭발하여 액체가 다시 기체 상태로 돌아가지. 그 결과 근접지대

전체에 영하 100도의 냉기와 동시에 대량의 이산화탄소 혼합물이 공기 속에 퍼지게 돼. 폭발 중심지에서 반경 30미터 이내에 있는 모든 생물은 냉동되고 질식하지. 반경 30미터는 계산의 기초로 그렇게 말한 것일 뿐이고, 실제로는 훨씬 멀리까지, 아마 반경 100미터 내지 200미터까지 피해가 미칠 거야. 더욱 유리한 조건은, 이산화탄소가 공기보다 무겁기 때문에 대기의 낮은 층에 오랫동안 남게 되고, 폭발이 일어난 지 몇 시간 동안이나 위험지대에 부패성 성분을 보존한다는 거지. 그래서 그 위험지대에 발을 들여놓은 인간은 모두 사망해. 이건 순간적인 동시에 영속적인 효과를 가진 포탄이야. 따라서 내 방식에 따르면 부상자는 없고 사망자만 있게 되지."

슐츠 씨는 발명품의 장점을 이야기하는 데에서 분명 기쁨을 맛보고 있었다. 다시 기분이 좋아진 그는 자긍심으로 얼굴이 빨개져서 이를 모두 드러냈다.

그가 말을 이었다.

"가령 포위한 도시에 이 대포의 포문을 돌렸다고 하세. 대포 하나당 사정권이 1헥타르라고 가정하면, 면적이 1000헥타르인 도시에 대해서는 각각 10문의 대포를 가진 100개 중대를 적당히 배치하면 돼. 모든 대포가 준비를 끝내고 정확히 조준을 맞추면 안정된 분위기가 조성되고, 마지막에 무선으로 총공격 명령이 내려지면…… 겨우 1분 만에 1000헥타르의 지상에 아무도 남지 않게 될 거야. 문자 그대로 이산화탄소의 바다가 그 도시를 삼켜버릴 거야. 내가 이 생각을 해낸 것은 작년에 알브레히트 갱에서 사고로 죽은 소년 광부에 대한 의학 보고서를 읽었을 때였지. 맨 처음 영감을 받은 것은 나폴리의 '개의 동굴'*을 방문했을 때야. 하지만 작년의 그 사고가 내 생각을 결정적으로 진전시켜주었지. 원리는 잘 알고 있겠지? 순수한 이산화탄소로 이루어진 인공 바다! 그 기체가 5퍼센트만 늘어나도 공기를 호흡할 수 없게 돼."

마르셀은 한마디도 하지 않았다. 문자 그대로 말문이 막혔다. 슐츠 씨는 너무나 강렬하게 자신의 승리를 느꼈기 때문에, 그것을 이용하고 싶지 않았다.

"다만 한 가지 곤란한 점이 있다네."

"뭔데요?" 마르셀이 물었다.

"아무래도 폭발음을 제거할 수 없다는 거야. 그 때문에 내 대포는 다른 평범한 대포와 별 차이가 없어. 소리 없이 대포를 쏠 수 있다면 어떻게 될지 생각해봐. 조용하고 평온한 밤, 수십만 명을 한꺼번에 소리도 없이 덮칠 순간적인 죽음을!"

마음속에 떠오른 그 매혹적인 광경 때문에 슐츠 씨는 꿈꾸는 듯한 기분으로 골똘히 생각에 잠겼다. 자기애의 욕조 속에 푹 잠겨 있던 슐츠 씨는 마르셀의 말을 듣고서야 그 몽상에서 깨어났다.

"정말 멋지군요! 하지만 그런 대포를 1000문이나 갖추려면

---

* 개의 동굴: 이탈리아 나폴리 근처의 아냐노 호반에는 '개의 동굴'이라는 곳이 있다. 이 일대는 화산 지역으로, 지하에서 이산화탄소가 피어올라 동굴 밑바닥에 약 30센티미터 높이로 고인다. 말하자면 개의 머리 높이 정도다. 따라서 이 동굴 안에서 개보다 키 큰 동물은 무사하지만, 개보다 키 작은 동물은 질식하고 만다.

시간과 돈이 필요합니다."

"돈? 돈이라면 넘쳐날 만큼 있어. 시간? 시간도 우리 거야."

"그럼 됐습니다. 하지만 이산화탄소가 든 교수님의 포탄도 결코 새로운 것은 아닙니다. 그것은 몇 해 전부터 알려져 있는 독가스탄에서 생겨난 것이니까요. 하지만 파괴력은 엄청날 겁니다. 그 점은 저도 인정합니다. 다만⋯⋯."

"다만?"

"이건 용적에 비해 무게가 너무 가벼워서 기껏해야 40킬로미터나 날아갈까요?"

"8킬로미터밖에 날지 않도록 만들어져 있어." 슐츠 씨는 빙긋 웃으면서 대답했다. 그러고는 다른 포탄을 가리키면서 덧붙였다. "하지만 이건 주물 포탄일세. 속이 꽉 차 있지. 망원경의 경통처럼 겹겹이 질서정연하게 겹쳐진 100문의 작은 대포가 들어 있다네. 그 대포들은 탄환처럼 발사된 뒤, 다시 대포가 되어 이번에는 제각기 작은 소이탄을 발사하는 거야. 그래서 내가 공중에다 대포를 발사하면, 꺼지지 않는 불이 비처럼 쏟아져 도시 전체에 화재와 죽음을 가져다주게 되지. 이것은 중량이 있으니까 40킬로미터는 날아갈 거야. 그리고 조만간 경험이 증명해줄 테니까, 아무리 의심 많은 사람이라도 이 포탄이 쓰러뜨린 10만 명의 시체를 손으로 만져볼 수 있을 거야."

그 순간 슐츠 씨의 입 안에서 이가 눈부시게 빛났기 때문에, 마르셀은 그 이빨을 열 개쯤 부러뜨리고 싶은 강한 충동에 사로잡혔다. 하지만 그는 그 충동을 억눌렀다. 슐츠 씨한테서 들어

"이건 주물 포탄일세"

야 할 이야기가 아직 남아 있었기 때문이다.

슐츠 씨가 말을 이었다.

"분명히 말해두지만, 조만간 결정적인 실험이 이루어질 걸세."

"어떻게요? 어디서요?"

"어떻게? 이 포탄 한 발이 대포에서 발사되어 캐스케이드 산맥*을 넘어가지. 어디냐고? 기껏해야 40킬로미터밖에 떨어져 있지 않은 도시 위로. 그 도시는 이런 벼락을 예상도 못할 것이고, 또한 예상할 수 있다 해도 압도적인 결과를 막지는 못할 거야! 오늘은 9월 5일! 13일 오후 열한 시 45분에 프랑스빌은 미국 땅에서 사라지게 될 거야! 소돔†을 파멸시킨 유황불은 여기서 그 대응물을 찾아낼 거야. 이번에는 슐츠 교수가 하늘의 모든 불을 활활 타오르게 할 거야!"

이 예기치 않은 선언을 듣고, 이번에야말로 마르셀의 온몸을 흐르던 피가 심장으로 역류했다. 다행히 슐츠 교수는 상대의 몸속에서 일어난 이변을 전혀 눈치채지 못했다.

"그래!" 그는 허물없는 어조로 말을 이었다. "우리는 여기서 프랑스빌을 세운 자들과는 반대되는 일을 하고 있지. 우리는 인간의 생명을 단축시키는 비밀을 찾고 있는데, 그들은 인간의 생명을 연장시키는 방법을 찾고 있으니까 말이야. 하지만 그들의 일은 앞이 뻔히 내다보여. 그리고 생명은 우리 손으로 뿌려진

* 캐스케이드 산맥: 미국 북서부, 캘리포니아 · 오리건 · 워싱턴 주에 걸쳐 있는 산맥.
† 소돔: 구약성서에서 남색 등 성적 타락 때문에 신의 노여움을 사서 멸망한 도시.

죽음에서 태어나야 돼. 하지만 양쪽 다 자연 속에 목표를 두고 있지. 그리고 사라쟁 박사는 고립된 도시를 건설하여, 본의 아니게 세상에서 가장 훌륭한 실험장을 바로 내 옆에 만들어주었어."

마르셀은 귀를 믿을 수가 없었다.

"하지만……" 마르셀이 말했다. 저도 모르게 목소리가 떨린 것이 강철왕의 주의를 끈 것 같았지만, 그는 말을 이었다. "프랑스빌 주민들은 교수님께 아무 짓도 하지 않았습니다. 제가 아는 한, 교수님은 그들과 싸울 이유가 전혀 없을 텐데요."

"이봐. 자네 두뇌는 다른 점에서는 훌륭하게 조직되어 있지만, 근본적으로 켈트적인 생각을 갖고 있기 때문에 자네가 오래 산다면 자네한테 큰 손해를 줄 거야. 정의, 선악 따위는 순전히 상대적이고 편의적인 거야. 절대적인 것은 자연 법칙 안에만 있어. 생존경쟁의 법칙은 중력의 법칙과 같은 가치가 있지. 거기에 거역하는 것은 어리석은 짓이야. 거기에 적응하고 그 법칙이 지시하는 방향으로 행동하는 것이야말로 이성적이고 현명한 방식이지. 그래서 나는 사라쟁 박사의 도시를 파괴하려는 거야. 내 대포 덕분에 우리 5만 명의 독일인은 그 땅에서 멸망해야 할 집단을 이루고 있는 10만 명의 몽상가들을 쉽게 타도할 수 있을 거야."

마르셀은 슐츠 씨와 정면으로 논쟁을 벌여도 소용이 없다는 생각이 들어서, 이제 상대를 제정신으로 돌려놓으려 하지도 않았다.

두 사람은 포탄실을 나와 그 비밀의 문에 다시 자물쇠를 채우고 식당으로 내려왔다.

슐츠 씨는 더없이 자연스러운 태도로 맥주잔을 입으로 가져갔다. 그리고 초인종을 눌러 부러진 파이프 대신 다른 파이프를 가져오라고 명령하고, 하인에게 물었다.

"아르미니우스와 시기메르는 거기에 있나?"

"예, 주인님."

"내 목소리가 들리는 곳으로 오라고 전해주게."

하인이 식당에서 나가자, 강철왕은 마르셀 쪽으로 몸을 돌리고 정면에서 뚫어지게 그를 바라보았다.

마르셀은 금속처럼 단단한 그 시선을 받고도 눈을 내리깔지 않았다.

"그 계획을 정말로 실행에 옮길 작정이십니까?"

"물론이지. 나는 프랑스빌의 위치를 위도상으로도 경도상으로도 10분의 1초 단위까지 알고 있네. 그러니까 프랑스빌은 9월 13일 오후 열한 시 45분이면 지상에서 사라지게 될 거야."

"교수님은 이 계획을 절대 비밀로 해두셨겠지요?"

"이봐. 자네 두뇌는 절대로 논리적으로 되지 않겠군. 그래서 나는 자네가 젊은 나이에 죽는 것이 덜 유감스러워."

이 말을 듣고 마르셀은 저도 모르게 벌떡 일어났다.

"왜 몰랐지?" 슐츠 씨가 차갑게 덧붙였다. "나는 두 번 다시 입을 놀리지 못할 놈에게만 비밀을 털어놓는다는 걸 말이야."

초인종이 울려 퍼졌다. 아르미니우스와 시기메르라는 두 거인이 식당 문간에 모습을 나타냈다.

"자네는 내 비밀을 알고 싶어했어. 이제 내 비밀을 알았으니까 자네한테는 죽는 일밖에 남아 있지 않아."

마르셀은 대답하지 않았다.

"내 계획을 다 알아버린 이상……" 슐츠 씨가 말을 이었다. "내가 자네를 살려둘 수 없다는 것쯤은 알고 있겠지? 자네는 머리가 좋으니까 그런 어리석은 생각을 하진 않을 거야. 내가 자네를 살려준다면 그것은 용납할 수 없을 만큼 부주의하고 비논리적인 행위가 되겠지. 한 인간의 생명처럼 사소한 가치 때문에 내 위대한 목적의 성공을 위태롭게 할 수는 없어. 나는 자네의 우수한 두뇌 조직을 특히 높게 평가하고 있지만, 그런 인간이라도 마찬가지야. 그래서 나는 내 자존심 때문에 자네를 말살할 필요가 생긴 것을 진심으로 유감스럽게 생각하고 있네. 하지만 내가 헌신하고 있는 목적 앞에서 감정은 전혀 문제가 될 수 없다는 것을 자네는 이해해야 돼. 이젠 솔직히 말해도 되겠지만, 사실은 자네 전임자가 죽은 것도 다이너마이트가 폭발했기 때문이 아니라 내 비밀을 냄새 맡았기 때문이야. 규칙은 엄격하고 절대 바꾸면 안 돼. 나는 규칙을 바꿀 생각이 털끝만큼도 없어."

마르셀은 슐츠 씨를 바라보았다. 그는 상대의 말투와 대머리의 완고한 고집스러움을 보고 이제 다 틀렸다는 것을 깨달았다. 그래서 그는 항의하려고도 하지 않았다.

"나는 어떤 식으로 언제 죽게 됩니까?"

"그건 걱정하지 않아도 돼. 자네는 죽겠지만, 고통은 면제될

두 거인이 식당 문간에 모습을 나타냈다

거야. 어느 날 아침 자네는 눈을 뜨지 않게 돼. 그것뿐이야."

강철왕의 신호에 따라 마르셀은 방으로 끌려가 감금되었고, 두 거인이 방문을 감시하게 되었다.

혼자 남은 마르셀은 고뇌와 분노에 몸을 떨면서도 사라쟁 박사와 그의 가족, 동포들과 그가 사랑하는 모든 사람들을 생각했다.

'나를 기다리고 있는 죽음 따위는 아무것도 아니야. 하지만 그들을 위협하고 있는 위험을 어떻게 하면 막을 수 있을까.'

9
작별 인사

사태는 아주 심각했다. 이제 살아 있는 시간이 초읽기에 들어가, 해가 지면 마르셀은 아마 마지막 밤을 맞게 될 것이다. 가엾은 마르셀이 뭘 어떻게 할 수 있겠는가?

그는 잠시도 잠을 자지 않았다. 슐츠 씨가 말했듯이 두 번 다시 눈을 뜨지 못한다는 두려움 때문이 아니라, 그 절박한 파국에 노출되어 있는 프랑스빌을 머리에서 떨쳐버릴 수 없었기 때문이다.

'어떡하면 좋을까?' 그는 속으로 몇 번이고 되뇌었다. '그 대포를 파괴할까? 토대인 탑을 날려 보낼까? 하지만 어떻게 하면 내가 그렇게 할 수 있을까? 탈출한다고? 저 거인들이 감시하고 있는데 과연 탈출할 수 있을까? 그리고 9월 13일이 오기 전에 슈탈슈타트를 탈출할 수 있다 해도, 어떻게 하면 슐츠의 계획을 저지할 수 있을까? 할 수 있어! 사랑하는 그 도시는 구할 수 없다 해도, 최소한 주민들만은 구할 수 있어. 그들에게 달려가서 큰 소리로 외치는 거야. 도망치세요! 빨리 도망쳐요! 당신들은 불과 쇠로 파멸당하려 하고 있어요! 모두 도망치세요!'

이어서 마르셀의 생각은 다른 흐름을 타기 시작했다.

'악당 녀석! 슐츠가 그 포탄의 파괴력을 과장했고, 도시 전체를 꺼지지 않는 불로 뒤덮을 수는 없다 해도, 포탄 한 발로 상당히 넓은 지역에 화재를 일으킬 수는 있어. 그가 발명한 것은 무서운 병기야. 그러니까 두 도시 사이에 상당한 거리가 있다 해도 그 대포는 충분히 프랑스빌에 포탄을 쏘아 보낼 수 있을 거야. 지금까지 낼 수 있었던 최고 속도보다 20배나 빠른 초속도(初速度: 발사 순간의 속도)로! 속도가 무려 초속 1만 미터라니까 말이야! 하지만 그건 지구가 궤도를 공전하는 속도의 3분의 1이야! 도대체 이런 일이 가능할까? 그래, 그 대포가 첫 번째 포탄을 쏠 때 폭발하지 않는다면 가능해. 그리고 아마 그 대포는 폭발하지 않을 거야. 폭발에 대해서는 거의 무한한 내구력을 가진 금속으로 만들어져 있으니까. 그 악당 녀석은 프랑스빌의 위치를 아주 정확하게 알고 있어! 녀석은 동굴에서 나오지 않고도 수학적인 정확성으로 대포를 조준할 수 있고, 그놈이 말했듯이 포탄은 프랑스빌 한복판에 떨어질 거야! 불행한 주민들한테 어떻게 하면 그걸 알릴 수 있을까!'

다시 아침이 찾아올 때까지 마르셀은 뜬눈으로 밤을 새웠다.

'좋아. 분명 오늘밤이 될 거야. 친절하게도 고통을 면제해주겠다는 그 악당은 잠이 불안을 물리치고 나를 덮치기를 기다리고 있어! 그게 분명해! 하지만 나에게는 대체 어떤 죽음이 준비되어 있을까? 내가 잠을 자고 있는 동안 청산가스로 죽일 생각인가? 아니면 이 방에 이산화탄소라도 들여보내려는 것일까? 유리포탄 속에 넣은 것처럼 이산화탄소를 액화하여 사용하지 않을까? 그러면 액체가 기체 상태로 돌아갈 때 영하 100도로 냉각되니까. 그래서 이튿날 아침이면 나는 훌륭한 체격과 생명력에 넘치는 건강한 육체 대신 비쩍 마르고 꽁꽁 얼어붙은 미라로 발견되겠지. 아아, 지독한 놈! 그래, 필요하다면 내 심장이 얼어붙고 내 생명이 그 견디기 어려운 추위 속에서 차갑게 식어버린다 해도 사라쟁 박사님과 가족들, 특히 귀여운 나의 잔은 구해내야 돼! 그런데 그러기 위해서는 내가 탈출할 필요가 있어. 그러니까 나는 반드시 탈출할 거야.'

물론 마르셀은 방에 감금되어 있다고 믿고 있었지만, 이 마지막 말을 중얼거리면서 본능적으로 문손잡이를 돌렸다.

그런데 놀랍게도 문이 열리고, 그는 날마다 산책하던 정원으로 여느 때처럼 내려갈 수 있었다.

'아아!' 그는 속으로 중얼거렸다. '나는 방에 감금되어 있는 것이 아니라 중앙 구획에 갇혀 있구나! 그건 나한테 유리해!'

하지만 마르셀은 문 밖으로 나가자마자 자기가 겉으로는 자유롭지만 아르미니우스와 시기메르라는 역사적인, 아니 선사적인 이름을 가진 두 인물의 호위를 받지 않고는 한 발짝도 걸을 수 없다는 것을 알았다.

그는 길에서 두 거인을 만났을 때, 황소 같은 목과 헤라클레스 같은 이두박근, 텁수룩한 턱수염과 더부룩한 볼수염에 덮인 불그레한 얼굴에 회색 군모를 쓴 두 사람이 여기서 맡고 있는 역할이 무엇일까 하고 궁금하게 여긴 적이 있었다.

두 거인의 역할을 이제는 마르셀도 알고 있었다. 그들은 슐츠 씨의 최고 임무를 수행하는 집행인이고, 지금은 마르셀을 경계하는 것이 그들의 임무였다.

두 거인은 마르셀을 감시하고, 그의 방 문간에서 잠을 자고, 그가 정원에 나가면 바로 뒤에 붙어서 따라왔다. 그들의 제복에 딸린 권총과 단도라는 흉기가 감시자의 역할을 더욱 강조하고 있었다.

게다가 물고기처럼 말이 없었기 때문에, 외교적인 목적으로 그들과 대화를 나누려고 애쓴 마르셀은 사나운 눈총만 대답으로 얻었을 뿐이었다. 맥주 한잔 마시지 않겠느냐는 제안은 그들에게 분명 저항하기 어려운 유혹이었을 텐데, 그것도 실패로 끝나버렸다. 열다섯 시간쯤 관찰한 결과, 그들에게 인정된 악덕은 파이프를 피우는 것뿐이었다. 그들은 마르셀의 바로 뒤에서 마음대로 파이프를 피우고 있었다.

이 유일한 악덕을 마르셀은 자신을 구출하는 데 이용할 수 있을까? 그것을 어떻게 이용할지는 알 수 없었고 상상할 수도 없었지만, 여기서 탈출하겠다고 다짐한 마르셀은 탈출에 도움이 될지도 모르는 것은 하나도 놓치지 말아야 했다.

사태는 절박했다. 하지만 어떻게 하면 좋을까?

조금이라도 반항하거나 탈출할 낌새를 보이면 당장 머리에 총알 두 발을 맞게 될 거라고 마르셀은 확신했다. 그 총알이 빗나간다 해도, 그는 보초들이 지키고 있는 삼중 요새 한복판에 갇혀 있었다.

평상시의 습관에 따라 이 중앙공예대학 졸업생은 수학 문제의 형태로 이 상황을 정확하게 파악했다.

'한 사람이 그보다 신체적으로 강건한 데다 머리끝부터 발끝까지 철저히 무장하고 용감하기 짝이 없는 사내들에게 감시당하고 있다고 가정하자. 우선 이 사람이 감시자들의 눈을 피해 탈출하는 것이 문제다. 이 첫 번째 문제가 해결되면, 두 번째 문제는 수비 태세가 엄중한 요새를 탈출하는 것이다.'

마르셀은 이 두 가지 문제를 백 번이나 심사숙고하고, 백 번 다 '불가능하다'는 결론에 도달했다.

하지만 그가 놓여 있는 상황의 심각성 때문에 그의 창의력이 더욱 예민해진 것 같았다. 우연이 그것을 마무리해줄지 어떨지는 말하기 어려울 것이다.

이튿날 정원을 산책하고 있던 마르셀은 화단 가장자리에 서 있는 작은 관목을 보고 흠칫 놀랐다.

그것은 쓸쓸해 보이는 초본식물로, 뾰족한 달걀꼴 잎이 어긋나 있고, 잎겨드랑이에 난 줄기에 종 모양의 크고 빨간 꽃이 매달려 있었다.

마르셀은 식물학을 단순한 취미로 공부했을 뿐이지만, 그래도 그 작은 나무에서 가지과 식물 특유의 형태를 포착할 수 있

마르셀은 화단 가장자리에 서 있는 관목을 보았다

었다. 그는 아무렇지도 않게 그 작은 잎을 따서 잘근잘근 씹으면서 산책을 계속했다.

그의 생각은 틀림없었다. 가벼운 구역질과 함께 온몸이 나른해진 것은 강력한 마취제인 벨라도나의 실험실이 바로 가까이에 있다는 것을 알려주었다.

그는 여전히 비틀비틀 걸어서 작은 인공호수에 이르렀다. 그 호수는 정원 남부로 펼쳐져 있고, 한쪽 끝은 불로뉴 숲*의 폭포를 절묘하게 모방한 폭포로 쏟아져 내리고 있었다.

'이 폭포수는 도대체 어디로 흘러가고 있을까?' 마르셀은 생각했다.

그 물은 우선 작은 강으로 흘러들고, 그 강은 몇 번이나 물굽이를 돌아서 정원 끝으로 사라졌다.

따라서 그곳에는 수문이 있을 게 분명했다. 언뜻 보기에 강물은 수문을 가득 채운 뒤 지하 운하를 지나 슈탈슈타트 밖에 있는 평원에 이르는 것 같았다.

마르셀은 거기에서 하나의 출구를 발견했다. 물론 대문은 아니었지만, 문인 것은 틀림없는 사실이었다.

'하지만 운하가 철책으로 막혀 있으면 어떡하지?' 신중한 목소리가 반론을 제기했다.

그러자 빈정거리는 목소리, 대담한 결심을 명령하는 목소리가 대답했다.

'호랑이 새끼를 잡으려면 호랑이 굴에 들어가야 해. 줄은 코

* 불로뉴 숲: 파리 서쪽 끝에 있는 넓은 숲.

르크 마개를 갉아내려고 만든 게 아니야. 그리고 실험실에는 좋은 줄이 잔뜩 있어.'

2분 만에 마르셀은 결심을 굳혔다. 어떤 생각이 그의 머리에 문득 떠올랐다. 그것은 실현할 수 없을지도 모르지만, 그전에 죽음이 닥쳐오지 않는다면 그는 반드시 실현하려고 애쓸 작정이었다.

그는 아무렇지도 않은 얼굴로 그 붉은 꽃이 핀 작은 수풀 속으로 돌아가, 간수들에게 확실히 보이도록 나뭇잎을 두세 개 땄다.

그리고 방으로 돌아가자 역시 간수들에게 확실히 보이도록 그 나뭇잎을 불에 쬐어 말린 다음, 두 손으로 비벼서 가루로 만들어 담배에 섞었다.

그 후 엿새 동안 마르셀은 놀랍게도 아침마다 무사히 깨어났다. 그동안 슐츠 씨를 한 번도 보지 못했고 산책길에 만나지도 않았다. 그런데 슐츠 씨는 마르셀을 죽이려는 계획을 버린 것일까? 아니, 그럴 리가 없다. 사라쟁 박사의 도시를 파괴할 계획과 마찬가지로 그를 죽이려는 계획도 포기하지 않을 것이다.

그래서 마르셀은 삶을 허락받은 이 기간을 이용하여 날마다 책략을 새롭게 보완했다. 물론 그는 벨라도나를 먹지 않도록 조심해서, 그 때문에 담뱃갑을 두 갑 준비하여 한 갑은 자신의 개인 용도로 사용했고 또 한 갑은 날마다 연극을 하는 데 사용했다. 그의 목적은 아르미니우스와 시기메르의 호기심을 불러일으키는 것이었다. 그 짐승 같은 거인들은 둘 다 지독한 골초였기 때문에, 언젠가는 마르셀이 잎을 따는 관목에 주목하여 마르셀처럼 담배에 나뭇잎을 섞으면 어떤 맛이 날지 시험해보려고 할 것이다.

이 예상은 석중했고, 결과도 마르셀이 예상한 대로였다.

엿새째 되는 날—그것은 운명의 날인 9월 13일 전날이었다—무심히 뒤를 돌아본 마르셀은 감시인들이 부지런히 초록색 나뭇잎을 따고 있는 것을 보고 만족했다.

한 시간 뒤, 그는 두 거인이 나뭇잎을 불에 말려 못이 박인 커다란 두 손으로 비벼서 담배에 섞는 것을 확인했다. 뿐만 아니라 그들은 벌써부터 혀로 입술을 핥으며 입맛까지 다시고 있었다.

그러면 마르셀은 아르미니우스와 시기메르를 잠재우는 것만 생각했을까? 그렇지는 않다. 그들의 감시를 피하는 것만으로는 충분치 않았다. 흘러드는 물을 이용하여 운하를 빠져나갈 길을 찾을 필요가 있었다. 그 운하의 길이가 몇 킬로미터나 된다 해도…… 하지만 마르셀은 그 방법을 생각하고 있었다. 물론 십중팔구는 실패하겠지만, 이미 사형선고를 받은 그는 며칠 전에 목숨을 잃은 거나 마찬가지였다.

어스름이 찾아왔다. 그리고 어스름과 함께 저녁식사 시간과 마지막 산책 시간이 찾아왔다. 온종일 떨어지지 않는 삼인조는 정원 길을 걸어갔다.

마르셀은 1분도 낭비하지 않고 언덕 위에 서 있는 설계공장 쪽으로 거침없이 걸어갔다. 그리고 공장 밖에 있는 벤치에 앉아서 파이프에 담배를 채워 피우기 시작했다.

그것을 보자마자, 사전에 준비된 파이프를 손에 든 아르미니우스와 시기메르는 가까운 벤치에 앉아서 기세 좋게 담배연기를 내뿜기 시작했다.

마취제의 효과는 곧 나타났다.

5분도 지나기 전에 두 거인은 우리에 갇힌 곰처럼 앞을 다투어 하품을 하며 기지개를 켜기 시작했다. 두 사람의 눈은 몽롱해져 있었다. 귀에서는 윙윙 소리가 나고, 얼굴은 붉은색에서 자주색으로 바뀌었다. 두 팔은 힘없이 축 늘어졌고, 머리는 벤치 등받이에 힘없이 기대어 있었다.

파이프가 땅바닥에 떨어졌다.

두 사람의 코고는 소리가 늘 여름인 슈탈슈타트의 정원에 발목이 잡힌 작은 새들의 지저귐과 박자를 맞추었다.

마르셀은 바로 그 순간을 기다리고 있었다. 얼마나 애타게 기다리고 있었는지 이해할 수 있을 것이다. 이튿날 밤 11시 45분에는 슐츠 씨에게 단죄당한 프랑스빌이 지상에 존재하지 않을 것이기 때문이다.

마르셀은 설계공장으로 뛰어들었다. 그곳의 넓은 방은 마치 박물관 같았다. 수력기계, 기관차, 배수펌프, 터빈, 착암기, 선박기계, 배의 용골 모형을 비롯하여 수백만 점의 걸작이 진열되어 있었다. 그것은 슐츠 공장이 창설된 이래 제작한 모든 제품의 나무 모형이었고, 거기에는 대포와 어뢰와 포탄 등의 실물대 모형도 섞여 있을 터였다.

캄캄한 밤중이어서 마르셀이 대담한 계획을 실행에 옮기기에는 좋은 조건이었다. 그는 지상 목표인 탈출을 준비하는 동시에, 슈탈슈타트의 모형 박물관을 말살할 계획도 세우고 있었다. 아아! 그 거대한 난공불락의 '황소탑'을 그 안에 숨겨져 있는 대포와 함께 파괴할 수만 있다면! 하지만 그런 생각을 해봤자 아무 소용도 없었다.

마르셀이 맨 처음 생각한 것은 도구 선반에 걸려 있는 작은 강철톱을 주머니에 슬쩍 집어넣는 것이었다. 다음에는 잠시도 망설이지 않고 성냥불을 켜서, 설계용지와 가벼운 삼나무 모형이 쌓여 있는 방구석에 불을 질렀다.

그리고 밖으로 나갔다.

잠시 후, 온갖 가연성 물질에 기세를 얻은 불은 창문으로 맹렬한 불길을 토해내기 시작했다. 당장 경보가 울려 퍼지고 슈탈슈타트의 각 지구에 전류가 경보를 전달하자, 사방팔방에서 소방차가 증기 소화기를 끌고 달려왔다.

그와 동시에 슐츠 씨가 모습을 나타냈다. 그의 출현은 모든 종업원을 격려하는 데 도움이 되었다.

몇 분 동안 증기 보일러에 압력이 가해지고, 강력한 펌프가 급속도로 움직이기 시작했다. 담장과 모형 박물관 지붕에까지 물이 홍수처럼 쏟아졌다. 하지만 화력이 물보다 강했기 때문에, 물은 불을 끄기는커녕 당장 증발해버렸다. 이윽고 불은 건물 전체를 동시에 덮쳤다. 5분 뒤에는 불의 기세가 너무 맹렬해졌기 때문에, 불을 진압하겠다는 희망을 버릴 수밖에 없었다. 웅장하고 무시무시한 광경이었다.

사방팔방에서 소방차가 소화기를 끌고 달려왔다

마르셀은 한쪽 구석에 몸을 웅크린 채, 도시를 공격하듯 부하들을 지휘하고 있는 슐츠 씨한테서 잠시도 눈을 떼지 않았다. 마르셀이 불을 더 도와줄 필요는 없었다. 정원에 외따로 서 있는 모형 박물관은 이제 곧 완전히 불타버릴 것이다.

그때 건물 자체는 살릴 수 없다고 생각한 슐츠 씨가 갑자기 갈라진 목소리로 외쳤다.

"중앙의 유리장 안에 들어 있는 3175번 모형을 구해낸 자에게는 1만 달러를 주겠다!"

그 모형은 슐츠가 완성한 그 유명한 대포의 실물대 모형이어서, 그에게는 박물관에 있는 어떤 물건보다도 훨씬 귀중했다.

하지만 그 모형을 구해내기 위해서는 호흡이 곤란한 검은 연기 속을 지나서 비 오듯 쏟아지는 불똥 밑으로 몸을 던질 필요가 있었다. 아마도 십중팔구는 살아서 돌아오지 못할 것이다. 따라서 1만 달러의 미끼를 던졌는데도 슐츠 씨의 호소에 응하는 사람은 아무도 없었다.

그때 한 남자가 나타났다. 마르셀이었다.

"제가 가겠습니다."

"네가?" 슐츠 씨가 소리쳤다.

"그렇습니다!"

"그래도 너한테 내려진 사형선고는 철회되지 않아."

"죽음을 면할 생각은 없습니다. 다만 그 귀중한 모형이 파괴되는 것을 막고 싶을 뿐입니다!"

"그럼 가라! 네가 성공하면 1만 달러는 너의 유산 상속인에게 틀림없이 건네주겠다."

"그 점에 대해서는 교수님을 믿겠습니다."

화재가 발생할 경우에 대비하여, 숨을 쉴 수 없는 곳에도 들어갈 수 있는 갈리베르 장치가 항상 가까이에 준비되어 있었다. 마르셀은 바우어 부인의 아들 카를을 구하려 했을 때 이미 그 장치를 사용해본 경험이 있었다.

몇 기압의 압력으로 공기를 채운 그 기구 가운데 하나가 당장 그의 등에 부착되었다. 그는 클립으로 코를 고정하고 호흡기 끝을 입에 물고는 연기 속으로 뛰어들었다.

'될 대로 되라지!' 그가 중얼거렸다. '공기통 속에는 15분 동안 호흡할 공기밖에 없어…… 이걸로 충분했으면 좋겠는데!'

독자들은 쉽게 상상할 수 있겠지만, 마르셀은 슐츠 대포의 모형을 구할 생각은 털끝만큼도 없었다. 다만 목숨을 걸고 비 오듯 쏟아지는 불똥과 숯이 된 대들보 밑을 지나 연기로 가득 찬 건물을 빠져나가려 했을 뿐이다. 그는 기적적으로 불길에 휩싸이지 않고, 지붕이 활활 타오르는 불길 속으로 무너져 내리고 바람 때문에 구름까지 날아가버린 순간, 정원에 면한 반대쪽 출구로 탈출하는 데 성공했다.

그 개울까지 달려가서 슈탈슈타트 밖으로 그를 실어다줄 배수구까지 제방을 달려 내려가 주저 없이 물에 뛰어드는 데에는 몇 초밖에 걸리지 않았다.

마르셀은 급류에 휩쓸려 3미터 깊이의 물속으로 들어갔다. 그가 방향을 정할 필요는 없었다. 물살이 마치 운명의 실을 쥐

160

고 있는 것처럼 그를 운반해주었기 때문이다. 그는 곧 좁은 수로로 들어온 것을 알아차렸다. 그 수로는 강물로 가득 찬 일종의 하수관이었다.

'이 하수관은 길이가 얼마나 될까?' 마르셀은 속으로 중얼거렸다. '모든 것이 거기에 달려 있어. 15분 안에 빠져나가지 못하면 공기가 부족해서 나는 죽게 될 거야!'

마르셀은 완전히 냉정함을 유지하고 있었다. 10분쯤 물살에 떠내려간 뒤, 그는 무언가 장애물에 부딪혔다.

경첩이 달린 철책이 수로를 막고 있었다.

'걱정했던 대로군!' 마르셀은 그렇게 중얼거렸을 뿐이다.

그는 1초도 낭비하지 않고 주머니에서 강철톱을 꺼내 자물쇠의 빗장을 자르기 시작했다.

5분쯤 작업을 계속해도 빗장은 여전히 풀리지 않았다. 철책은 완강하게 닫혀 있었다. 벌써 숨을 쉬기가 힘들어지고 있었다. 공기통 속의 공기가 줄어들어 적은 양밖에 흘러나오지 않았다. 귀는 쾅쾅 울리고, 눈에는 핏발이 서고, 머리는 충혈되고, 모든 징후가 이제 곧 질식 상태에 빠지리라는 것을 보여주고 있었다. 그래도 그는 버텼다. 폐가 이곳에서 얻을 수 없는 산소를 되도록 적게 소비하도록 숨을 죽였다. 하지만 빗장은 큰 상처를 입고도 아직 열리지 않았다.

그 순간 톱이 손에서 떨어졌다.

'신이 나를 버렸구나!'

그는 두 손으로 철책을 흔들면서 숭고한 생존 본능이 주는 힘을 모두 쥐어짰다.

마침내 철책이 열렸다. 빗장은 부러지고, 거의 질식하여 공기통에 남은 마지막 공기를 빨아들일 기력도 잃어버린 마르셀은 물살에 휩쓸려 떠내려갔다.

* * *

이튿날 슐츠 씨의 부하들이 완전히 불타버린 건물 안으로 들어갔을 때, 잔해 속에도 뜨거운 잿더미 속에도 인간의 형체는 전혀 남아 있지 않았다. 그 용감한 노동자가 헌신적인 행위에 희생된 것은 확실했다. 공장에서 그의 인품을 아는 사람들에게 그것은 놀라운 일도 아니었다.

그 귀중한 모형은 구해내지 못했지만, 강철왕의 비밀을 알고 있는 자는 죽어버렸다.

'내가 그의 고통을 줄여주려고 한 것은 하늘도 인정할 거야.' 슐츠 씨는 호인처럼 중얼거렸다. '어쨌거나 1만 달러는 절약됐군!'

알자스의 젊은이에게 바쳐진 조사는 이것이 전부였다.

마르셀은 물살에 휩쓸려 떠내려갔다

10

독일 잡지에 실린 기사

앞에서 이야기한 사건이 일어나기 한 달 전에 〈우리 세기〉라는 독일 잡지가 프랑스빌에 관한 기사를 실었다. 그 기사는 아마 프랑스빌을 물질적인 관점에서만 고찰하려 했기 때문이겠지만, 게르만 제국의 근엄한 분위기를 띠고 있었다.

미국 서해안에서 일어난 경이로운 현상에 대해서는 전에 이미 보도했다. 위대한 공화국 아메리카는 전체 인구에서 상당한 비율을 차지하는 이민 덕택에 일찍부터 세계를 계속 놀라게 해왔다. 최근에 가장 특이한 사건은 프랑스빌이라고 불리는 도시의 출현이었다. 5년 전만 해도 이 도시는 아직 계획조차 되지 않았는데, 순식간에 번영을 이루어 지금은 한창 전성기를 맞고 있다.

이 멋진 도시는 마법이라도 부린 것처럼 향기로운 태평양 연안에 건설되었다. 여기서는 이 기획의 원형을 처음 입안한 사람이 세간에 떠도는 소문대로 프랑스 사람인 사라쟁 박사인지 아닌지는 문제 삼지 않는다. 이 의사는 우리나라의 유명한 '강철왕'의 친척이라고 자랑하는 모양이니까 그럴 수도 있을 것이다. 여기서 한마디 덧붙인다면, 정식으로는 슐츠 씨에게 돌아가야 할 거액의 유산을 속임수로 가로챈 것이 프랑스빌 건설과 무관하지 않았다는 것이다. 세계에서 어떤 선행이 이루어진 경우, 거기에서는 반드시 게르만족의 씨가 발견된다. 이는 우리가 자랑스럽게 확인할 수 있는 진실이다. 하지만 사정이야 어떻든 간에, 전형적인 한 도시의 자연발생적 성장에 관한 진실하고 정확한 정보를 독자들에게 전해야 할 것이다.

지도에서 그 도시 이름을 찾지는 말아달라. 우리나라의 유명한 투흐티그만이 제작한 2절판 378권의 대지도, 신대륙과 구대륙을 나무 한 그루와 풀 한 포기까지 엄정하고 정확하게 표시한 그 지도는 저격병의 기술에 적용된 지리학의 기념비지만, 거기에도 이 프랑스빌은 아직 흔적조차 보이지 않는다. 지금은 신도시가 우뚝 서 있는 곳에 5년 전까지는 불모의 사막이 펼쳐져 있었다. 정확한 위치는 북위 43도 11분 3초, 서경 124도 41분 17초다. 그곳은 미국 오리건 주의 화이트 곶에서 북쪽으로 80킬로미터, 로키 산맥의 지맥인 캐스케이드 산맥의 태평양 쪽 기슭에 위치하고 있다.

가장 유리한 부지를 꼼꼼히 탐색하여, 좋은 조건을 갖춘 여러 후보지 중에서 고른 곳이다. 그곳을 채택한 주요 이유는 항상 지구 문명의 선두에 서온 북반구의 중간에 자리잡고 있어서 기후가 온화하다는 점, 미국에 새로 편입된 오리건 주의 중앙에 자리잡은 위치가 일정한 세월이 흐른 뒤에는 연방에 복귀한다는 조건으로 유럽의 모나코 공국과 비슷한 독립성과 권리를 보장해준다는 점, 점점 지구의 대동맥이 되어가고 있는 태평양에 면해 있다는 상황, 기복이 풍부하고 비옥하고 건강에 좋은 땅, 옆에 산맥이 있어서 태평양에서 불어오는 산들바람이 시내 공기를 새롭게 바꿀 기회를 주면서도 북풍과 남풍과 동풍을 동시에 막을 수 있다는 점, 급류와 폭포에서 산소를 공급받은 신선하고 따뜻한 강물이 순수한 상태로 바다에 도달한다는 점, 끝으로 방파제를 쌓아 항구를 확장하기 쉽고 말굽 모양으로 구부러진 기다란 곳에 둘러싸인 천연의 양항이라는 점이다.

두세 가지 부차적인 이점도 지적할 수 있다. 양질의 대리석과 석재를 얻을 수 있는 채석장, 도자기 원료인 고령토 지층과 천연 금덩어리가 가까이에 존재한다는 점이다. 사실은 이런 사정 때문에 하마터면 이 부지를 포기할 뻔했다. 이 도시의 창설자들은 골드러시가 그들의 계획에 영향을 줄 것을 우려했기 때문이다. 하지만 다행히 금덩어리는 크기도 작고 양도 별로 많지 않았다.

부지는 진지하고 철저한 조사 끝에 결정되기는 했지만, 선택하는 데 걸린 기간은 얼마 되지 않았고 특별한 탐험대를 필요로 하지도 않았다. 이제는 지리학이 상당히 진보했기 때문에, 연구실에서 나오지 않아도 멀리 떨어진 곳에 대해 정확하고 적절한 정보를 얻을 수 있다.

부지가 결정되자, 조직위원회의 두 대표는 곧바로 리버풀 항에서 배를 타고 11일 뒤에는 뉴욕, 다시 7일 뒤에는 샌프란시스코에 도착했고, 거기서 증기선 한 척을 세내어 2시간 만에 지정된 곳에 이르렀다.

오리건 주 당국과 교섭하여, 해안에서 캐스케이드 산맥까지 뻗어 있는 너비 16킬로미터의 토지를 그 땅에 권리를 가지고 있는 대여섯 명의 개척자로부터 수천 달러에 사들이는 데에는 기껏해야 한 달밖에 걸리지 않았다.

1872년 1월에는 이미 부지가 확인되고 측량도 끝나, 2만 명의 중국인 쿨리(육체노동자)가 500명의 유럽인 현장감독과 기술자들의 지시를 받아 도시 건설 작업을 하고 있었다. 캘리포니아 주 전역에 나붙은 인부 모집 광고, 아메리카 대륙을 횡단하기 위해 아침마다 샌프란시스코를 떠나는 급행열차에 붙인 차내 광고, 그리고 시내의 두세 개 일간지에 실린 광고만으로도 인부는 충분히 확보할 수 있었다. 로키 산맥 꼭대기에 거대한 문자를 새겨서 인부를 구하는 대규모 광고를 어떤 회사가 싼 값에 해주겠다고 제의했지만, 그럴 필요도 없었다.

덧붙여 말하면, 그 무렵 북아메리카에서는 중국인 쿨리가 크게 늘어나는 바람에 노동시장이 큰 혼란을 겪고 있었다. 많은 주가 시민의 생계수단을 보호하고 유혈 폭력사태를 막기 위해 그 불행한 노동자들을 대량으로 추방할 수밖에 없었다. 프랑스빌의 건설은 다행히도 그들을 파멸의 수렁에서 구해주었다. 그들의 임금은 일당 1달러로 결정되었고, 일이 끝난 뒤에 한꺼번에 지급하기로 했다. 식사는 시 당국에서 배급해주었다. 이리하여 많은 사람의 이주가 종종 불러일으키는 혼란과 투기를 모두 피할 수 있었다. 임금은 매주 대표의 입회 아래 샌프란시스코 은행에 예치되었고, 쿨리들은 두 번 다시 돌아오지 않는다는 조건에 동의하지 않으면 그 돈에 손을 댈 수 없었다. 이것은 황인종을 배제하기 위해 꼭 필요한 예방책이었다. 그러지 않으면 황인종은 반드시 개탄스러운 방법으로 신도시의 형태와 성격을 변화시킬 게 분명했다. 게다가 프랑스빌 창설자들은 체류 허가증을 발급하거나 거부할 권리를 확보해두었기 때문에, 이 조치를 적용하기는 비교적 쉬웠다.

첫 번째 큰 사업은 신도시와 퍼시픽 철도를 연결하고 새크라멘토 시에 이르는 지선 철도를 건설하는 것이었다. 공중위생에 나쁜 영향을 주지 않도록, 토양을 혼란시키거나 깊은 도랑을 파는 일은 철저히 피했다. 이런 작업과 항구 건설은 놀랄 만큼 활기차게 추진되었다. 4월에는 뉴욕에서 오는 첫 번째 직통 열차가 그때까지 유럽에 남아 있었던 위원들을 프랑스빌 역으로 실어왔다.

그동안 전반적인 도시 계획, 주택과 공공시설 건설은 중단되어 있었다.

신도시와 퍼시픽 철도를 연결하는 철로

건축 자재가 부족했던 것은 아니다. 계획이 알려지자마자 미국 산업계는 앞을 다투어 프랑스빌의 항구로 상상할 수 있는 모든 건축 자재를 실어 날랐다. 신도시 창설자들은 무엇을 선택해야 할지 몰라서 당황할 뿐이었다. 그들은 국가적 건조물과 전반적인 장식용으로는 석재를 사용하고, 주택은 벽돌로 짓기로 결정했다. 벽돌은 틀에 대충 찍어내어 반쯤 구운 평범한 벽돌이 아니라, 모양과 무게와 밀도가 통일되고 원통형 구멍이 평행으로 몇 개 뚫려 있는 가벼운 벽돌이다. 이 구멍들을 이어 맞추면, 건물의 벽 속에서 공기가 자유롭게 순환할 수 있다. 이는 방음 효과도 있어서, 각 방이 완전한 독립성을 확보할 수 있었다.

물론 위원회가 건축가들에게 일정한 형식의 주택을 지으라고 강요하려 한 것은 아니다. 오히려 그들은 멋없고 단조로운 획일화에 반대했다. 다만 어느 정도의 기준을 정하고, 그 기준에 따라줄 것을 건축가들에게 요청했을 뿐이다.

1. 주택은 나무와 잔디와 꽃 따위를 심은 한 구획의 토지 안에 단독으로 세워져야 하고, 한 집에 한 가족만 살아야 한다.

2. 어떤 집도 3층보다 높아서는 안 된다. 일부 사람이 남을 희생시키고 공기와 햇빛을 독점해서는 안 된다.

3. 모든 집은 길에서 10미터 뒤로 물러난 곳에 현관을 만들고, 길과 집 사이에는 가슴 높이의 울타리를 쳐야 한다.

4. 벽은 모델에 따라 특허를 받은 벽돌로 지어야 한다. 장

식은 건축가들이 자유롭게 결정할 수 있다.

5. 지붕은 사방으로 완만하게 경사지게 하고, 타르를 바르고, 가장자리에는 사고를 막을 수 있는 높이의 난간을 대고, 빗물이 잘 흘러내리도록 세심하게 홈통을 달아야 한다.

6. 모든 집은, 사방으로 열려 있고 1층 밑에서 홀과 동시에 통풍용 지하를 형성하는 둥근 천장식 토대 위에 세워야 한다. 수도관과 배수관은 그 상태를 쉽게 확인할 수 있고 불이 나면 필요한 물을 즉시 얻을 수 있도록 이 홀의 중앙 기둥에 노출된 형태로 부착되어야 한다. 홀 바닥은 도로보다 5~6센티미터쯤 높게 하고 자갈을 깔아야 한다. 이 홀은 문과 전용 계단을 통해 부엌과 다용도실·식품저장실·세탁실 등과 직접 연결되어야 한다. 그러면 모든 집안일이 가족의 눈이나 코를 괴롭히지 않고 이루어질 수 있을 것이다.

7. 부엌을 비롯한 가사실은 일반적인 관습과는 반대로 위층에 배치되어야 하고, 테라스와 직접 연결되어 있어야 한다. 따라서 테라스는 그런 방들의 바깥쪽에 딸려 있는 넓은 별실이 될 것이다. 기계식 엘리베이터가 전력이나 물과 마찬가지로 싼 값에 공급되어, 무거운 짐을 위층으로 쉽게 운반해줄 것이다.

8. 방들의 설계는 개인 취향에 맡긴다. 하지만 질병의 원인이 되는 두 가지 위험한 재료, 말 그대로 전염병의 소굴이며 독소의 온상인 양탄자와 벽지는 엄격하게 금지된다. 솜씨 좋은 장인들이 귀중한 목재로 아름답게 상감 세공한 마루는 청

결이 의심스러운 모직물 밑에 가려지면 아무 쓸모도 없어질 것이다. 벽은 니스를 칠한 벽돌로 덮이기 때문에, 수많은 미량 독소를 감춘 벽지로도 결코 도달할 수 없는 호화로운 색채와 내구성을 보장하고, 폼페이*의 주택 내부와 같은 화려함과 다양성을 띠게 될 것이다. 그런 벽은 유리창을 닦듯이 닦을 수 있고, 천장이나 마룻바닥처럼 북북 문질러 닦을 수 있다. 해로운 세균은 한 마리도 숨을 수 없을 것이다.

9. 각 침실은 화장실과 뚜렷이 구별되어야 한다. 인생의 3분의 1을 보내는 침실은 집에서 제일 넓고 제일 통풍이 잘되고 제일 간소해야 한다. 침실은 잠을 자기 위해서만 사용해야 한다. 의자 넷, 철제 침대, 자주 때려서 먼지를 털 수 있는 매트리스 두 장. 침실에 필요한 가구는 이것뿐이다. 오리털 이불과 무거운 침대커버는 전염병의 강력한 연합군이니까 당연히 추방되어야 한다. 빨기 쉽고 가볍고 따뜻한 양질의 담요만 있으면 충분히 그것을 대신할 수 있다. 커튼이나 벽걸이는 공식적으로는 금지되지 않지만, 적어도 자주 빨 수 있는 천으로 만드는 것이 바람직하다.

10. 각 방에는 취향에 따라 장작이나 석탄을 때는 난로를 놓아도 좋지만, 모든 난로는 바깥 공기를 받아들이는 흡입구와 연결되어 있어야 한다. 연기는 지붕을 통해 굴뚝으로 내보내지 않고 지하 파이프를 통해 교외에 세워진 특별 용광로로

---

* 폼페이: 이탈리아 서남부, 나폴리 만 연안에 있던 고대 도시. 서기 79년에 근처의 베수비오 화산이 분화하여 매몰되었으나, 1748년부터 발굴이 시작되어 옛 시가지의 절반 정도가 발굴되었다.

보내진다. 용광로는 200명당 1개꼴로 집 뒤쪽에 세워진다. 용광로로 보내진 연기는 탄소 입자가 제거된 뒤, 무색·무취의 상태로 35미터 높이에서 대기 속으로 방출된다.

이것이 개인 주택을 지을 때 부과되는 열 가지 규칙이다.

전체적인 배치도 그에 못지않게 꼼꼼히 연구되었다.

우선 도시 계획은 완전히 단순하고 규칙적이며 모든 발전에 즉각 대응할 수 있도록 되어 있다. 도로는 같은 간격을 두고 직각으로 교차하고, 도로 폭도 일정하고, 양쪽에는 가로수가 심어져 있고, 도로마다 차례로 번호가 매겨져 있다.

폭이 더 넓은 도로는 '대로'라고 불리고, 한쪽에는 시내 전차와 철도 궤도를 놓을 공간이 남겨져 있다. 모든 네거리에는 공원이 조성되고, 프랑스빌 예술가들이 독창적인 작품을 만들어주기를 기다리면서 걸작 조각품을 복제한 미술품으로 장식되었다.

모든 산업과 상업은 자유다.

프랑스빌의 거주권을 획득하기 위해서는 확실한 신원 보증서를 제출하고, 산업이나 과학이나 예술에서 유익하고 자유로운 직업을 영위할 능력이 있고, 시의 법률을 지키겠다고 약속하면 된다. 아니, 반드시 그래야 한다. 게으른 사람은 용납되지 않을 것이다.

공공 건조물은 벌써 많이 지어졌다. 중요한 건물은 대성당과 예배당·미술관·도서관·학교·체육관 등이고, 그것들은 문자 그대로 대도시에 어울리는 당당한 자태와 위생적 기능을 갖추고 있다.

두말할 나위도 없지만, 아이들은 네 살 때부터 두뇌와 근육을 발달시키도록 고안된 신체 단련과 지적 훈련을 받아야한다. 아이들은 모두 청결에 익숙해져 있기 때문에, 평상복에 얼룩 하나만 묻어도 부끄럽게 생각할 정도다.

이런 개인과 집단의 청결 문제는 역시 프랑스빌 창설자들의 주요 관심사다. 청소하는 것, 끊임없이 청소하는 것, 대규모 공동체에서 언제나 발생하는 병원균을 당장 말살하는 것이 중앙 정부의 주요 임무다. 이를 위해 배설물은 모두 교외로 운반되어 농축 처리된 뒤, 날마다 들판으로 수송된다.

물은 도처에 풍부하게 흐르고 있다. 아스팔트로 포장된 도로와 돌을 깐 인도는 네덜란드 궁정의 타일처럼 반짝이고 있다. 식료품 시장은 끊임없는 감시를 받고, 공중위생을 무시하려 드는 상인들은 엄벌을 받는다. 상한 달걀 하나, 변질된 고기 한 점, 불순물이 섞인 우유를 1리터라도 팔려고 하면 그 상인은 당장 독살자처럼 취급된다. 필수적이고 까다로운 위생 경찰의 역할은 그 일을 위해 특별 교육을 받은 노련한 전문가들에게 맡겨져 있다.

그들은 세탁소까지 관할한다. 세탁소는 모두 바닥이 높게 지어지고, 증기기관과 인공 건조기, 그리고 특히 소독실을 갖추고 있다. 어떤 옷도 완전히 세탁되지 않으면 손님에게 돌려주지 않는다. 그리고 두 가족의 세탁물을 절대로 함께 세탁하지 않도록 특별한 주의를 기울인다. 이런 사소한 배려도 헤아릴 수 없는 효과를 낳는다.

병원은 별로 많지 않다. 그것은 왕진제도가 보급되어 있기 때문이다. 병원을 이용하는 사람은 주소가 일정하지 않은 외국인이나 그 밖의 예외적인 경우로 한정되어 있다. 덧붙일 필요도 없겠지만, 병원을 다른 건물보다 크게 짓고 700~800명의 환자를 한 지붕 아래 모아서 세균 감염의 중심지를 만든다는 생각은 이 모범적인 도시를 창설한 사람들의 머릿속에는 들어갈 여지가 없었다. 그들은 많은 환자를 체계적으로 한 지붕 아래 모아놓으려 하지 않고, 오히려 환자를 되도록 격리시키려 한다. 그것은 공익을 위해서만이 아니라 환자 자신을 위해서이기도 하다. 집에서도 환자는 되도록 격리된 방으로 옮겨진다. 병원은 응급 환자를 임시로 수용하는 시설일 뿐이다.

기껏해야 20~30명의 환자가 막사처럼 지은 병원 건물의 독방에 수용된다. 전나무 목재로 지은 병원 건물은 해마다 소각된다. 한 가지 설계도에 따라 똑같은 형태로 지은 구급병원은 필요에 따라 시내의 여러 곳으로 자유롭게 이동할 수 있고, 또한 수요에 따라 얼마든지 수를 늘릴 수 있다는 이점이 있다. 또 하나의 독창적인 제도는 특별 훈련을 받고 언제든지 대중을 위해 봉사하는 노련한 간호사 단체다. 신중하게 선발된 이 간호사들은 의사에게는 더없이 소중하고 헌신적인 조력자다. 그들의 사명은 긴급할 때 반드시 필요하지만 잊어버리기 쉬운 실제적 지식을 가정에 전달하고, 환자를 간호하는 동시에 질병의 확산을 막는 것이다.

신도시 창설자들이 만든 완전한 위생설비를 일일이 열거하자면 한이 없을 것이다. 프랑스빌에 전입하려는 사람은 각자 팸플릿을 한 권씩 받는다. 거기에는 과학에 따른 규칙적인 생활의 가장 중요한 원칙들이 간단명료하게 설명되어 있다.

그 팸플릿에는 인간의 모든 기능이 완전한 조화를 이루는 것이야말로 건강에 필수불가결한 것이고, 노동과 휴식도 인체에 절대로 필요하며, 두뇌와 근육에도 피로가 필요하다는 것, 그리고 질병의 90퍼센트는 공기나 음식으로 감염된다는 설명이 적혀 있다. 하지만 집이나 몸을 너무 많은 위생 관념으로 꼼짝 못하게 얽어맬 필요는 없다. 자극성이 강한 독물 사용을 피하고, 신체를 단련하고, 날마다 양심적으로 직무를 완수하고, 양질의 천연수를 마시고, 위생적이고 간편하게 요리된 고기와 야채를 먹고, 밤에는 7~8시간 동안 규칙적으로 잠을 잘 것. 이것이 건강의 ABC다.

창설자들이 제출한 최초의 원칙을 말했을 뿐인데, 우리는 무의식중에 이 기묘한 도시를 이미 완성된 도시처럼 말하고 있다. 사실 그 도시는 벌써 완성되었다. 일단 첫 번째 집이 지어지자, 마치 마법이라도 부린 것처럼 다른 집들이 땅속에서 출현했기 때문이다. 이런 도시의 번영을 확인하기 위해서는 미국 서부지방을 방문해야 한다. 1872년 1월에는 아직 사막이었는데 1873년에는 지정된 지역에 벌써 6000채의 집이 지어졌다. 1874년에는 집이 9000채로 늘어났고, 게다가 완전히 만원 상태였다.

이 유례없는 성공에는 투자가 큰 역할을 맡았다고 해야 할 것이다. 아무 가치도 없는 넓은 부지에 대규모로 건설된 집들은 처음에는 아주 싼 값에 분양되거나 임대되었다. 시에 전입할 때 내는 전입세를 면제해준 것, 이 고립된 지역의 정치적 독립성, 미지의 존재가 가진 매력, 그리고 온화한 기후도 이민을 불러들이는 데 이바지했다. 현재 프랑스빌은 10만 명 가까운 인구를 거느리고 있다.

더욱 흥미로운 사실은 위생상의 실험이 더없이 좋은 결과를 낳고 있다는 점이다. 이것은 우리의 유일한 관심사이기도 하다. 늙은 대륙 유럽이나 신세계에서 가장 혜택받은 도시들의 연간 사망률이 3퍼센트 이하로 내려가지 않는 반면, 최근 5년 동안 프랑스빌의 평균 사망률은 1.5퍼센트에 불과하다. 게다가 이 통계 수치는 이 지방에 유행한 뎅기열* 때문에 늘어난 것이다. 작년도 사망률은 1.25퍼센트밖에 안 된다. 그보다 더 중요한 사실이 있다. 지금까지 기록된 사망자의 사인은 몇몇 예외를 제외하면 모두 특수한 유전병이라는 것이다. 우발적인 질병은 다른 어떤 환경보다 이곳에서 훨씬 드물고, 범위도 훨씬 한정되고, 게다가 위험도도 낮다. 이른바 전염병은 이제껏 한 번도 발생하지 않았다.

이 시도의 진전 상황은 장래에도 주목할 만하다. 특히 한 세대에 걸쳐(몇 세대라면 더욱 좋지만) 이렇게 과학적인 제도를 부과하는 것이 어떤 영향을 미치는지, 유전적으로 병에 걸

---

* 뎅기열: 모기에 물려 감염되는 열병의 일종.

프랑스빌은 10만 명 가까운 인구를 거느리고 있다

리기 쉬운 소질을 그것이 약화시킬 수 있는지 어떤지를 탐구하는 것은 흥미롭다.

그것은 결코 지나친 희망이 아니라고 신도시 창설자들 가운데 한 사람은 말했다. 정말 그렇게 된다면 그 결과는 얼마나 위대할까! 사람은 모두 90년이나 100년 동안 살게 되고, 많은 동물과 식물처럼 노쇠가 유일한 사인이 될 것이다.

이런 꿈은 얼마나 매력적인가!

하지만 우리가 진지한 의견을 말하는 것이 허용된다면, 우리는 이런 실험이 실제로 성공하리라고는 믿지 않는다. 거기에는 근본적이고 치명적인 결함이 포함되어 있다. 그것은 라틴적 요소가 지배적이고 게르만적 요소가 조직적으로 배제된 위원회가 실험을 장악하고 있기 때문이다. 그것은 좋지 않은 징후다.

세계가 시작된 이래 지금까지 영속적인 것을 만든 나라는 오직 독일뿐이었고, 독일이 없으면 아무것도 완벽하게 이룰 수 없다. 프랑스빌의 창설자들은 미리 장애물을 제거하고 구체적인 점을 몇 가지 해명할 수는 있겠지만, 장차 정말로 모범적인 도시가 건설되는 곳은 미국의 이 지점이 아니라 시리아의 연안지대일 것이다.

11

사라쟁 박사 댁에서의 만찬

9월 13일, 슐츠 씨가 프랑스빌을 파괴하기로 결정한 시각이 몇 시간 뒤로 다가와 있었지만, 프랑스빌에서는 시장은 물론 일반 주민들 중에도 이제 곧 닥쳐올 끔찍한 위험을 알아차린 사람은 아무도 없었다.

저녁 일곱 시였다.

협죽도와 타마린드에 파묻힌 아름다운 프랑스빌은 캐스케이드 산맥 기슭에 가로누워 있고, 소리도 없이 밀려오는 태평양의 잔물결이 대리석 방파제를 조용히 어루만지고 있었다. 물을 뿌린 도로는 산들바람에 되살아나 더없이 부드럽고 활기찬 모습을 보이고 있었다. 무성한 가로수가 희미한 소리를 내고 있었다. 잔디밭은 푸르고, 화단에는 꽃들이 한창 피어나 일제히 향기를 흩뿌리고 있었다. 하얗게 칠한 집들은 조용히 아름다운 미소를 짓고 있었다. 공기는 따뜻하고, 하늘은 바다처럼 새파랗고, 길게 뻗은 대로 저편에 반짝반짝 빛나는 바다가 보였다.

이 도시에 도착하는 여행자는 주민들의 건강한 모습과 도로에 넘쳐흐르는 활기에 놀랄 것이다. 그림·음악·조각을 가르치는 학교와 도서관이 방금 문을 닫은 참이었다. 그런 건물들은 같은 구획에 모여 있고, 모든 학생이 강의를 충분히 이용할 수 있도록 소규모의 훌륭한 공개 강좌가 다양하게 개설되어 있었다. 건물에서 나온 군중 때문에 도로가 잠시 혼잡해졌지만, 짜증스러운 목소리는 전혀 들리지 않고 성난 표정도 볼 수 없었다. 모두 만족스럽고 차분한 표정들이었다.

사라쟁 박사는 시내 중심부가 아니라 태평양 연안에 집을 마련했다. 그 집은 아주 초기에 지어졌기 때문에, 박사는 맨 먼저 아내와 딸 잔과 함께 거기에 정착했다.

졸지에 억만장자가 된 옥타브는 파리에 남고 싶어했다. 하지만 좋은 지도자 역할을 맡아줄 마르셀은 이제 곁에 없었다.

두 친구는 루아드시실 가에서 함께 살다가 헤어진 뒤, 거의 연락을 끊고 지냈다. 박사가 아내와 딸을 데리고 미국 오리건 주의 태평양 연안으로 이주하자 옥타브는 제 세상을 만났다. 박사는 아들이 공부를 계속하기를 바랐지만 옥타브는 당장 학교에서 멀어졌고, 결국 친구 마르셀이 수석으로 졸업한 반면에 그는 졸업시험에 떨어지고 말았다.

그때까지 마르셀은 자제심이 없는 불쌍한 옥타브의 나침반이었다. 알자스 젊은이가 떠나자 뒤에 남은 옥타브는 파리에서 온갖 호사를 부리며 점점 방탕한 생활을 하게 되었다. 그는 집이 있는 마리니 가와 교외의 여러 경마장 사이를 끊임없이 왕복하느라 네 필의 말이 끄는 마차의 높은 좌석 위에서 대부분의 시간을 보냈다. 석 달 전까지만 해도 시간당 얼마씩 주고 빌린 말에서 간신히 떨어지지 않고 버틸 정도였던 옥타브 사라쟁이 갑자기 말의 신비에 통달한 사람이 되었다. 그의 지식은 영국인 마부한테 빌린 것이었다. 옥타브가 고용한 그 마부는 풍부한 전문지식 덕에 주인인 옥타브를 완전히 지배하게 되었다.

옥타브는 아침에는 재봉사와 마구상과 제화공을 만나 시간을 보냈고, 저녁에는 극장이나 트롱셰 가 모퉁이에 새로 생긴 야한 회원제 클럽에서 시간을 보냈다. 옥타브가 그 클럽을 선택한 이유는 그곳에서 만나는 사람들이 그의 능력만으로는 도저히 받을 수 없는 경의를 그의 돈에 바쳤기 때문이다. 이런 세계가 그에게는 고귀한 이상처럼 여겨졌다. 그런데 기묘하게도 현란한 가장자리 장식을 달고 대기실에 걸려 있는 회원 명부에는 거의 외국인의 이름밖에 보이지 않았다. 그 명부에는 온갖 칭호가 우글거려서, 그것만 열거하고 있으면 문장원(紋章院)* 대기실에 와 있는 듯한 기분이 들었다. 하지만 좀더 깊이 들어가면 살아 있는 민족학 전시실에 와 있는 것처럼 여겨졌다. 동반구와 서반구의 커다란 코와 누르께한 안색이 거기에 모두 모인 것 같았다. 그리고 이런 국제적인 인물들은 하나같이 고상해 보이는 옷

---

* 문장원: 유럽에서 문장(紋章: 국가 단체 또는 집안을 나타내기 위해 사용하는 표지)을 관리한 국가 기관.

차림을 하고 있었다. 물론 하얀 옷감에 대한 강렬한 취향이 뜻밖에도 '창백한 안색'에 대한 유색인종의 영원한 동경을 얼핏 드러내고 있었지만……

옥타브 사라쟁은 이런 인물들 사이에서 젊은 왕자처럼 여겨졌다. 그들은 옥타브의 말을 인용하고, 그의 넥타이를 모방하고, 그의 의견을 교리처럼 받아들였다. 그는 이런 아첨에 도취하여, 자신이 도박과 경마에 조직적으로 돈을 잃고 있다는 사실을 깨닫지 못했다. 어쩌면 클럽의 일부 회원들은 동양인의 자격으로 인도 왕비의 유산을 받을 권리가 있다고 생각했는지도 모른다. 어쨌든 그들은 그 유산을 느리지만 확실하게 자기네 주머니로 끌어들이고 있었다.

이런 새로운 생활 속에서 옥타브와 마르셀 브뤼크망을 묶어주었던 끈은 당장 느슨해지고 말았다. 사이가 멀어지면서 두 친구는 편지도 별로 주고받지 않게 되었다. 자신의 지성을 최고의 교양으로 높이기 위해 공부에만 전념하는 사람과 재력에 탐닉하여 클럽이나 경마장의 소문에 넋을 잃고 있는 게으른 젊은이 사이에 어떤 공통점이 존재할 수 있겠는가?

마르셀이 처음에는 미국의 독립 지역에 프랑스빌의 경쟁 도시인 슈탈슈타트를 건설한 슐츠 씨의 동태를 감시하기 위해, 그리고 다음에는 강철왕을 실제로 섬기기 위해 파리를 떠난 자초지종을 우리는 알고 있다.

옥타브는 2년 동안 헛되이 방탕한 생활을 했다. 이윽고 무리한 생활의 허무감을 견딜 수 없게 된 옥타브는 수백만 프랑을 낭비한 끝에 어느 날 아버지에게 돌아와, 물질적인 파산보다 정신적인 파산에서 구원받게 되었다. 그래서 그 무렵 그는 프랑스빌의 사라쟁 박사 댁에 머물고 있었다.

그의 누이동생 잔은 외모로만 판단하면 벌써 19세의 아름다운 처녀가 되어 있었고, 4년 동안 신세계에 머물렀기 때문에 프랑스풍의 우아함에다 미국풍의 아름다움까지 갖추고 있었다. 어머니는 딸을 언제나 곁에 놓아두기 전부터 딸에게 더없이 상냥한 매력이 숨어 있다는 것을 한 번도 의심해본 적이 없다고 입버릇처럼 말했다.

사라쟁 부인은 자신의 왕자이자 희망인 탕아가 돌아온 뒤, 당장 죽어도 여한이 없을 만큼 행복했다. 남편이 막대한 재산으로 실행하고 있는 모든 선행에 그녀도 동참하고 있었기 때문이다.

그날 밤 사라쟁 박사는 두 친구를 식사에 초대했다. 한 사람은 남북전쟁의 잔해라고 해야 할 헨던 대령이었다. 그는 피츠버그에서 팔 하나를 잃고 세븐오크스에서 한쪽 귀를 잃었지만, 체스판 앞에 앉은 사람처럼 승부를 포기하지 않았다. 또 한 사람은 신도시의 교육장관인 렌츠 씨였다.

그들은 신도시의 행정 기획과 온갖 종류의 공공시설, 병원, 공제조합에서 이미 얻어진 결과에 대해 대화를 나누었다.

렌츠 씨는 종교 교육을 소홀히 하지 않는 박사의 방침에 따라 많은 초등학교를 세웠다. 초등학교 교사는 아이들의 능력과 타고난 소질을 충분히 계발하도록 고안된 지적 체조를 통해 아이들의 정신을 발달시킬 의무가 있었다. 교사들은 주입식으로 과

사라쟁 부인은 죽어도 여한이 없을 만큼 행복했다

학을 가르치기 전에 과학을 사랑하도록 가르치고, 몽테뉴*의 말을 빌리면 '두뇌의 표면에 떠돌 뿐' 오성으로 뚫고 들어가지 못하는 지식을 피했다. 그런 피상적인 지식은 아무리 많이 가지고 있어도 더 현명해지거나 선량해지지 않는다. 충분히 준비된 지성은 나중에 자신이 나아갈 길을 스스로 선택하여 좋은 성과를 거둘 수 있다.

이렇게 질서있는 교육에서도 건강이 가장 중요한 자리를 차지했다. 인간은 정신과 육체를 똑같이 장악해야 하기 때문이다. 육체에 결함이 있어서 괴로우면 정신도 자연히 망가질 것이다.

당시 프랑스빌은 물질적인 면에서뿐만 아니라 지적인 면에서도 최고의 번영을 누리고 있었다. 그곳에서 열리는 국제회의에는 세계에서 가장 저명한 학자들이 모두 참석했다. 이 도시의 평판에 마음이 끌린 예술가와 화가·조각가·음악가들이 앞을 다투어 모여들었다. 그런 스승들 밑에서 장차 미국의 이 고장을 유명하게 만들 젊은 시민들이 면학에 힘쓰고 있었다. 따라서 프랑스 태생의 이 새로운 아테네가 머지않아 최첨단을 걷는 도시가 될 것은 쉽게 예측할 수 있었다.

여기서 말해두어야 할 것은 중학교 학생들은 일반 교육만이 아니라 군사 교육도 받고 있었다는 점이다. 그래서 중학교를 졸업한 젊은이들은 무기를 다루는 법만이 아니라 전략과 전술의 기초도 잘 알고 있었다.

---

* 몽테뉴(1533~92): 프랑스의 사상가·문필가. 프랑스의 대표적 인문주의자로서 《수상록》을 남겼다.

이 문제가 화제에 오르자, 헨던 대령은 그 신병들에게 크게 만족하고 있다고 선언했다.

"그들은 강행군과 피로, 그리고 온갖 훈련에 익숙해져 있습니다. 우리 군대는 모든 시민으로 구성되어 있고, 긴급 사태가 일어나면 모든 시민이 용감하고 잘 훈련된 병사가 될 겁니다."

물론 프랑스빌은 인접한 주들과 더없이 좋은 우호관계를 유지하고 있었다. 기회가 있을 때마다 그것을 상대에게 인식시켰기 때문이다. 하지만 이해관계가 얽히게 되면 배은망덕한 행위가 거리낌 없이 저질러지기 때문에, 박사와 친구들은 '하늘은 스스로 돕는 자를 돕는다'는 격언을 한시도 잊지 않고, 자신들 말고는 아무도 믿지 않았다.

만찬도 거의 끝나가고 있었다. 디저트가 나오고, 우세한 앵글로색슨의 풍습에 따라 여자들은 식탁을 떠났다.

사라쟁 박사, 옥타브, 헨던 대령, 그리고 렌츠 씨는 대화를 계속하여 이제 경제 문제를 논하고 있었다. 그때 하인이 들어와서 박사에게 신문을 건네주었다.

그것은 〈뉴욕 헤럴드〉였다. 이 훌륭한 신문은 원래부터 프랑스 빌의 창설과 발전에 매우 호의적이었고, 프랑스빌의 지도자들은 그들에 대한 미국의 여론 동향을 그 신문의 칼럼에서 찾는 데 익숙해져 있었다. 이 좁은 중립지대에서 행복하고 자유롭고 독립된 생활을 하는 소집단은 많은 시샘을 불러일으키고 있었다. 미국에는 프랑스빌의 시민들을 변호해주는 사람도 있었지만, 그들을 공격하는 적도 있었다. 어쨌든 〈뉴욕 헤럴드〉는 그들 편이었고, 처음부터 지금까지 줄곧 그들을 높이 평가했다.

사라쟁 박사는 이야기를 계속하면서 신문을 펼쳐들고는 무심코 제1면에 눈길을 던졌다.

제1면 기사를 읽은 박사는 소스라치게 놀랐다. 그는 처음에는 작은 소리로, 나중에는 큰 소리로 그 기사를 낭독하여 친구들을 더없는 놀라움과 깊은 분노 속으로 몰아넣었다.

"뉴욕, 9월 8일—난폭한 인권 침해가 일어나려 하고 있다. 본지가 확실한 소식통으로부터 얻은 정보에 따르면, 프랑스 태생의 도시인 프랑스빌을 공격하여 파괴하기 위해 슈탈슈타트에서 가공할 무기가 제조되고 있다는 것이다. 라틴족과 게르만족을 다시 적으로 만드는 이 전쟁에 미국이 개입할 수 있을지, 또한 미국이 개입해야 하는지는 우리도 모른다. 하지만 우리는 정의로운 사람들에게 이 수치스러운 권력 남용을 고발한다. 프랑스빌은 한시 바삐 방비 태세를 갖추기를……."

12
시의회

강철왕이 사라쟁 박사의 사업에 원한을 품고 있다는 것은 비밀도 아니었다. 그가 프랑스빌에 대항하는 도시를 건설한 것은 누구나 알고 있었다. 하지만 그것과 평화로운 도시를 공격하여 폭력으로 파괴하는 것은 다른 문제라고 모두 믿고 있었을 게 분명하다. 그런데 〈뉴욕 헤럴드〉의 기사는 설득력이 있었다. 이 유력지의 기자들은 슐츠 씨의 계획을 폭로하고, 한시도 지체해서는 안 된다고 경고했다.

근엄한 박사도 처음에는 아연실색했다. 정직한 사람들이 모두 그렇듯이, 박사도 되도록 오랫동안 악의 존재를 믿으려 하지 않았다. 인간이 아무런 이유도 없이, 또는 단순한 허장성세로 인류의 공유재산인 도시를 파괴하고 싶어할 만큼 사악해질 수 있다고는 도저히 믿을 수 없었다.

"어쨌든 우리의 사망률이 올해는 1.25퍼센트 이하로 낮아질 거요!" 그는 천진하게 외쳤다. "열 살 난 아이들 가운데 글을 읽고 쓰지 못하는 아이는 하나도 없고, 프랑스빌이 세워진 이래 지금까지 살인사건은 물론 폭행사건도 전혀 일어나지 않았소. 그런데 야만인들은 이렇게 귀중한 실험을 초기에 뿌리 뽑으려 하고 있소! 안 될 말이오! 아무리 독일인이라 해도, 과학자에 지성인인 사람이 그런 잔학행위를 할 수 있다고는 도저히 믿을 수 없어요."

하지만 박사의 사업을 전면적으로 지원하는 신문에서 정보를 얻어 당장 협의할 필요가 있었다. 처음에는 놀라서 아연실색했지만, 그 순간이 지나자 사라쟁 박사는 다시 침착성을 되찾아 친구들에게 말했다.

"당신들은 시의회 의원이오. 나와 마찬가지로 당신들도 프랑스 빌을 구하기 위해 필요한 조치를 취해야 할 책임이 있어요. 무엇부터 해야 할까요?"

"타협으로 문제를 해결할 가능성은 없습니까?" 렌츠 씨가 말했다. "명예를 잃지 않고 전쟁을 피할 수는 없을까요?"

"그건 불가능합니다." 옥타브가 대답했다. "슐츠 씨가 어떤 희생을 치르더라도 전쟁을 바라고 있는 건 확실합니다. 그의 원한은 절대 타협하지 않을 겁니다!"

"그렇다면 좋아." 박사가 소리쳤다. "슐츠한테 저항할 수 있는 범위 안에서 방어를 준비합시다. 대령, 슈탈슈타트의 대포에 저항할 방법이 있다고 생각하시오?"

"대령, 저항할 방법이 있다고 생각하시오?"

"어떤 인간의 폭력에 대해서도 다른 인간의 폭력으로 충분히 저항할 수 있습니다." 헨던 대령이 대답했다. "하지만 우리는 슐츠 씨의 공격용 무기와 같은 수단으로 이 도시를 방어하려 할 필요는 없습니다. 그런 사람과 싸울 수 있는 무기를 만들려면 아주 오랜 기간이 필요하고, 이곳에는 특별한 공장이 없으니까 정말로 그런 무기를 만들 수 있을지 의문입니다. 따라서 우리가 구제될 방법은 하나뿐입니다. 적이 여기까지 오는 것을 막아서 우리를 포위하지 못하게 하는 것입니다."

"당장 시의회를 소집하겠소." 사라쟁 박사가 말했다.

이어서 박사는 손님들을 서재로 안내했다.

서재는 간소한 가구를 갖춘 방이었다. 삼면의 벽은 책꽂이로 가득 차 있고, 나머지 한쪽 벽에는 그림 몇 점과 미술품이 놓여 있고, 나팔처럼 생긴 모양에 번호를 매긴 기계들이 그 밑에 나란히 놓여 있었다.

"전화 덕분에 의원들이 모두 자기 집에 있어도 의회를 열 수 있지요." 박사가 말했다.

박사가 경보를 울리자 모든 시의원의 자택으로 즉각 경보가 전달되었다. 3분도 지나기 전에 "출석!"이라는 말이 각각의 연락 전화에서 차례로 들려와 회의가 개최된 것을 알렸다.

그러자 박사는 발신용 나팔 앞에 앉아 종을 울리고 나서 입을 열었다.

"회의를 개최하겠습니다…… 우리의 존경하는 친구 헨던 대령께서 매우 중대한 발언을 하겠습니다."

이번에는 대령이 전화 앞에 앉아서 〈뉴욕 헤럴드〉의 기사를 낭독하고 당장 조치를 취할 것을 요구했다.

대령이 말을 끊기가 무섭게 6번이 질문을 던졌다.

"대령님은 적의 침입을 저지하는 방법이 실패했을 경우에도 방위가 가능하다고 생각하십니까?"

헨던 대령은 그렇다고 대답했다. 질문과 답변은 그에 앞선 설명과 마찬가지로 눈에 보이지 않는 각 의원들에게 즉석에서 전달되었다.

7번이 프랑스빌이 적의 공격에 대비하는 데 어느 정도의 시간을 필요로 하는지에 대해 헨던 대령의 의견을 물었다.

대령은 짐작하기 어렵지만 2주 이내에 공격을 받는다고 생각하고 대비하는 게 좋다고 대답했다.

2번—"공격을 기다려야 합니까? 아니면 선제공격을 하는 편이 나을까요?"

"모든 수단을 사용해서 선제공격을 해야 합니다." 대령이 대답했다. "슐츠 씨의 선단이 우리 해안에 상륙할 위험이 있으면 선단을 어뢰로 폭파해야 할 겁니다."

이 제안에 대해 사라쟁 박사는 유명한 화학자와 유능한 포병 장교를 의회에 초빙하여 헨던 대령의 계획을 검토하게 하자고 제안했다.

1번—"방위 작업을 당장 시작하는 데 필요한 자금은 얼마나 됩니까?"

"1500만 내지 2000만 달러는 필요할 겁니다."

4번—"나는 지금 당장 모든 시민이 참석하는 시민집회를 소집할 것을 제안합니다."

사라쟁 의장—"그 제안을 표결에 붙이겠습니다."

각각의 전화에서 벨소리가 두 번 울려, 4번의 제안이 만장일치로 승인된 것을 알렸다.

일곱 시 반이었다. 회의는 18분밖에 계속되지 않아서, 누구의 생활도 방해하지 않았다.

시민집회도 그와 마찬가지로 간단하고 손쉬운 방법으로 소집되었다. 사라쟁 박사가 의회의 결정을 역시 전화로 시청에 전달하자마자, 시내의 280개 네거리에 세워진 전신주 위에서 전동식 차임벨 시계가 움직이기 시작했다. 그 전신주 위에는 전광식 문자반이 놓여 있고, 전기로 움직이는 시계바늘은 집회 소집 시각인 8시 30분을 가리켰다.

15분 동안 계속된 시끄러운 벨소리에 모든 시민은 서둘러 밖으로 나와 가까이에 있는 문자반을 쳐다보았다. 그리고 국가적 의무를 수행하기 위해 공회당에 소집된 것을 확인하자, 앞 다투어 집회장으로 모여들었다.

정해진 시각—벨소리가 끝난 지 45분 뒤—에 집회장은 만원이 되었다. 사라쟁 박사는 벌써 시의원들에게 둘러싸여 상석에 앉아 있었다. 헨던 대령은 연단 밑에서 발언권이 주어지기를 기다리고 있었다.

대다수 시민은 그 집회의 원인이 된 뉴스를 이미 알고 있었다. 시의회에서 이루어지는 토론은 시청 전화를 통해 자동적으로 속기된 뒤 당장 각 신문사로 보내지고, 신문사는 그것을 호외로 만들어 시내 전역에 내붙었기 때문이다.

공회당은 유리 지붕을 씌운 거대한 건물이었다. 공기는 자유롭게 유통되고, 둥근 천장에 붙어 있는 가스선에서 불빛이 충분히 내려오고 있었다.

군중은 침착하고 조용하게 서 있었다. 표정은 밝았다. 완전한 건강, 충실하고 규칙적인 생활 습관, 자기 능력에 대한 자신감 때문에 그들은 불안이나 분노 같은 격렬한 감정에서 초연할 수 있었다.

8시 30분 정각에 의장이 종을 울리자 당장 집회장이 조용해졌다.

헨던 대령이 연단으로 올라갔다.

대령은 쓸데없는 미사여구나 연설조의 말투를 사용하지 않고 담담하면서도 힘찬 말투로—자신이 말하고자 하는 것을 잘 알고 있는 사람의 명쾌한 말투로—슐츠 씨가 프랑스와 사라쟁 박사와 그의 사업에 대해 품고 있는 일그러진 원한에 대해 이야기하고, 프랑스빌과 그 주민을 파멸시키려는 슐츠 씨의 무서운 음모에 대해 〈뉴욕 헤럴드〉에 보도된 내용을 설명했다.

"어떻게 하는 것이 최선인지를 결정하는 것은 여러분입니다." 대령이 말을 이었다. "용기도 없고 애국심도 없는 사람들은 침략자에게 양보하여 그들이 조국을 점령해도 상관없다고 생각할지 모릅니다. 하지만 그런 비겁한 제안은 시민의 동의를 얻을 수 없다고 확신합니다. 모범적 도시의 창설자들이 추구하는 위대한 목적을 이해하는 사람들, 이 도시의 법률을 받아들인 사람들은 용기와 지성을 가지고 있을 게 분명합니다. 진보의 성실한 대표인 여러분은 어느 곳과도 비교할 수 없는 여러분의 도시, 인간 조건을 개선하기 위해 과학이 세운 이 영광스러운 기념비를 구하기 위해 모든 수단을 다할 겁니다! 따라서 여러분의 의무는 여러분이 대표하는 대의명분을 위해 목숨을 바치는 것입니다."

이 연설의 결론은 우레와 같은 박수를 받았다.

이어서 연단에 오른 몇 사람도 헨던 대령의 제안을 지지했다.

사라쟁 박사는 모든 긴급조치를 결정하는 역할을 맡을 방위위원회를 당장 구성할 필요가 있다고 주장했고, 이 제안은 곧바로 채택되었다.

이어서 한 시의원이 5만 달러의 잠정 예산 편성을 표결에 붙이자고 제안하자, 모두 손을 들어 이 조치를 승인했다.

10시 25분에 집회가 끝났다. 프랑스빌 주민들은 대표에게 모든 것을 일임하고 퇴장하려 했다. 그때 예기치 않은 사건이 일어났다.

얼마 전부터 비어 있던 연단이 이상한 풍채의 낯선 사내에게 점령당한 것이다.

그 사내는 마술이라도 부린 것처럼 홀연히 거기에 출현했다. 정력적인 얼굴에는 무서운 흥분 상태의 흔적이 남아 있었지만, 태도는 차분하고 단호했다. 몸에 찰싹 달라붙은 옷은 아직도 흙탕물에 흠뻑 젖어 있었고 이마는 피투성이였다. 그것은 사내가

그 사내는 마술이라도 부린 것처럼 홀연히 출현했다

방금 무서운 시련을 겪었음을 말해주고 있었다.

사내를 보고 모두 걸음을 멈추었다. 낯선 사내는 명령하는 듯한 손짓으로 조용히 할 것을 요구했다.

그는 누구인가? 어디서 왔는가? 사라쟁 박사조차 그에게 물어볼 용기가 나지 않았다.

그리고 사람들은 모두 사내의 개성에 당장 매료되어버렸다.

"저는 방금 슈탈슈타트에서 탈출했습니다." 사내가 입을 열었다. "슐츠 씨는 저한테 사형을 선고했습니다. 신의 가호로 저는 여러분을 구하기에 알맞은 시간에 여기 도착했습니다. 저는 여러분에게 결코 낯선 사람이 아닙니다. 제 외모는 존경하는 제 스승 사라쟁 박사님조차 알아보지 못하실 만큼 변해버렸지만, 사라쟁 박사님은 마르셀 브뤼크망이라면 얼마든지 믿어도 좋다고 여러분께 말씀해주실 겁니다!"

"마르셀!" 박사와 옥타브가 동시에 외쳤다.

그리고 둘 다 마르셀에게 달려가려고 했다.

그러나 사내는 또다시 손짓으로 두 사람을 제지했다.

분명히 그는 기적적으로 탈출한 마르셀이었다. 그는 하수관의 철책을 힘껏 떠민 뒤, 거의 질식할 뻔한 순간 생명이 없는 육체처럼 급류에 휩쓸려 떠내려갔다. 하지만 다행히도 그 철책은 슈탈슈타트의 경계였기 때문에 마르셀은 강철 도시 바깥의 강둑으로 내동댕이쳐졌다. 되살아난다면 그는 자유의 몸이었다.

날이 밝은 뒤에야 그는 겨우 숨을 되돌렸다. 그는 무서운 도시에서 탈출했고 이제 죄수가 아닌 것을 신에게 감사했다. 다음 순간, 그의 생각은 사라쟁 박사와 친구들과 프랑스빌 시민들에게 집중되었다.

"그 사람들! 그 사람들!" 마르셀이 소리쳤다.

그리고 마지막 안간힘을 쥐어짜내어 간신히 몸을 일으켰다.

프랑스빌까지의 거리는 40킬로미터였다. 기차도 마차도 말도 없이 40킬로미터를 걸어야 한다. 탐욕스러운 슈탈슈타트 주위에 황폐하게 버려진 들판을 지나서. 그는 그 40킬로미터를 잠시도 쉬지 않고 내처 걸었다. 그리고 10시 15분에 사라쟁 박사가 세운 도시의 첫 번째 집에 도착한 것이다.

벽에 나붙은 호외를 보고 그는 모든 것을 알았다. 닥쳐오는 위험을 주민들도 알고 있다는 것을 알았다. 하지만 그 위험이 얼마나 절박한 것인지, 그리고 얼마나 무서운 것인지는 시민들이 아직 모르고 있다는 것도 알았다.

슐츠 씨가 계획하고 있는 파국은 오늘밤 11시 45분에 일어날 예정이었다. 그런데 지금은 10시 15분이다.

잠시도 낭비할 시간이 없었다. 마르셀은 시내를 단숨에 가로질러 10시 25분에 집회가 막 끝나려는 순간 연단에 올라갔다.

"여러분, 그 무서운 위험이 닥쳐오는 것은 한 달 뒤가 아닙니다. 일주일 뒤도 아닙니다. 앞으로 한 시간쯤 지나면 사상 유례없는 대파국이 일어날 것입니다. 쇠와 불의 비가 이 프랑스빌에 쏟아져 내릴 것입니다. 지옥에 어울리는 병기, 사정거리가 40킬로미터나 되는 병기가 지금 이 순간에도 우리를 겨누고 있습니다. 저는 그것을 보았습니다. 그러니까 아녀자들은 조금이라도 안전한 지하실로 대피하든가 시내를 벗어나 당분간 산으로 피난하십시오! 건강한 남자들은 모든 수단을 동원해서 불과 싸울 준비를 해주십시오. 불, 그것이야말로 지금 여러분의 유일한 적입니다. 무기나 군대는 아직 공격해오지 않습니다. 여러분을 협박하고 있는 상대는 통상적인 공격 방법을 경멸하고 있습니다. 악의 권력으로 유명한 자의 계획과 계산이 실현된다면, 슐츠 씨가 난생처음 오산을 하지 않았다면, 백 군데에서 동시에 불이나 프랑스빌을 에워쌀 겁니다. 백 군데가 당장 불길에 휩싸이는 겁니다! 어쨌든 무엇보다 먼저 인명을 구조해야 합니다. 집이나 기념비는 구할 수 없다 해도, 도시 전체가 파괴된다 해도, 시간과 돈만 있으면 재건할 수 있으니까요."

여기가 유럽이었다면 마르셀은 미치광이로 여겨졌을 것이다. 하지만 모두가 젊은 기사의 말에 귀를 기울이고, 사라쟁 박사의 의견에 따라 그의 말을 믿었다.

군중은 마르셀의 말보다 말투에 압도되어, 반론을 제기할 꿈도 꾸지 않고 그의 지시에 따랐다. 박사가 마르셀 브뤼크망의 신용을 보증했다. 그것으로 충분했다.

당장 몇 가지 명령이 내려졌고, 그 명령을 전달하기 위해 전령들이 사방팔방으로 출발했다.

한편 시민들 가운데 일부는 폭격의 공포를 감수하려고 집에 돌아가 지하실로 대피했다. 일부는 걷거나 마차를 타고 들판으로 나가 캐스케이드 산맥 기슭을 우회했다. 그러는 동안 용감한 사내들은 불과 싸우는 데 도움이 되는 물이나 흙이나 모래를 광징이나 빅사가 지시한 몇 군데에 서둘러 모았다.

한편 회의실에서는 신중한 협의가 계속되었다.

하지만 그 무렵 마르셀은 한 가지 생각에 사로잡혀 있어서, 다른 생각은 머리에 들어올 여지가 없었다. 그는 이제 같은 말만 거듭해서 중얼거리고 있었다.

'11시 45분! 그 저주스러운 슐츠가 수치스러운 신병기로 우리를 쳐부수는 게 정말로 가능할까?'

마르셀은 갑자기 주머니에서 수첩을 꺼냈다. 그러고는 조용히 하라는 손짓을 하고, 열에 들뜬 듯한 손놀림으로 수첩의 한 페이지에 연필로 숫자를 적기 시작했다. 얼마 후, 잔뜩 흐려졌던 그의 이마가 점점 맑아지고 얼굴이 환히 빛나기 시작했다.

"아아, 여러분! 이 숫자가 틀림없다면, 우리의 모든 걱정이 제가 어떻게든 해결하려고 애쓴 탄도학 문제 앞에서 악몽처럼 사라져버릴 겁니다. 슐츠 씨는 실수를 저질렀습니다! 그가 협박하고 있는 위험은 한낱 꿈일 뿐입니다! 이번만은 그의 과학이 실패했습니다! 슐츠 씨가 예고한 일은 하나도 일어나지 않을 겁니다. 일어날 수가 없습니다. 그의 무서운 포탄은 프랑스빌 상공을 그대로 지나갈 겁니다. 그리고 아직 걱정거리가 남아 있다 해도 그것은 장래의 일입니다!"

도대체 무슨 소리를 하고 있는 거지? 아무도 마르셀의 말을 이해하지 못했다!

그러자 알자스의 젊은이는 방금 해결한 문제와 계산 결과를 설명했다. 어떤 문외한도 쉽게 이해할 수 있도록 명쾌한 목소리로 자세히 설명했다. 그것은 어둠이 지난 뒤의 빛이고, 고뇌가 지난 뒤의 평온이었다. 그 포탄은 박사의 도시에 도달하지 않을 뿐더러 '어떤 것'에도 도달하지 않을 것이다. 포탄은 공중에서 자멸할 운명이었다!

사라쟁 박사는 몸짓으로 마르셀의 계산을 승인했지만, 갑자기 실내의 전광 문자반을 손가락으로 가리켰다.

"3분 남았다!" 박사가 외쳤다. "3분만 지나면 슐츠가 옳은지 마르셀 브뤼크망이 옳은지 알 수 있겠지요! 무슨 일이 일어나도 예방 조치를 취한 것을 후회할 필요는 없고, 적의 의도를 좌절시킬 수 있다면 어떤 일도 소홀히 해서는 안 됩니다. 마르셀이 방금 희망을 주었듯이 적의 공격이 실패하더라도, 그것이 마지막 공격은 아닙니다. 한 번쯤 실패한다고 해서 슐츠의 원한이 사라지지는 않을 테니까요!"

"따라오세요!" 마르셀이 외쳤다.

그래서 모두 그를 따라 큰 광장으로 나갔다.

3분이 지났다. 큰 시계가 11시 45분을 가리켰다.

4초 뒤, 커다란 검은 덩어리가 상공을 지나갔다. 덩어리는 불길하게 쉭쉭거리는 소리를 남기고, 번득이는 생각처럼 빨리 저편으로 사라졌다.

"잘 가라! 즐거운 여행이 되기를!" 마르셀이 큰 소리로 웃으면서 소리쳤다. "저런 속도라면 슐츠 씨의 포탄은 지금쯤 대기권을 빠져나가고 있을 테니까, 두 번 다시 지구로 돌아올 수 없습니다."

2분 뒤에 발사음이 들려왔다. 깊은 땅속에서 울리는 것처럼 둔탁한 소리였다.

그것은 '황소탑'에 있는 대포 소리였다. 1분에 600킬로미터의 속도로 달리는 포탄보다 130초 늦게 도착한 것이다.

커다란 검은 덩어리가 상공을 지나갔다

13

마르셀 브뤼크망이 슈탈슈타트의 슐츠교수에게

내가 슐츠 대포의 먹이가 되기보다는 신변의 안전을 바라고, 그저께 밤에 운좋게도 영지의 경계선을 돌파한 것을 강철왕에게 알려드리는 편이 좋을 것 같습니다. 당신에게 작별 인사를 하면서 이번에는 내가 내 비밀을 털어놓는 것이 예의일 것입니다. 하지만 안심하세요. 내 비밀을 알았다고 해서 당신의 목숨을 내놓으라고 요구하지는 않을 테니까.

내 이름은 슈바르츠가 아니고, 스위스인도 아닙니다. 나는 알자스 사람이고, 본명은 마르셀 브뤼크망입니다. 나는 프랑스인입니다. 당신은 내 조국과 가족과 친구들에게 불구대천의 원수입니다. 당신은 내가 사랑하는 모든 것에 대해 나쁜 계획을 품고 있습니다. 나는 그것을 막기 위해 지금까지 모든 수단을 동원했습니다. 앞으로도 당신의 계획이 실패하도록 최선을 다할 것입니다.

서둘러 알려드리면, 당신의 첫 발은 실패했습니다. 신의 가호로 당신의 표적은 아무 피해도 입지 않았습니다. 그것은 애당초 불가능했습니다. 물론 당신의 대포는 우수하지만, 그런 화약을 장전하고 발사되는 포탄은 어떤 것에도 피해를 줄수 없을 겁니다. 그것은 어디에도 낙하하지 않으니까요. 전에도 그런 예감이 들었지만, 이제 그것은 영광스럽게도 기정사실이 되었습니다. 당신은 놀라운 대포를 발명했지만, 그 대포는 아무 해도 끼치지 않습니다.

따라서 너무나도 완전무결한 그 포탄이 어젯밤 11시 45분 4초에 우리 도시의 상공을 통과한 것을 알면 당신은 무척 기쁘실 겁니다. 그것은 허공을 선회하면서 서쪽을 향해 영원히 날아갈 것입니다. 현재의 최고 속도보다 20배나 빠른 초속 1만 미터로 나는 물체는 결코 '낙하할' 수가 없습니다. 지구의 인력과 결합한 그 병진 운동 때문에 그 포탄은 영원히 지구 주위를 회전할 운명입니다.

당신도 마땅히 그것을 알았어야 합니다.

게다가 '황소탑'의 대포는 첫 발을 쏠 때 완전히 망가졌을 겁니다. 하지만 20만 달러가 결코 비싸다고 할 수는 없습니다. 행성계에는 새로운 별, 지구에는 두 번째 위성을 기부한 기쁨을 맛볼 수 있었으니까요.

9월 14일, 프랑스빌에서

마르셀 브뤼크망

프랑스빌에서 슈탈슈타트로 당장 속달우편이 발송되었다. 마르셀이 이 편지를 한시라도 빨리 슐츠 씨에게 배달하는 데에서 만족감을 맛보았다 해도 그를 책망할 수는 없을 것이다.

물론 포탄이 그런 속도로 대기권을 선회하면서 날면 지표면에는 절대 낙하하지 않는다는 마르셀의 의견은 옳았다. 또한 그렇게 많은 면화약을 채워 넣으면 '황소탑'의 대포는 망가져서 쓸모없게 되리라는 의견도 옳았다.

이 편지를 받은 것은 슐츠 씨에게는 뼈아픈 좌절이었고, 그의 높은 자존심은 끔찍한 타격을 받았다. 편지를 읽으면서 그의 얼굴은 순식간에 창백해졌고, 다 읽은 뒤에는 마치 몽둥이로 얻어맞은 것처럼 고개가 가슴 쪽으로 푹 꺾였다. 15분쯤 뒤에야 겨우 고개를 든 그는 분노를 폭발시켰다. 그 광경을 목격한 사람은 아르미니우스와 시기메르뿐이었다.

하지만 슐츠 씨는 자신의 패배를 인정할 사람이 아니었다. 그와 마르셀 사이에 가혹한 투쟁이 시작되려 하고 있었다. 액체 이산화탄소를 채워 넣은 포탄은 아직 남아 있었다. 그것을 전보다 강력하지는 않지만 더 실용적인 대포로 단거리에서 발사할 수는 없을까?

강철왕은 문득 떠오른 이 생각에 안심하고 서재로 돌아가 다시금 일에 몰두했다.

어느 때보다도 강력한 위협을 받고 있는 프랑스빌이 방위체제를 늦출 수 없는 것은 분명했다.

14
전투 준비

위험은 일단 멀어졌지만 사태는 여전히 중대했다. 마르셀은 슐츠 씨의 전쟁 준비와 파괴 무기에 대해 자신이 알고 있는 것을 사라쟁 박사와 친구들에게 남김없이 알려주었다. 이튿날부터 마르셀도 참여한 방위위원회는 전력을 다해 방위 계획을 짜고, 그것을 실행에 옮길 준비에 착수했다.

모든 면에서 옥타브는 마르셀을 전면적으로 지원했다. 마르셀은 옥타브가 정신적으로 달라진 것을 알고 무척 기뻐했다.

어떤 결정이 내려졌는지, 그 세부까지는 아무도 알지 못했다. 전반적인 원칙만 신문사에 전달되고 대중에게 전해졌다. 거기에서 마르셀의 실제적인 수완을 확인하기는 어렵지 않았다.

그는 시민들에게 말했다.

"방위를 준비할 때 가장 중요한 것은 적의 전력을 충분히 알

방위위원회는 전력을 다해 방위 계획을 짜고……

고, 그 전력에 맞는 방위체제를 채택하는 것입니다. 물론 슐츠의 대포는 강력하지만, 잘 모르는 병기에 대항하기보다는 수량과 구경, 탄착 범위, 효과를 알고 있는 대포와 대결하는 편이 훨씬 낫습니다."

육지와 바다에서 프랑스빌이 봉쇄되는 것은 절대로 막아야 한다는 결정이 내려졌다.

방위위원회는 이 문제를 열심히 연구했다. 그리고 문제가 해결되었다는 발표가 나왔을 때 그것을 의심하는 사람은 아무도 없었다. 시민들은 필요한 작업에 앞 다투어 협력을 자청하고 나섰다. 방위에 도움이 된다면 어떤 일도 소홀히 여겨지지 않았다. 나이와 지위를 불문하고 모든 사람이 일개 노동자가 되어 열심히 일했다. 일은 급속도로 순조롭게 진행되었다. 2년은 충분히 버틸 수 있는 식량이 시내에 확보되었다. 엄청난 양의 석탄과 철강도 도착했다. 철강은 무기의 재료이고, 석탄은 전쟁에 필요한 난방과 동력의 원천이었다.

석탄과 철강이 광장에 산더미처럼 쌓이는 한편, 밀가루 포대와 훈제한 고깃덩어리, 치즈와 통조림과 건조야채가 창고로 변한 시청에 산더미처럼 쌓였다. 공원의 넓은 잔디밭에 많은 수의 소와 양도 들어왔다.

끝으로, 무기를 들 수 있는 모든 남자에게 총동원령이 내려졌을 때, 그것을 환영하는 열광적인 외침 소리는 민병들의 높은 열의를 또다시 증명해주었다. 모직 셔츠에 면바지를 입고 반장화를 신고, 머리에는 튼튼한 가죽 모자를 쓰고, 손에는 라이플

총을 든 병사들이 큰길에 대오를 지었다.

수많은 쿨리들이 땅을 파서 참호를 만들고, 적당한 곳에 요새와 보루를 지었다. 대포가 주조되기 시작했고, 연료를 완전 연소시켜 연기가 나오지 않는 공장들을 대포 주조용 용광로로 쉽게 개조할 수 있었기 때문에 작업은 급속도로 추진되었다.

이런 끊임없는 움직임 속에서 마르셀은 지칠 줄 모르고 일했다. 그는 어디에나 있었고, 어디에서나 지도적인 위치에 있었다. 이론적이든 실제적이든 문제가 일어나면 그는 당장 그 문제를 해결할 수 있었다. 필요하면 소매를 걷어붙이고 재빨리 일을 처리했다. 그래서 그의 권위는 불평 한마디 없이 인정되었고, 그의 명령은 항상 정확하게 이행되었다.

옥타브도 그 옆에서 최선을 다하고 있었다. 처음에는 금술을 단 제복을 입으려 했지만, 솔선수범을 보이기 위해서는 졸병 노릇에 만족해야 한다고 생각하고 그것을 체념했다.

그래서 그는 배치받은 연대에 들어가 모범적인 병사로 행동했다. 처음 얼마 동안은 그를 동정하는 사람도 있었지만, 그는 이렇게 대답했다.

"누구에게나 각자의 역할이 있는 법이죠. 나는 아마 지휘를 할 수 없을 겁니다. 적어도 나는 복종하는 법을 배워야 합니다."

나중에 허위 보도로 밝혀졌지만, 어떤 신문 기사 때문에 작업이 갑자기 강력한 추진력을 얻었다. 그것은 슐츠 씨가 대포를 수송하기 위해 해운회사와 교섭하려 한다는 기사였다. 이때부터 그런 장난스러운 허위 보도가 유행처럼 번졌다. 슐츠의 함대

수많은 쿨리들이 땅을 파서 참호를 만들고……

가 프랑스빌을 향해 출항했다느니, 새크라멘토 철도가 갑자기 출현한 '독일 창기병'에 점령당했다느니…….

이런 허위 보도는 독자들의 호기심을 끌기 위해 신문기자들이 일부러 날조한 기사였다. 그것은 슈탈슈타트가 아무런 움직임도 보이지 않았기 때문이다.

이런 기분 나쁜 침묵은 마르셀이 방위 작업을 끝낼 수 있는 여유를 주었지만, 역시 이따금 찾아오는 한가한 순간에는 그를 불안하게 했다.

'그 악당이 방법을 바꾸어 무언가 새로운 수단을 준비하고 있는 게 아닐까?' 그는 자주 자문했다.

하지만 적의 선단을 저지하거나 봉쇄를 막는 계획은 완전하게 여겨졌기 때문에, 마르셀은 불안에 사로잡힌 순간에도 전보다 더욱 기운을 냈다.

고단한 하루가 지난 뒤에 사라쟁 부인의 거실에서 보내는 짧은 시간이 마르셀에게는 유일한 낙이자 유일한 휴식이었다.

박사는 처음부터 그에게 다른 약속이 없으면 날마다 저녁을 먹으러 오라고 권했다. 그런데 묘하게도 마르셀에게 이 특권을 포기하게 할 만큼 매력적인 약속은 아직 한 번도 나타나지 않았다. 박사와 헨던 대령의 지루한 체스 게임이 마르셀의 이런 열성을 설명할 수 있을 만큼 흥미롭다고는 생각되지 않았다. 따라서 필연적으로 다른 매력이 마르셀에게 작용하고 있었다고 생각할 수밖에 없다. 아마 독자들은 그 매력의 성질을 미루어 짐작하고 있을 것이다. 물론 마르셀 자신은 사라쟁 부인과 잔이 나중에 부상자들을 간호할 때 필요한 물건을 준비하고 있는 커다란 테이블 옆에 앉아서 그들과 나누는 대화에 흥미를 보이면서도, 그 매력의 성질을 아직 깨닫지 못한 게 분명했다.

"그 새로운 강철 볼트는 언젠가 설계도를 보여준 것보다 훨씬 좋은가요?" 모든 방위 작업에 흥미를 가지고 있는 잔이 물었다.

"물론이지." 마르셀이 대답했다.

"잘됐네요. 그 말을 들으니 기뻐요. 하지만 공업에서는 아무리 사소한 것에도 많은 연구와 노력이 필요해요. 어제 공병대가 500미터짜리 참호를 새로 파고 있다고 말씀하셨죠? 이제 그 정도면 충분하지 않은가요?"

"아니, 아직 멀었어. 이런 상태로 가면 월말까지 방벽을 완성할 수 없어."

"빨리 완성되는 걸 보고 싶어요. 그리고 그 무서운 슐츠 군대가 쳐들어오는 것도 보고 싶어요. 당신네 남자들은 일도 할 수 있고 여러 가지로 도움이 될 수 있으니까 정말 운이 좋아요. 그래서 남자들은 기다리는 일이 별로 괴롭지 않을 거예요. 우리처럼 아무 쓸모도 없는 사람들은 기다리기가 얼마나 힘든지 몰라요."

"아무 쓸모도 없다니!" 평소에는 조용한 마르셀이 소리쳤다. "그럼 잔은 모든 것을 버리고 병사가 된 그 용감한 사내들이 도대체 무엇 때문에 일한다고 생각해? 어머니와 처자식, 그리고 장차 아내로 삼고 싶은 여자들의 안전과 행복을 지켜주기 위해서가 아닐까? 그들의 열정은 어디에서 생겨나지? 모두 여자들한테서 생겨나는 거야. 그리고 그들이 그렇게 자신을 기꺼이 희생하는 이유를 어떻게 설명할 수 있지? 만약에……."

여기서 마르셀은 당황하여 입을 다물었다. 잔도 굳이 뒷말을 재촉하지 않았다. 그래서 선량한 사라쟁 부인이, 의무감만으로도 대다수 사람들의 열정을 충분히 설명할 수 있다는 말로 이야기를 마무리지어야 했다.

마르셀은 무자비한 의무를 생각해내고 어떤 계획이나 계산이나 판단을 마무리하기 위해 이 즐거운 대화를 마지못해 중단하면서, 프랑스빌과 그 주민을 반드시 구하고야 말겠다고 다시 한번 굳게 결심했다.

그는 앞으로 무슨 일이 일어날지 짐작도 할 수 없었지만, 그 것은 모든 권력이 한 사람에게 집중된 부자연스러운 상태가 낳은 필연적인 결과일 뿐이었다. 한 사람의 권력 독점은 슈탈슈타트의 기본 원칙을 이루는 것이었다.

15

샌프란시스코 증권거래소

샌프란시스코 증권거래소는 세계에서 가장 활기차고 가장 야릇한 주식시장으로 꼽힌다. 이곳에서는 거대한 상공업 활동이 숫자로 압축되어 나타난다. 캘리포니아 주의 심장부라는 지리적 위치에서 생겨나는 자연스러운 결과로 코스모폴리탄적 성격을 띠고, 그것이 가장 두드러진 특징의 하나를 이루고 있다. 아름다운 붉은 화강암 아치문 밑에서는 키가 큰 금발의 색슨인이 까무잡잡한 피부에 검은 머리를 가진 켈트인과 어깨를 나란히 하고 있다. 흑인이 핀란드인이나 인도인을 만난다. 머리를 길게 땋아 늘이고 눈꼬리가 올라간 중국인이 오랜 숙적인 일본인과 기지를 다툰다. 모든 언어, 모든 방언, 모든 속어가 현대의 바벨탑처럼 뒤섞인다.

10월 12일, 세계에서도 유례가 없는 이 증권거래소는 여느 때처럼 아무 이상도 없이 문을 열었다. 열한 시쯤 주요 중개인과 사업가들이 도착하기 시작했다. 그들은 각자 기분에 따라 엄숙하거나 쾌활하게 악수를 나누고, 그날의 작전을 위해 '한 잔술'로 심신을 강화하려고 함께 술집으로 갔다.

이어서 그들은 한 사람씩 대기실로 가서, 번호가 매겨진 우편함의 작은 철문을 열었다. 그리고 우편함에 들어 있는 출자자들의 편지 다발을 꺼내 열심히 읽기 시작했다.

이윽고 그날의 첫 거래가 성립되면서 군중은 점점 늘어났다. 꽤 많은 무리가 형성되었고, 그들 사이에서 중얼거리는 소리와 웅성거리는 소리가 들려왔다.

그때 지구 곳곳에서 전보가 쏟아져 들어오기 시작했다.

증권거래소 직원들은 북쪽 벽에 나붙은 수많은 전보에 파란 종잇조각을 끊임없이 덧붙이고, 이제 귀청이 먹먹해질 만큼 와자지껄한 소음 속에서 그것을 큰 소리로 낭독했다.

소동과 소음은 계속 심해지고 있었다. 사무원들은 달음박질쳐서 들어왔다가 뛰어나가고, 전신국으로 몰려가 전보를 보내고, 회답을 받아서 돌아왔다. 모든 수첩이 펼쳐지고, 항목이 기입되거나 지워지거나 찢겨졌다. 일종의 전염성 광기가 군중에게 감염된 것처럼 보였다. 한 시쯤, 무언가 신비로운 것이 흥분한 군중 사이를 몸서리처럼 뚫고 지나간 듯했다.

믿기 어렵고 놀라운 뜻밖의 뉴스가 방금 '극동은행' 중역의 입에서 새어나와 번개처럼 빠른 속도로 퍼져갔다.

사람들은 저마다 소리를 질렀다.

"지독한 농담이야…… 이건 책략이야! 이런 날조를 용납할 수 있나?"

"하지만 아니 땐 굴뚝에 연기 날까!"

"그런 상황에서 파산할 수 있을까?"

"어떤 상황이든 파산할 때는 하는 법이야!"

"하지만 부동산과 기계만 해도 8천만 달러가 넘어."

"주철과 강철, 원료와 제품은 계산하지 않고도!"

"그래! 내가 말하고 싶은 것도 바로 그거야! 슐츠는 아무리 적어도 9천만 달러는 가지고 있어. 재산 상황을 알고 싶으면 내가 대답해줄 수 있어!"

"하지만 자네는 이 지급 정지 사태를 어떻게 설명할 텐가?"

"설명 따위는 하지 않겠어. 나는 그걸 믿지 않으니까."

"이런 일은 매일처럼 일어나. 더없이 안전하다고 평판이 난 회사에도 일어나지."

"슈탈슈타트는 회사가 아니라 도시야!"

"어쨌든 그곳이 망하다니 믿을 수가 없어! 틀림없이 새 회사를 차려서 업무를 재개할 거야!"

"하지만 슐츠는 왜 항의를 받기 전에 새 회사를 만들지 않았을까?"

"그래. 그런 일은 너무 어처구니가 없어서 조사해볼 마음도 나지 않아! 이건 단순한 헛소문이야. 아마 강철을 장악하고 싶어서 안달이 난 철강협회가 날조했을 거야."

"절대 헛소문이 아니야. 슐츠는 파산했을 뿐만 아니라 도피

중이야."

"뭐라고?"

"도망쳤다고. 그걸 알리는 전보가 아까 게시판에 나붙었어."

엄청난 인파가 게시판으로 몰려들었다. 최신 전보는 다음과 같은 내용이었다.

'뉴욕, 12시 10분, 중앙은행. 슈탈슈타트 회사. 지급 정지. 추정 부채 4700만 달러. 슐츠 씨는 행방불명.'

이 뉴스가 아무리 놀라운 것이라 해도 이번에는 의심할 여지가 없었다. 그래서 온갖 억측이 난무하기 시작했다.

두 시에는 슐츠 씨의 도산으로 일어난 2차 도산 명단이 증권거래소로 쇄도하기 시작했다. 뉴욕의 광업은행이 가장 큰 피해를 입었다. 시카고의 웨스털리 상회는 700만 달러, 버펄로의 밀워키 상회는 500만 달러, 샌프란시스코의 공업은행은 150만 달러, 이어서 수많은 중소기업들의 이름이 회사 규모에 어울리는 피해액과 함께 나열되었다.

한편 이런 뉴스를 기다릴 필요도 없이 이 사건의 자연스러운 반동이 맹렬한 기세로 시작되었다.

전문가의 말을 빌리면, 아침에는 움직임이 무거웠던 샌프란시스코 증권거래소도 두 시에는 그럴 계제가 아니었다. 급락! 급등! 요동치는 주가 변동! 무절제한 투기!

철강주도 오름세! 석탄주도 오름세! 미국의 모든 제련소 주식도 오름세! 철강산업의 모든 제품회사 주식도 오름세! 프랑스빌의 땅값까지도 오름세! 선전포고 이래 0으로 떨어져 주식

엄청난 인파가 전보 게시판으로 몰려들었다

상장표에서 모습을 감추었던 프랑스빌의 토지는 당장 1에이커 낭 180달러까지 값이 치솟았는데도 계속 잘 팔리고 있었다.

저녁에는 신문 판매점으로 사람들이 몰려들었다. 〈헤럴드〉, 〈트리뷴〉, 〈앨타〉, 〈가디언〉, 〈에코〉, 〈글로브〉는 저마다 수집할 수 있었던 빈약한 정보를 주먹만한 활자로 지면에 내보냈지만, 내용은 거의 없는 거나 마찬가지였다.

지금까지 밝혀진 것은 9월 25일 버펄로의 잭슨 형제 상회 앞으로 발행되고 슐츠 씨가 배서한 800만 달러짜리 어음이 강철왕의 주거래 은행인 뉴욕의 슈트라우스 은행에 제시되었을 때, 은행은 이 거액의 어음을 결제하기에는 고객 계좌의 잔액이 부족한 것을 알고 당장 이 사실을 고객에게 전보로 알렸지만 아무 회신도 받지 못했다는 것뿐이었다. 그래서 은행은 장부를 조사해보고, 2주 전부터 슈탈슈타트에서 편지나 돈이 전혀 오지 않은 것을 알고 깜짝 놀랐다. 그 무렵부터 슐츠 씨가 발행한 수표와 어음이 날마다 은행에 들어왔지만, 모두 '원금 없음'이라는 말과 함께 반송되는 운명을 겪었다.

나흘 동안 정보 문의, 불안한 전보, 흥분한 질문이 은행과 슈탈슈타트에 빗발쳤다.

마침내 결정적인 대답이 도착했다.

그 전보는 이렇게 말하고 있었다.

'슐츠 씨는 9월 17일부터 행방불명. 이 수수께끼에 대해서는 아무 단서도 얻을 수 없음. 그는 아무런 지시도 남기지 않았고, 금고는 텅 비어 있음.'

이제 진실을 감추는 것은 불가능했다. 주요 채권자들은 불안한 마음으로 어음을 상업재판소에 공탁했다. 지급 불능은 몇 시간 사이에 번개 같은 속도로 퍼져가 2차 도산을 일으켰다. 10월 13일 정오에는 부채 총액이 4700만 달러에 이르렀다. 다른 부채를 합하면 손실액이 6000만 달러에 가까우리라는 것은 충분히 예측할 수 있었다.

약간의 과장을 제외하면, 지금까지 알려진 사실로 신문에 보도된 것은 이것이 전부였다. 이튿날에는 아직 알려지지 않은 특별 정보가 게재될 거라고 신문들이 예고하고 있었던 것은 두말할 나위도 없다.

그리고 실제로 기자들을 당장 슈탈슈타트에 파견하지 않은 신문사는 하나도 없었다.

10월 14일 오후부터 수첩을 펼쳐들고 연필을 손에 든 기자들이 슈탈슈타트로 몰려들었다. 하지만 그들도 슈탈슈타트의 외벽에 부딪혀 파도처럼 사방으로 흩어졌다. 슈탈슈타트에서는 명령이 여전히 엄수되고 있었고, 기자들이 온갖 수단으로 유혹해도 그 명령을 어기게 할 수는 없었다.

그래도 기자들은 노동자들이 아직 아무것도 모르고 있다는 것, 직장의 일과에는 아무 변화도 일어나지 않았다는 것을 확인했다. 다만 공장장들은 전날 상관한테서 이제 운영 자금도 없고 중앙 구획에서 내려온 지령도 없으니까 다른 지시가 없으면 다음 토요일에 작업을 중지하라는 명령을 받았다.

이런 정보는 정세를 해명해주기는커녕 더욱 복잡하게 만들

뿐이었다. 슐츠 씨가 한 달 전부터 행방불명인 것은 의심할 여지가 없었다. 그 신비스런 인물이 이제 곧 모습을 나타내지 않을까 하는 막연한 느낌이 아직도 사람들의 불안을 어둡게 지배하고 있었다.

공장에서는 처음 며칠 동안은 정해진 속도에 따라 작업이 계속 진행되고 있었다. 각자 자기 구역의 한정된 범위 안에서 일을 계속했다. 금고에서 토요일마다 임금이 지급되었다. 중앙 금고는 그날까지 각 구역에서 필요로 하는 돈을 모두 지출할 수 있었다. 하지만 슈탈슈타트에서는 권력 집중이 고도로 완성되어 있어서 주인이 모든 작업에 대해 너무나 절대적인 권한을 틀어쥐고 있었기 때문에, 주인이 자리를 비우면 오래지 않아 조직 전체가 작동을 멈출 수밖에 없었다. 그래서 강철왕이 명령서에 마지막으로 서명한 9월 17일부터 지급 정지 뉴스가 번개처럼 퍼진 10월 13일까지 수천 통의 편지—대부분의 편지에는 상당한 액수의 청구서가 동봉되어 있었다—가 슈탈슈타트 우체국을 거쳐 중앙 구획 우편함에 투입되었고, 이 편지들은 슐츠 씨의 서재에 분명히 배달되었다. 하지만 그 편지를 개봉하고 붉은 색연필로 표시를 하여 현금출납원에게 전달할 권한을 가진 사람은 슐츠 씨뿐이었다.

공장의 최고 간부들도 자신들에게 주어진 권한을 넘어설 생각은 한 번도 하지 않았다. 거의 절대적인 권력에 종속되어 있었기 때문에 그들은 모두 슐츠 씨에 대해—그리고 그의 추억에 대해서도—위엄도 없고 자발성과 반대 의견도 없는 도구나 다름없는 존재였다. 그래서 모두 자신에게 맡겨진 좁은 책임 속에 틀어박힌 채, 일이 터지는 것을 속수무책으로 기다리고 있었던 것이다.

그리고 마침내 일이 터졌다. 이런 기묘한 상황은 슐츠 씨와 거래하는 주요 회사들이 재빨리 위험을 감지하여 전보를 치고 회신을 요구하고 항의하다가 결국 법적 조치에 호소하는 순간까지 계속되었다. 이런 사태에 이르기까지는 상당한 시간을 필요로 했을 것이다. 설마 이렇게 눈부신 번영이 사실은 그렇게 허약한 토대 위에 서 있었을 줄이야. 누가 그것을 의심이나 할 수 있었겠는가. 하지만 이제 사실은 분명했다. 슐츠 씨는 채권자들한테서 도망쳐버렸다.

신문기자들이 어떻게든 알아낼 수 있었던 것은 이 정도였다. 당대에 가장 과묵한 인물인 그랜트 대통령한테서 교묘하게 정치적 견해를 끌어내는 데 성공한 것으로 유명한 마이클 존, 〈월드〉의 특파원으로서 플레벤*이 함락되었다는 소식을 러시아 황제에게 맨 처음 알린 것으로 유명한 블런더버스 같은 대기자들도 이번만은 동료 기자들보다 운이 좋았다고는 말할 수 없다. 그들은 〈트리뷴〉도 〈월드〉도 슐츠의 도산에 대해 아직 결정적인 판단은 내릴 수 없다고 스스로 고백할 수밖에 없었다.

이 산업상의 재해를 거의 유례없는 사건으로 만든 것은 슈탈슈타트의 기묘한 상태였다. 그 도시는 통상적이고 법적인 조사

* 플레벤: 불가리아 북부에 있는 도시. 1877년의 제6차 러시아-투르크 전쟁 때, 러시아는 투르크가 점령하고 있던 플레벤을 공략하여 발칸 반도에 대한 영향력을 강화했다.

를 허용하지 않는 고립된 도시였다. 슐츠 씨가 서명한 어음은 뉴욕에서 지눕이 정지되었고, 채권자들은 재고품과 공장 자체가 어느 정도 손해를 배상해주리라고 믿은 것도 당연했다. 하지만 공장과 물건을 차압하여 관리하려면 어떤 법원에 호소해야 하는가? 슈탈슈타트는 아직 정리되지 않은 특수 영토였고, 모든 것은 슐츠 씨에게 소속되어 있었다. 하다못해 그가 대리인이나 관리위원회라도 남겨두었다면! 하지만 아무것도 없었다. 법원은 물론 사법위원회도 없었다! 슐츠 씨는 혼자서 그 도시의 왕이자 재판장이고, 총사령관이자 공증인이며, 변호사이자 그 도시의 유일한 상업재판소였다. 그는 권력 집중의 이상을 자신 속에 구현하고 있었던 것이다. 따라서 그가 사라지자 권력을 가진 사람이 아무도 없었고, 모든 것이 카드로 지은 집처럼 덧없이 무너져버렸다.

상황이 달랐다면, 채권자들이 관리 조합을 결성하여 슐츠 씨 대신 그의 재산을 장악하고 사업에 대한 지도권을 빼앗을 수도 있었다. 표면적으로는 약간의 자금과 관리권만 있으면 공장을 충분히 가동할 수 있을 것처럼 여겨졌을 것이다.

하지만 그것은 절대로 불가능했다. 이런 대리권을 실행하기에는 법적 수단이 부족했다. 사람들은 강철 도시를 둘러싸고 있는 참호보다도 넘기 어려운 도덕적 장애물에 직면했다. 불운한 채권자들은 채무의 담보물을 뻔히 보면서도 거기에 손을 댈 수 없었다.

그들이 할 수 있는 일은 채권자 총회를 열어, 그들의 호소에 귀를 기울이고 국민의 이익을 생각하여 슈탈슈타트를 미국 영토에 병합하고 문명 사회의 공통된 법률로 거액의 부채를 처리하도록 미국 의회에 압력을 넣는 것뿐이었다. 많은 의원들도 개인적으로 이 사건에 흥미를 가졌다. 그런 요구는 미국인의 특성에 잘 맞아서 구미가 당겼고, 완전히 성공하리라고 믿을 이유도 있었다. 다만 불행히도 의회가 휴회 중이어서 이 문제가 처리될 때까지는 상당한 시간이 걸릴 우려가 있었다.

그동안 슈탈슈타트에서는 아무 일도 진행되지 않았고, 용광로의 불은 하나씩 꺼져갔다.

따라서 공장에서 살고 있는 1만 가구는 심각한 혼란에 빠졌다. 이제 어떻게 하면 좋은가? 반년 뒤에 지급될지도 모르는, 아니 끝내 지급되지 않을 수도 있는 임금에 기대를 걸고 일을 계속해야 할 것인가? 아무도 대답하지 못했다. 그리고 일을 하려 해도, 어떤 일이 있단 말인가? 주문도 완전히 끊겼다. 슐츠 씨의 고객들은 모두 법적 해결을 기다리며 관계를 중단했다. 구역 주임과 공장장, 기사들은 명령이 없기 때문에 움직일 수가 없었다.

집회와 회합과 토론이 수없이 벌어졌지만 어떤 계획도 결정되지 못했다. 원래 정해진 계획이 없으니까 중단된 계획도 없었다. 실업 상태는 이윽고 빈곤과 절망과 악덕을 낳았다. 공장은 텅 비고, 술집은 만원을 이루었다. 공장에서 연기를 내뿜는 굴뚝이 하나 사라질 때마다 가까운 마을에서는 선술집이 하나 생겨났다.

가장 현명한 노동자들, 어려운 시절을 예측하고 돈을 모아둔 사람들은 서둘러 무기와 짐을 챙겨서 달아났다. 볼이 발그레한 아이들은 아버지의 연장과 가재도구, 어머니가 아끼는 귀중한 이부자리가 잔뜩 실려 있는 마차를 타고 떠나면서 커튼 사이로 눈앞에 펼쳐진 새로운 세상을 엿보고 기뻐 날뛰었다. 이들은 동쪽과 남쪽과 북쪽으로 흩어져, 다른 공장과 다른 작업대와 다른 화덕을 찾았다.

하지만 이런 꿈을 실현할 수 있었던 사람보다 가난 때문에 떠나지 못하고 그곳에 발목이 잡혀버린 사람이 열 배나 많았다. 그들은 퀭한 눈과 찢어진 가슴을 안고 그곳에 남아 있었다.

그들은 온갖 재난을 틈타 이득을 챙기는 인간의 탈을 쓴 맹금류들에게 초라한 옷가지와 살림살이를 헐값에 팔고 며칠 만에 밑바닥까지 굴러 떨어졌다. 급기야는 신용도 임금도 희망도 일자리도 모두 잃고, 빠르게 다가오고 있는 겨울처럼 음산하고 황량하고 비참한 미래가 눈앞에 가로놓여 있는 것을 바라보면서 거기에 남아 있었다.

16
두 프랑스인과 한 도시

슐츠 씨가 사라졌다는 소식이 프랑스빌에 도착했을 때 마르셀이 가장 먼저 한 말은 "혹시 속임수가 아닐까?" 하는 것이었다.

물론 잘 생각해보면 속임수치고는 그 결과가 슈탈슈타트에 너무 중대하니까 논리적으로 그런 가설이 성립되지 않는 것은 분명했다. 하지만 원한은 이성으로 다룰 수 없고, 슐츠 같은 인간은 궁지에 몰리면 자신의 원한을 풀기 위해 모든 것을 희생시켜버릴 수도 있다고 마르셀은 생각했다. 따라서 진상이 어떻든 간에 경계를 게을리해서는 안 되었다.

마르셀의 요청에 따라 방위위원회는 주민들의 경계심을 누그러뜨리기 위해 적이 퍼뜨리는 헛소문을 조심하라는 성명서를 즉각 발표했다.

프랑스빌은 슐츠 씨의 전략일지도 모르는 이 정보를 무시하고 계속 전쟁에 대비하는 것이 현명하다고 판단했다. 하지만 샌프란시스코와 시카고와 뉴욕의 신문들은 슈탈슈타트의 도산이 낳은 결과를 재정적인 면과 상업적인 면에서 자세히 보도하고 있었다. 그 기사들은 개별적으로는 박력이 부족하고 증거도 확실치 않았지만, 그렇게 많이 모이면 슐츠가 정말로 파산했고 정말로 사라졌다는 강력한 증거를 이루었다.

그래서 프랑스빌은, 악몽에 시달리던 사람이 잠에서 깨어나기만 하면 악몽의 억압에서 해방되는 것처럼, 어느 날 아침 눈을 뜨자 완전히 구원받은 것을 깨달았다. 그렇다! 프랑스빌이 피를 흘리지 않고 위험을 면한 것은 분명했다. 이제 절대적 확신에 도달한 마르셀은 이용할 수 있는 선전 수단을 죄다 동원하여 그 소식을 알렸다.

그러자 시내 도처에서 기쁨의 물결이 일어나고, 축제 분위기가 퍼지고, 끝없는 안도의 한숨 소리가 들려왔다. 사람들은 악수를 나누며 함께 기뻐하고, 서로 저녁 식사에 초대했다. 여자들은 오랜만에 화장을 하고, 남자들은 잠시 군사 훈련과 방위 작업에서 해방되었다. 모두 안심하고 만족하고 밝은 얼굴이었다. 마치 회복기에 들어선 도시 같았다.

하지만 누구보다도 기뻐한 것은 분명 사라쟁 박사였다. 이 훌륭한 인물은 그를 믿고 이곳에 정착하여 그의 보호를 받게 된 모든 사람들의 운명에 책임감을 느끼고 있었다. 한 달 전부터, 그들을 파멸에 빠뜨리는 게 아닐까 하는 두려움 때문에 그는 잠시도 쉬지 않았다. 마침내 그는 그 무서운 불안에서 해방되어 자유롭게 숨을 쉴 수가 있었다.

하지만 공통된 위험은 모든 시민을 전보다 더욱 친밀하게 묶어주었다. 모든 계층의 사람들이 더욱 가까워지고 상대를 형제처럼 느끼고 동질감을 맛보고 마음이 통했다. 모두 가슴속에 새로운 존재가 꿈틀거리는 것을 느끼고 있었다. 그 후 프랑스빌 주민들에게 '조국'이 태어났다. 사람들은 그들의 도시 때문에 두려움과 고통을 겪었지만, 이제 조국을 얼마나 사랑하고 있는지를 절실히 깨달았다.

방위체제에서 유래하는 물질적 결과도 시에는 유익했다. 시민들은 자신의 힘을 알았다.

이제 황급히 전쟁에 대비할 필요는 없었다. 모두 자신감을 가졌다. 앞으로 무슨 일이 일어나도 대비가 되어 있었다.

사라쟁 박사의 업적이 이렇게 빛난 적은 없었다. 그리고 이례적인 일이지만, 시민들은 마르셀의 고마움도 잊지 않았다. 시민들이 안전해진 것은 마르셀의 노력과 헌신 덕분만도 아닌데, 젊은 기사에게 시민들의 감사 인사가 쇄도했다. 슐츠 씨의 계획이 실행되었다면 프랑스빌이 파멸이라도 했을 것처럼.

그런데 마르셀은 자신의 임무가 아직 끝나지 않았다고 생각했다. 슈탈슈타트에 얽힌 비밀에는 아직 위험이 숨어 있다고 생각했다. 아직도 철강 도시를 감싸고 있는 어둠 한복판에 밝은 빛을 던지지 않는 한 안심할 수는 없었다.

그래서 그는 다시 슈탈슈타트로 돌아가 그 비밀을 끝까지 밝힐 때까지는 무슨 일이 있어도 물러서지 않겠다고 결심했다.

사라쟁 박사는 그를 말렸다. 그 계획은 실행하기도 어렵고 위험하기 짝이 없다…… 그것은 지옥에 가는 거나 마찬가지이고, 한 걸음 내디딜 때마다 어떤 심연이 숨어 있을지 모른다…… 내가 아는 한, 슐츠 씨는 남을 생각해서 혼자 몰래 도망치거나 모든 희망을 잃고 풀이 죽어 있을 인간이 아니다…… 그런 인물에 대해서는 끝까지 방심해서는 안 된다…… 궁지에 몰린 상어의 필사적인 반격이 있을 것이다…….

그러자 마르셀이 대답했다.

"박사님이 상상하시는 그런 일이 일어날 수 있다고 생각하기 때문에 제가 슈탈슈타트에 가야 한다고 믿습니다. 폭탄이 터지기 전에 도화선을 잡아 뽑는 거나 마찬가지예요. 그리고 옥타브를 데려가는 것을 허락해주십시오."

"옥타브를?" 박사가 소리쳤다.

"예. 옥타브는 이제 용감한 청년이고 믿음직합니다. 그리고 이번 경험은 분명 옥타브한테 도움이 될 겁니다."

"신의 가호를 빌겠네!" 노인은 감동하여 마르셀을 끌어안으면서 말했다.

이튿날 새벽, 마차 한 대가 버려진 마을들을 지나 마르셀과 옥타브를 슈탈슈타트 입구에 내려주었다. 둘 다 장비와 무기를 완전히 갖추고, 그 어두운 비밀을 해명하지 않고는 절대 돌아가지 않겠다고 굳게 다짐하고 있었다.

두 사람은 성벽을 둘러싸고 있는 바깥쪽 길을 나란히 걸어갔다. 마르셀이 이 순간까지 집요하게 의심해온 진실이 이제 눈앞에 펼쳐졌다.

공장들이 완전히 가동을 멈춘 것은 분명했다. 별 하나도 없는 하늘은 캄캄했다. 지금 옥타브와 나란히 걷고 있는 쓸쓸한 길에서는 전 같으면 시내의 가스등 불빛이나 보초의 번득이는 총검이 보였을 테고, 그 밖에도 생명의 흔적을 많이 볼 수 있었을 것이다. 각 지구의 창문들은 반짝이는 유리 세공처럼 눈부신 빛을 냈을 것이다. 그런데 지금은 모든 것이 어둡고 조용했다. 높은 굴뚝이 해골처럼 솟아 있는 도시 위를 죽음이 떠돌고 있는 것 같았다. 길을 걸어가는 마르셀과 옥타브의 발소리만 허공에 메아리쳤다. 쓸쓸하고 황량한 느낌이 너무 강해서 옥타브는 저도 모르게 중얼거렸다.

"묘한 기분이야. 이런 적막감은 한 번도 맛본 적이 없어. 묘지에 와 있는 것 같아!"

마르셀과 옥타브가 슈탈슈타트 정문에 면한 해자 가장자리에 도착한 것은 일곱 시였다. 성벽 위에는 사람 그림자도 없고, 전에는 인간 기둥처럼 일정한 간격을 두고 서 있었던 보초들도 이제 남아 있지 않았다. 도개교는 들어올려져 있고, 문 앞에 5미터 너비의 심연이 보였다.

성문 들보에 밧줄을 던져 고정시키는 데 성공하기까지 한 시간이 넘게 걸렸다. 그래도 마르셀은 한참 고생한 끝에 성공했고, 옥타브가 먼저 밧줄을 타고 성문 지붕 위로 올라갔다. 마르셀은 무기와 식량을 옥타브에게 하나씩 전달한 다음, 마지막으로 자신도 옥타브와 같은 요령으로 올라갔다.

두 사람은 이제 밧줄을 성벽 안쪽으로 늘어뜨리고 거치적거리는 짐을 모두 내려 보낸 다음, 마지막으로 밧줄을 타고 미끄러져 내려갔다.

두 젊은이는 순환도로로 나갔다. 마르셀은 슈탈슈타트에 도착한 첫날 그 길을 걸었던 것을 생각해냈다. 주위에 있는 것은 완전한 고독과 침묵뿐이었다. 위압적인 건물들이 검은 덩어리를 이루어 두 사람 앞에 조용히 솟아 있었다. 건물들은 수많은 유리창으로 침입자들을 노려보면서 이렇게 말하고 있는 듯했다.

"꺼져라! 우리의 비밀을 캐내려고 해봤자 소용없다!"

마르셀과 옥타브는 어떻게 할지 의논했다.

"O문을 공격하는 게 제일 좋아. 그 문이라면 잘 알고 있으니까." 마르셀이 말했다.

두 사람은 서쪽으로 가서 정면에 O라는 글자가 붙어 있는 아치문 앞에 도착했다. 거대한 철제 자물쇠가 달린 두꺼운 떡갈나무 여닫이문은 굳게 닫혀 있었다. 마르셀은 문으로 다가가 길에서 주운 돌로 몇 번 두드렸다.

메아리만 응답했다.

"자! 어서 일을 시작하자!" 옥타브가 말했다.

밧줄이 단단히 걸리는 장애물을 만날 때까지 계속 밧줄을 문너머로 던지는 힘든 작업이 또다시 시작되었다. 어려운 일이었지만 그들은 마침내 성공했다. 마르셀과 옥타브는 담벼락을 넘

두 사람은 밧줄을 타고 땅바닥으로 미끄러져 내려갔다

어 O지구로 들어갔다.

"아이쿠!" 옥타브가 주위를 둘러보면서 소리쳤다. "이렇게 고생해봤자 무슨 소용이람! 별로 전진하지도 못했는걸! 겨우 담장 하나를 넘자마자 또 다른 담장이 나타나니!"

"작전 중에는 조용히 해!" 마르셀이 대답했다. "저게 내가 전에 일하던 공장이야. 다시 보니 반갑군. 오랜만의 재회니까 필요한 도구를 빌려도 좋겠지. 다이너마이트도 잊지 말고."

그곳은 알자스의 젊은이가 처음 공장에 도착했을 때 안내된 넓은 주조장이었다. 그런데 지금은 불이 꺼진 용광로, 녹슨 레일, 교수대처럼 무시무시한 팔을 허공으로 길게 내뻗은 먼지투성이의 기중기가 수없이 늘어서 있는 광경은 황량하기 이를 데 없었고, 가슴까지 얼어붙을 만큼 오싹했다. 그래서 마르셀은 기분을 바꿀 필요가 있다고 생각했다.

"다음 공장이 훨씬 재미있어." 그는 식당으로 가는 길을 앞장서서 걸으면서 옥타브에게 말했다.

옥타브는 얌전히 따라왔다. 그리고 나무 선반에 붉은색과 노란색과 초록색 술병 1개 연대가 전투대형으로 늘어서 있는 것을 발견하고 만족스러운 표정을 지었다. 고기 통조림도 있었다. 거기에는 푸짐한 아침식사를 하기에 충분한 식량이 비축되어 있었다. 두 젊은이는 아침을 거른 허기를 느끼기 시작했다. 그래서 음식을 카운터에 벌여놓고, 탐험을 계속하기 위한 체력을 보충했다.

마르셀은 식사를 하면서 다음에 할 일을 생각하고 있었다. 중앙 구획의 벽을 기어오르는 것은 불가능했다. 그 벽은 너무 높은 데다 다른 건물에서 고립되어 있었고, 밧줄을 걸 만한 돌기도 전혀 없었다. 중앙 구획으로 들어가는 문—아마 유일한 문이겠지만—을 찾으려면 모든 구역을 돌아다녀야 하니까 쉬운 일이 아니었다. 남은 방법은 다이너마이트를 사용하는 것이었지만, 이것은 아주 위험했다. 슐츠 씨가 버려진 영토에 어떤 함정도 장치하지 않고 사라질 리는 만무했기 때문이다. 그는 슈탈슈타트를 점령하고 싶어하는 자들의 계략을 역이용하는 술수를 썼을 게 분명하다. 하지만 그것이 두려워서 꽁무니를 뺄 마르셀은 아니었다.

옥타브가 쉬면서 기력을 되찾은 것을 보고, 마르셀은 옥타브와 함께 그 구역의 중심축인 도로를 따라 높은 돌담 아래에 이르렀다.

"이 벽 아래쪽에 구멍을 파고 다이너마이트로 날려 보내면 어떨까?" 마르셀이 물었다.

"힘들겠지만 우리는 지쳐 쓰러지지 않아!" 옥타브가 의욕을 보이며 대답했다.

작업이 시작되었다. 우선 담장의 토대를 떼어내고, 두 개의 돌 틈에 지레를 집어넣어 돌 하나를 빼내고, 끝으로 드릴을 사용하여 작은 구멍 몇 개를 평행으로 뚫어야 했다. 열 시에는 모든 작업이 끝나, 다이너마이트를 설치하고 도화선에 불을 붙였다.

마르셀은 다이너마이트가 터질 때까지 5분이 걸린다는 것을 알고 있었다. 그리고 지하에 있는 식당이 좋은 대피소가 된다는 것을 미리 조사해두었기 때문에 옥타브와 함께 지하로 피신했다.

갑자기 지진이라도 난 것처럼 건물과 지하실이 뒤흔들렸다. 마치 대포 서넛이 동시에 발사된 것처럼 요란한 폭발음이 공기를 찢고, 이어서 땅이 울렸다. 튀어오른 파편이 2~3초 뒤에 모든 방향에서 땅바닥으로 춤을 추며 내려왔다.

한동안 지붕이 무너지고, 들보가 삐걱거리고, 벽이 쓰러지고, 그 사이로 깨진 유리가 요란한 소리를 내며 폭포처럼 쏟아졌다.

이 무서운 소동도 이윽고 가라앉았다. 옥타브와 마르셀은 대피소에서 나왔다.

마르셀은 폭발물의 엄청난 효과에 익숙해져 있었지만, 그래도 그 결과를 확인하고는 깜짝 놀랐다. 그 구역은 절반이 날아가고, 중앙 구획에 인접한 모든 공장은 벽이 무너져 폭격당한 도시와 비슷해 보였다. 작은 잔해와 유리 파편이 땅을 뒤덮었고, 그러는 동안에도 폭발로 구름처럼 피어오른 흙먼지가 천천히 하늘에서 내려와 폐허 위에 눈처럼 쌓이고 있었다.

마르셀과 옥타브는 안쪽 담장으로 달려갔다. 그것은 15미터 내지 20미터가 무너져, 저편에 중앙 구획의 안마당이 보였다. 과거의 설계사에게는 정든 곳이었다. 그는 그곳에서 몇 시간씩 단조로운 시간을 보내곤 했다.

안마당을 감시하는 사람이 없으면 철책은 쉽게 넘을 수 있다. 이윽고 그 장애물도 통과했다.

요란한 폭발음이 공기를 찢고……

이곳도 무거운 적막이 지배하고 있었다.

마르셀은 전에 일하던 공장을 대충 둘러보았다. 동료들은 여기서 그가 그린 설계도를 칭찬해주었다. 한쪽 구석에는 마르셀이 슐츠 씨의 부름을 받고 정원에 들어갔을 때 그리고 있던 증기기관 설계도가 반쯤 완성된 상태로 남아 있었다. 독서실에는 그가 잘 아는 신문과 책들이 그대로 놓여 있었다.

모든 물건에는 중단된 움직임, 갑자기 중지된 생활의 흔적이 남아 있었다.

두 젊은이는 중앙 구획의 안쪽 한계선에 이르러 담벼락 앞에 섰다. 마르셀은 그 담장 너머에 정원이 있을 거라고 생각했다.

"이 담벼락도 날려 보내야 하나?" 옥타브가 물었다.

"아마 그렇겠지. 하지만 우선 문을 찾아보자. 다이너마이트를 조금만 써도 날려 보낼 수 있는 문이 있을 거야."

두 사람은 담벼락을 따라서 정원을 돌기 시작했다. 이따금 박차처럼 불쑥 튀어나온 건물을 피해 우회하거나 울타리를 넘어야 했지만, 담장에서 눈을 떼지 않았기 때문에 이윽고 고생한 보람을 얻었다. 담장에 달려 있는 낮고 작은 문을 발견한 것이다.

2분 만에 옥타브는 떡갈나무 널빤지에 나사송곳으로 구멍을 뚫었다. 그 구멍으로 안을 들여다본 마르셀은 담장 안쪽에 영원한 푸르름과 여름 날씨가 지배하는 열대 정원이 펼쳐져 있는 것을 확인하고 뛸 듯이 기뻐했다.

"이제 문 하나만 날려 보내면 끝이야." 마르셀이 친구에게 외쳤다.

"이런 나무토막에 폭탄을 사용하는 건 아까워." 옥타브가 대꾸했다.

그러고는 곡괭이로 문을 내리치기 시작했다.

문이 조금 흔들렸을 때, 안쪽 자물쇠 구멍 속에서 열쇠가 삐 걱거리며 돌아가고 빗장 두 개가 풀리는 소리가 들렸다.

문은 안쪽에 굵은 사슬이 걸린 채 반쯤 열렸다.

그러더니 쉰 목소리가 독일어로 물었다.

"누구요?"

17

최후의 결전

두 젊은이는 이런 질문을 전혀 예상치 못했다. 그래서 충격을 받은 것보다 더 깜짝 놀랐다.

마르셀은 이 신비로운 도시에 대해 온갖 추측을 했지만, 살아 있는 인간이 조용히 용건을 물을 줄은 꿈에도 상상하지 못했다. 슈탈슈타트에 사람이 하나도 없다면 그의 계획은 정당하다고 말할 수 있었지만, 이 도시에 아직 주민이 남아 있다는 것을 안 순간 전혀 다른 양상을 띠게 되었다. 처음에는 일종의 고고학적 조사였지만, 지금은 무장 강도의 공격으로 성격이 바뀐 것이다.

이런 생각이 마음에 너무나 강하게 떠올랐기 때문에 마르셀은 그만 말문이 막혀버렸다.

"누구요?" 목소리는 조금 짜증스러운 기색으로 같은 질문을 되풀이했다.

상대가 짜증을 내는 것도 무리는 아니었다. 그렇게 많은 장애물을 극복하고 담장을 넘고 도시의 절반을 날려 보낸 끝에 마침내 이 문에 다다른 침입자들이 "누구요?"라는 간단한 질문을 받고도 꿀 먹은 벙어리처럼 아무 말도 하지 않는 것은 놀라운 일이었다.

30초쯤 뒤에 마르셀은 자신의 처지가 위험한 것을 깨닫고 얼른 독일어로 대답했다.

"친구인지 적인지 모르지만, 나는 슐츠 씨를 만나러 왔소."

그가 말을 채 끝내기도 전에 놀란 외침 소리가 반쯤 열린 문 안쪽에서 들려왔다.

"아아!"

그리고 문틈으로 마르셀은 붉은 볼수염과 뻣뻣한 콧수염의 절반과 흐리멍덩한 눈 하나를 보고 상대가 누구인지를 당장 알아보았다. 그것은 슐츠의 명령으로 그를 지키던 무뚝뚝한 간수 시기메르였다.

"요한 슈바르츠!" 거인은 기쁨과 당혹감이 뒤섞인 목소리로 외쳤다. "요한 슈바르츠!"

자신이 감시하던 죄수가 불가사의하게 사라진 것도 놀라운 일이었겠지만, 그렇게 사라졌던 죄수가 뜻밖에 돌아온 것도 그 못지않게 그를 놀라게 한 모양이었다.

"슐츠 씨를 만날 수 있어?" 마르셀은 시기메르가 놀란 외침 소리만 질렀을 뿐 아무 대답도 하지 않는 것을 보고 다시 한 번 물었다.

시기메르는 고개를 저었다.

"명령이 없어! 명령이 없으면 아무도 들어올 수 없어!"

"내가 만나러 왔다고 슐츠 씨한테 전해줄 수는 있잖아."

"슐츠 씨는 여기 없어. 가버렸어." 거인은 슬픈 말투로 대답했다.

"그럼 어디 있지? 언제 돌아오지?"

"나도 몰라! 지시에는 변동이 없어! 명령이 없으면 아무도 들어오지 못해!"

마르셀이 시기메르한테서 끌어낼 수 있었던 것은 이런 짧은 문장뿐이었고, 거인은 어떤 질문에도 짐승처럼 고집스럽게 침묵을 지켰다.

마침내 옥타브가 참을성을 잃고 말했다.

"들여보내 달라고 아무리 사정해도 별수 없잖아? 강제로 들어가는 쪽이 더 간단해."

그는 억지로 열려고 떡갈나무 문을 힘껏 밀었다. 하지만 사슬이 걸린 문은 꿈쩍도 하지 않았고, 그보다 훨씬 힘센 팔이 문을 닫고 재빨리 빗장 두 개를 채워버렸다.

"문 뒤에 여러 사람이 있는 게 분명해!" 옥타브는 이 결과에 자존심이 상해서 소리쳤다.

그는 나사송곳으로 뚫어놓은 구멍에 눈을 댔다. 그러고는 놀라서 소리를 질렀다.

"거인이 또 하나 있어."

그러자 이번에는 마르셀이 구멍에 눈을 대고 나서 말했다.

"그래! 저건 아르미니우스야. 시기메르의 짝이지."

그때 갑자기 머리 위에서 다른 목소리가 들려왔다. 마치 하늘에서 들려오는 것 같아서 마르셀은 고개를 들었다.

"누구야?" 그 목소리가 물었다.

이번에는 아르미니우스의 목소리였다.

담장 위로 거인의 머리가 보였다. 사다리에 올라탄 게 분명했다.

"나를 기억하겠지, 아르미니우스?" 마르셀이 말했다. "문을 열어주면 안 될까?"

이 말이 입에서 떨어지기가 무섭게 담장 위에 총구가 나타났다. 총성이 울려 퍼지고, 총알 한 방이 옥타브의 모자챙을 스치고 지나갔다.

"좋아! 그렇다면 우리도 보답해야지!" 마르셀은 다이너마이트 몇 개를 문 밑으로 밀어넣고 불을 붙이면서 소리쳤다.

문이 쪼개지자 옥타브와 마르셀은 총을 손에 들고 칼을 입에 물고 정원으로 뛰어들었다.

이제 흔들거리는 담장에는 아직도 사다리가 기대어 있고, 사다리 밑에 핏자국이 보였다. 하지만 시기메르와 아르미니우스는 보이지 않았다.

두 침입자 앞에는 아름다운 정원이 펼쳐져 있었다. 옥타브는 눈이 휘둥그레졌다.

"볼 만하군! 하지만 조심해. 흩어져서 전진하자. 놈들이 덤불 속에 숨어 있을지도 몰라!"

옥타브와 마르셀은 정원으로 뛰어들었다.

옥타브와 마르셀은 길 양쪽으로 갈라져서, 가장 초보적인 개인 전술 원칙에 따라 이 나무에서 저 나무로, 이 장애물에서 저 장애물로 신중하게 전진했다.

이렇게 조심한 것은 현명했다. 백 걸음도 가기 전에 두 번째 총성이 울려 퍼졌다. 마르셀이 방금 떠난 나무줄기를 총알이 스치고 지나갔다.

"무리하지 마! 땅에 엎드려!" 옥타브가 작은 소리로 말했다.

그리고는 한복판에 '황소탑'이 우뚝 솟아 있는 원형 광장을 둘러싼 덤불까지, 모범을 보이듯 무릎과 팔꿈치로 기어갔다. 마르셀은 금방 그 충고에 따르지는 않았지만, 세 번째 총격을 받고는 네 번째 총알을 피하기 위해 종려나무 뒤로 몸을 던졌다.

"다행히 놈들은 신병처럼 사격 솜씨가 형편없어!" 옥타브는 서른 걸음쯤 떨어져 있는 친구에게 소리쳤다.

"쉿!" 마르셀은 입술과 눈짓으로 대답했다. "저 일층 창문에서 나오는 연기가 보여? 놈들은 저기서 우리를 쏘고 있어…… 하지만 이번에는 우리가 갚아주지."

마르셀은 주위를 휙 둘러보고 덤불에서 적당한 길이의 나뭇가지를 잘랐다. 그리고 외투를 벗어 그 나뭇가지에 두르고 모자를 올려놓아, 그런대로 볼 만한 허수아비를 만들었다. 그런 다음 자기가 있던 자리에 모자와 양쪽 소매가 보이도록 허수아비를 세우고, 무릎걸음으로 옥타브에게 다가가서 속삭였다.

"계속 창문을 쏘아서 놈들을 즐겁게 해줘. 처음에는 네 자리에서 쏘고, 다음에는 내 허수아비가 있는 곳에서 쏘아. 그동안

"계속 창문을 쏘아서 놈들을 즐겁게 해줘"

나는 반대편으로 돌아가서 배후에서 놈들을 공격할 테니까."

마르셀은 옥타브에게 사격을 맡기고, 원형 광장을 둘러싸고 있는 덤불 속으로 살짝 숨어들었다.

15분쯤 지나는 동안 스무 발 정도의 총알이 헛되이 오갔다.

마르셀의 외투와 모자는 문자 그대로 구멍투성이가 되었다. 하지만 그 자신은 태연했다. 옥타브가 쏜 총알로 일층 덧문은 산산조각이 났다.

갑자기 총성이 그치고, 옥타브는 숨이 막힌 듯한 외침 소리를 들었다.

"도와줘! 도와줘! 내가 놈을 잡았어!"

30초도 지나기 전에 옥타브는 나무 뒤를 떠나 원형 광장으로 나가서 창문으로 돌진했다. 잠시 후, 그는 살롱에 들어가 있었다.

카펫 위에서는 마르셀과 시기메르가 두 마리 뱀처럼 뒤엉킨 채 필사적으로 싸우고 있었다. 안쪽 문에서 갑자기 나타난 마르셀의 기습에 당황한 거인은 무기를 쏠 틈이 없었다. 하지만 시기메르는 헤라클레스 같은 힘을 가진 무서운 상대였다. 바닥에 내동댕이쳐진 뒤에도 그는 우위를 차지할 수 있다는 희망을 버리지 않았다. 마르셀도 놀라운 체력과 민첩함을 보이고 있었다.

옥타브가 때마침 도착해서 비극적인 결과를 막지 않았다면, 그 싸움은 분명 어느 한쪽의 죽음으로 끝났을 것이다. 옥타브는 마르셀과 합세하여 시기메르의 무장을 해제하고, 손도 발도 꼼짝하지 못하도록 꽁꽁 묶어버렸다.

기습에 당황한 거인은 무기를 쓸 틈이 없었다

"또 한 놈은?" 옥타브가 물었다.

마르셀은 방구석에 놓인 소파를 가리켰다. 소파에는 아르미니우스가 피투성이로 누워 있었다.

"총에 맞았나?" 옥타브가 물었다.

"그래." 마르셀이 대답했다.

두 사람은 함께 아르미니우스에게 다가갔다.

"죽었어!" 마르셀이 말했다.

"잘됐군!" 옥타브가 외쳤다.

"이젠 우리가 여기 주인이야!" 마르셀이 말했다. "신중하게 시작하자! 우선 슐츠 씨의 서재부터!"

두 젊은이는 마지막 결전이 벌어진 방을 나와 강철왕의 성역으로 통하는 방을 몇 개 지나갔다.

옥타브는 그 방들의 호화로움에 눈이 휘둥그레졌다.

마르셀은 그런 옥타브를 돌아보고 빙긋 웃으면서 차례로 문을 열고 초록색과 황금색 방까지 나아갔다.

그곳에 무언가 진기한 것이 있으리라고 기대했지만, 눈앞에 나타난 광경만큼 기묘한 것은 상상도 하지 못했다. 마치 뉴욕이나 파리의 중앙우체국에서 우편물을 서둘러 강탈하여 이 방의 마룻바닥에다 아무렇게나 던져놓은 것 같았다. 책상이며 의자며 카펫 위에 편지와 소포가 수북이 쌓여 있었다. 우편물의 홍수에 무릎까지 잠길 정도였다. 슐츠 씨의 재정과 산업에 관련된 편지와 사적인 편지는 모두 정원 담장에 설치된 우편함에 투입되었고, 아르미니우스와 시기메르는 날마다 그것을 충실히 모아서 주인의 서재인 이곳에 쌓아두었던 것이다.

슐츠 씨에게 보내진 이 말없는 편지들 속에는 얼마나 많은 질문과 고뇌, 불안한 기대, 슬픔과 눈물이 담겨 있을까! 그리고 아마 지폐와 수표, 어음과 우편환도 수백만 달러나 들어 있을 것이다! 편지의 봉인은 연약하지만 함부로 침범할 수 없었다. 그것을 개봉할 권리를 가진 유일한 인물의 부재 때문에 그 모든 것이 이곳에 방치된 채 잠자고 있었다.

"실험실의 비밀 문을 찾아야 돼!" 마르셀이 말했다.

그는 책꽂이의 책을 모조리 치웠지만 소용이 없었다. 전에 그가 슐츠 씨와 함께 지나간 비밀 통로는 나타나지 않았다. 판벽널을 하나씩 흔들어보고 난로에서 가져온 부지깽이로 두드려보기도 했지만 비밀 문은 찾을 수 없었다. 속이 비어 있으면 공허한 소리가 나지 않을까 하고 벽을 두드려보았지만 헛수고였다. 실험실의 비밀을 아는 사람이 자기 혼자가 아니라는 데 불안을 느낀 슐츠가 그 문을 없애버린 게 분명했다.

그렇다면 다른 곳에 문을 만들었을 것이다.

'어디에 만들었을까?' 마르셀은 생각했다. '이 방 어딘가에 문이 있을 게 분명해. 아르미니우스와 시기메르는 여기로 편지를 가져왔으니까! 그러니까 내가 탈출한 뒤에도 슐츠 씨는 계속 이 방을 사용한 거야. 나는 그의 기질을 잘 알고 있어. 그 사람이라면 옛날 통로를 벽돌로 막아버리고, 누구의 눈에도 띄지 않는 가까운 곳에 새로 통로를 만들고 싶어할 거야. 카펫 밑에 뚜껑문이 있을까?'

카펫 자체는 잘린 흔적이 보이지 않았지만, 마르셀은 카펫을 바닥에 고정시킨 못을 뽑아내고 들어올렸다. 그리고 마룻바닥을 꼼꼼히 조사했지만 의심나는 것은 전혀 보이지 않았다.

"이 방에 문이 있는 걸 어떻게 알지?" 옥타브가 물었다.

"그건 확실해." 마르셀이 대답했다.

"그렇다면 조사해볼 곳은 이제 천장밖에 남지 않았어." 옥타브는 의자 위로 뛰어오르면서 말했다.

그는 샹들리에까지 올라가서 개머리판으로 중앙의 장미꽃 장식을 두드려볼 생각이었다.

하지만 옥타브가 금도금된 샹들리에를 잡자마자 놀랍게도 샹들리에가 아래로 쑥 내려왔다. 천장이 열리고 넓은 구멍이 생겼다. 그곳에서 가벼운 강철로 만든 자동식 사다리가 내려와 바닥에 닿았다.

그것은 천장으로 올라오라는 분명한 초대였다.

"바로 저기였군! 가자!"

마르셀은 차분하게 말하고 당장 사다리를 오르기 시작했다. 친구 옥타브도 그 뒤를 바싹 따라갔다.

천장이 열리고 넓은 구멍이 생겼다

18
핵심 속의 핵심

강철 사다리의 마지막 가로대는 창문 하나 없는 넓고 둥근 방의 판벽널에 고정되어 있었다. 외부와 완전히 단절된 그 방은 떡갈나무로 만든 마루 한복판에 고정된 두꺼운 유리에서 눈부시게 하얀 빛이 흘러나오지 않았다면 칠흑처럼 어두웠을 것이다. 그 깨끗하고 밝은 빛은 태양 반대편에 왔을 때 완전한 아름다움을 보여주는 보름달과 견줄 만했다.

아무 소리도 들리지 않고 아무것도 보이지 않는 이 방은 완전한 침묵이 지배하고 있었다. 두 젊은이는 묘지의 대기실에 들어온 듯한 기분이 들었다.

유리 위로 몸을 구부리기 전에 마르셀은 잠시 망설였다. 그는 마침내 목적을 이루었다! 슈탈슈타트로 찾으러 온 비밀이 이제 곧 밝혀지려 하고 있었다.

하지만 망설임은 곧 지나갔다. 옥타브와 그는 원반 모양의 유리 옆에 무릎을 꿇고, 그 밑에 있는 방을 내려다보았다.

생각지도 않은 무서운 광경이 두 사람의 눈을 사로잡았다.

그 원반 유리는 볼록렌즈처럼 양면이 볼록하게 되어 있어서, 그것을 통해 보는 사물은 모두 엄청나게 확대되어 보였다.

이곳이 바로 슐츠 씨의 비밀 실험실이었다. 등대의 굴절광학 렌즈처럼 원반을 통해 나오는 강한 빛은 강력한 볼타 전지가 끊임없이 전류를 공급하는 두 개의 전구에서 나오고 있었다. 방 한복판에는 인간의 형체가 눈부신 빛 속에 석상처럼 꼼짝도 않고 앉아 있었다. 렌즈의 굴절 때문에 터무니없이 확대된 그 모습은 리비아 사막의 스핑크스를 연상시켰다.

그 유령 주위에는 포탄 파편이 흩어져 있었다.

이제 의심할 여지가 없었다. 징글맞게 히죽 웃는 입술과 번득이는 이빨로 보아 그것은 분명 슐츠 씨였다. 게다가 무서운 포탄의 폭발 때문에 질식하여, 일을 하고 있다가 순식간에 얼어붙어버린 거대한 슐츠 씨였다.

강철왕은 책상 앞에 앉아서 창처럼 커다란 펜을 한 손에 들고 지금도 글을 쓰고 있는 것 같았다! 불룩 튀어나온 눈알의 흐리멍덩한 눈빛과 고정된 입술만 아니라면 아직 살아 있는 것처럼 보였을 것이다. 이 끔찍한 주검은 이곳에서 한 달 동안 누구의 눈에도 띄지 않고 숨어 있다가, 이제 북극지방의 빙하 속에 오랫동안 감추어져 있던 매머드*처럼 발견되었다. 주위의 모든 것이 꽁꽁 얼어붙어 있었다. 유리병 속의 시약도, 그릇에 담긴

물도, 용기에 든 수은도 모두 얼어버렸다.

이 끔찍한 광경을 보았을 때 마르셀이 맨 처음 느낀 감정은 실험실 밖에서 실험실 안을 관찰할 수 있어서 정말 운이 좋았다는 안도감이었다. 그 방으로 숨어 들어갔다면 옥타브와 마르셀도 틀림없이 그렇게 얼어 죽었을 것이기 때문이다.

그런데 이 끔찍한 사고는 도대체 어떻게 일어났을까. 바닥에 흩어진 파편이 모두 작은 유리조각인 것을 알아차렸을 때 마르셀은 사고 원인을 곧 짐작할 수 있었다. 슐츠 씨의 질식성 포탄 속에서 액체 이산화탄소를 에워싸고 있는 내부 용기는 그것이 견뎌야 할 강력한 압력을 고려하여 보통 유리보다 열 배가 넘는 저항력을 가진 경질유리로 만들어져 있다. 하지만 아직 발명된 지 얼마 안 된 이 제품의 한 가지 결점은 불가사의한 분자 활동 때문에 이따금 뚜렷한 원인도 없이 갑자기 깨져버린다는 것이다. 여기서도 그런 일이 일어난 게 분명했다. 실험실에 놓여 있던 포탄은 내부 압력 때문에 폭발을 피하지 못했을 것이다. 급격히 압축되어 있던 액체 이산화탄소는 기화할 때 기온을 크게 떨어뜨렸다.

그 효과가 압도적이었던 것은 당연하다. 느닷없이 영하 100도의 추위가 닥치자, 허를 찔린 슐츠 씨는 포탄이 폭발할 때의 자세 그대로 순식간에 냉동 미라가 되어버렸다.

마르셀에게 특히 충격을 준 것은 강철왕이 한창 글을 쓰고 있

---

* 매머드: 시베리아와 알래스카 등지의 퇴적층에서 화석으로 발견되는 코끼리, 홍적세의 빙하기에 적응해 생활했으며, 약 만 년 전에 절멸했다.

강철왕은 한창 글을 쓰고 있다가 죽음을 당했다

다가 죽음을 당했다는 것이었다.

그런데 강철왕은 지금도 손에 쥐고 있는 펜으로 저 종이에 무엇을 쓰고 있었을까? 저런 인물의 마지막 생각, 마지막 말을 아는 것은 흥미로운 일일 것이다.

하지만 어떻게 하면 저 종이를 손에 넣을 수 있을까? 그 빛나는 유리 원반을 깨고 실험실로 내려가는 것은 생각할 수도 없었다. 무서운 압력으로 방을 가득 채우고 있는 이산화탄소는 유리를 깨는 순간 밖으로 분출되어, 호흡할 수 없는 증기로 모든 생물을 질식시켜버릴 것이다. 그것은 죽음을 의미한다. 종이를 손에 넣는 이점에 비해 위험이 너무 크다.

하지만 슐츠 씨의 주검에서 마지막 글을 빼앗지는 못한다 해도, 렌즈의 굴절로 글씨가 확대되어 있으니까 어떻게든 판독할 수 있을지도 모른다.

마르셀은 슐츠 씨의 필적을 잘 알고 있었다. 그래서 한동안 고생한 끝에 겨우 열 줄 정도를 읽을 수 있었다.

그것은 슐츠 씨의 명령서였다. 지시라기보다는 명령을 내리는 것이 슐츠 씨의 평소 버릇이었다.

BKRS에게 내리는 명령. 프랑스빌에 대해 계획된 공격을 2주 앞당길 것. 이 명령을 받는 대로 전에 지시한 조치를 실행할 것. 이번에야말로 실험은 압도적이고 완전해야 함. 내 결정을 조금도 변경하지 말 것. 일주일 이내에 프랑스빌을 죽음의 도시로 바꾸고, 주민 한 사람도 살아남지 못하게 할 것. 내가 바라는 것은 현대판 폼페이이고, 그것은 전세계에 공포와 경악을 동시에 주어야 함. 내 명령을 충실히 실행하면 반드시 그런 결과를 얻을 수 있을 것이다.

사라쟁 박사와 마르셀 브뤼크망의 시체를 나에게 보낼 것. 내 눈으로 직접 보고, 그러고 나서 보관하고 싶다.

슐……

그 서명은 완성되어 있지 않았다. 마지막 '츠' 자와 멋부림이 빠져 있었다.

마르셀과 옥타브는 이 기묘한 광경을 꼼짝도 않고 말없이 바라보면서, 환상적이라고 말할 수 있는 사악한 정신의 상상력을 목격하고 있는 듯한 기분을 느꼈다.

하지만 이윽고 이 음산한 장면을 떠날 때가 되었다. 두 친구는 엇갈리는 감정으로 마음이 어지러워진 채 실험실 위에 있는 방에서 내려왔다.

전류가 끊기면 전등은 꺼질 것이고, 그러면 강철왕의 주검은 그 캄캄한 무덤 속에 혼자 남아서 2천 년이 지나도 흙으로 돌아가지 않은 파라오의 미라처럼 바싹 말라버릴 것이다.

한 시간 뒤에 옥타브와 마르셀은 시기메르를 풀어주고 슈탈슈타트를 떠나, 같은 날 저녁에 프랑스빌에 도착했다. 시기메르는 뜻하지 않게 얻은 자유를 어떻게 처리해야 할지 몰라서 당황해하는 것 같았다.

사라쟁 박사는 서재에서 일하다가 두 젊은이가 돌아온 것을 알았다.

"어서 들어오라고 해!" 그가 소리쳤다. "빨리 들어와!"

두 사람을 보자마자 박사가 맨 처음 한 말은 "어땠나?"였다.

"박사님." 마르셀이 대답했다. "우리가 슈탈슈타트에서 가져온 소식은 박사님의 마음을 영원히 편안하게 해드릴 겁니다. 슐츠 씨는 이제 이 세상에 없습니다. 죽었어요!"

"죽었다고?" 박사가 소리쳤다.

선량한 박사는 한마디도 하지 않고 마르셀 앞에서 잠시 생각에 잠겼다.

이윽고 박사는 기분을 돌이켜 입을 열었다.

"이보게, 자네는 이해할 수 있겠나? 그 소식은 당연히 나를 기쁘게 해주어야 마땅해. 그것은 내가 가장 혐오하는 전쟁, 게다가 지금까지 들어본 적도 없을 만큼 부당하고 불합리한 전쟁의 공포에서 우리를 해방시켜주었으니까. 그런데 이유도 없이 그 소식이 내 가슴을 아프게 하는 걸 이해할 수 있겠나? 아아, 그렇게 높은 지성을 가진 사람이 왜 우리의 적이 되어야 했을까? 그 보기 드문 재능을 왜 같은 인류를 위해 쓰지 않았을까? 우리와 힘을 합쳐 공통된 목표를 위해 사용했다면 귀중하게 쓰였을 지혜가 얼마나 많이 낭비되었는가? 자네가 '슐츠 씨는 죽었다'고 말했을 때 이런 생각들이 한꺼번에 내 마음에 떠올랐다네. 자, 그럼 그 예기치 않은 사건에 대해 자네가 알고 있는 것들을 모두 말해주게."

그러자 마르셀이 대답했다.

"슐츠 씨는 악마적인 재능으로 남들이 접근하지 못하게 만들어놓은 비밀 실험실에서 죽음을 맞았습니다. 슐츠 씨 말고는 아무도 그 실험실의 존재를 모르고, 따라서 아무도 슐츠 씨를 구하러 실험실에 들어가지 못했습니다. 그래서 슐츠 씨는 모든 권력을 제 손에 집중시키는 그 믿기 어려운 독재에 희생된 것입니다. 사업의 열쇠를 모두 혼자서 틀어쥐려 한 게 잘못의 원인이었지요. 그런 권력 집중이 갑자기 그 자신과 그의 목적을 배반한 겁니다."

"그럴 수밖에 없었어! 슐츠는 완전히 잘못된 사상에서 출발했으니까. 가장 좋은 정부는 우두머리가 죽어도 손쉽게 대역을 찾아서 활동을 계속하는 정부가 아닐까? 그 조직에는 어떤 비밀도 존재하지 않으니까 말일세."

"이제 곧 아시겠지만, 슈탈슈타트에서 일어난 모든 일은 방금 박사님이 하신 말씀을 실제로 입증하고 있습니다. 저는 슐츠 씨가 책상 앞에 앉아 있는 모습을 보았습니다. 그 책상은 모든 명령이 나온 중심점입니다. 강철 도시는 명령에 무조건 복종해야 하고, 아무도 그 명령에 이의를 제기할 꿈조차 꾸지 않았습니다. 슐츠 씨는 살아 있을 때의 모습과 자세 그대로 죽어 있었기 때문에, 저는 그 유령이 우리한테 말을 걸지나 않을까 하고 생각했을 정돕니다. 하지만 그 발명가는 자신의 발명품에 목숨을 잃었습니다. 우리 도시를 파괴할 예정이었던 포탄에 살해된 것이지요. 슐츠 씨가 최후의 몰살 명령을 내리려는 순간, 그의 수중에서 자신의 무기가 파괴된 것입니다. 잘 들어보세요."

마르셀은 베껴온 슐츠 씨의 명령서를 큰 소리로 읽었다.

그리고 이렇게 덧붙였다.

"슐츠 씨가 죽은 것을 그보다 더 잘 증명해주는 것은, 그 주위에서는 모든 것이 살기를 그만두었다는 겁니다. 슈탈슈타트에는 숨을 쉬는 것이 하나도 없습니다. 잠자는 숲속의 공주가 잠들어 있는 궁전처럼 잠이 모든 생활을 중단시키고, 모든 활동을 멈춰버렸습니다. 주인의 마비가 부하들을 마비시키고, 시설까지 마비시켰습니다."

"그래. 그것이야말로 신의 정의야. 슐츠가 죽은 것은 상식을 무시하고 우리를 공격하려 했기 때문이야. 무리한 행동을 하려고 했기 때문이야."

"그렇습니다, 박사님. 하지만 이제 지난 일은 생각지 말고 현재로 돌아옵시다. 슐츠 씨의 죽음은 우리에게는 평화지만, 동시에 그것은 슐츠 씨가 창조한 훌륭한 사업의 파멸이고 파산입니다. 강철왕이 생각해낸 모든 것과 마찬가지로 거대한 경솔함이 무수한 심연을 만들고 있습니다. 슐츠 씨는 한편으로는 자신의 성공에 눈이 멀고 또 한편으로는 프랑스와 박사님에 대한 증오심에 눈이 멀어서, 우리의 적이 될 가능성이 있는 사람에게는 충분한 보증도 없이 대포와 무기를 대량으로 공급했던 것이지요. 슐츠 씨의 부채를 다 갚으려면 오랜 시일이 걸리겠지만, 그래도 견실한 사람이 맡으면 슈탈슈타트를 다시 일으켜 세울 수 있고, 지금까지는 나쁜 목적에 사용된 것을 모두 좋은 목적으로 돌릴 수 있으리라고 믿습니다. 슐츠 씨의 유산 상속인이 될 수 있는 사람은 오직 박사님뿐입니다. 슐츠 씨의 사업이 망하게 내버려두면 안 됩니다. 요즘 세상에는 적을 파멸시키는 것이 이익이 얻는 길이라는 생각이 너무나 팽배해 있습니다. 하지만 사실은 그렇지 않습니다. 오히려 그와는 반대로, 파산에서 인류에게 이익을 될 수 있는 것을 구하려고 애쓰는 것이 우리의 의무라고 믿습니다. 여기에는 박사님도 동의하실 겁니다. 이제 저는 그 일을 위해 헌신할 각오가 되어 있습니다."

"마르셀이 옳아요." 옥타브가 친구의 손을 잡으면서 말했다. "아버지가 찬성해주시면 저도 기꺼이 마르셀의 지시에 따라 일할 각오가 되어 있어요."

"물론 찬성하고말고." 사라쟁 박사는 말했다. "그래, 마르셀. 자금은 부족하지 않으니까, 자네의 도움으로 슈탈슈타트를 부흥시킨 다음, 그곳에 무기공장을 차리고 싶다. 그러면 앞으로는 아무도 우리를 공격할 꿈조차 꾸지 못할 것이야. 그러면 우리는 세계에서 가장 강력해질 테니까, 가장 강력한 동시에 가장 정당하도록 노력해야 하고, 평화와 정의의 혜택을 세계 만방에 퍼뜨려야 돼. 아아, 마르셀! 얼마나 매력적인 꿈인가! 자네 도움으로 최소한 그 꿈의 일부라도 실현할 수 있다고 생각하면, 자네를 내 아들로 여겨도 좋지 않은가 하는 생각이 든다. 나한테 아들이 둘이어도 좋지 않은가. 자네가 옥타브의 형제가 되어도 좋지 않은가. 우리 셋이 힘을 합치면 이 세상에 불가능한 일이 없을 것 같다!"

19

가정에서 일어난 사건

이 이야기를 하는 도중에는 등장인물들의 개인적인 사정을 충분히 언급하지 못했다. 그런 이유도 있어서, 다시 한 번 이야기를 그쪽으로 돌려 마지막으로 그들에 대해 잠시 생각하는 것을 허락해주기 바란다.

선량한 사라쟁 박사는 집단적 존재인 인류 공동체에 대한 생각에 온통 사로잡혀 있었기 때문에 개인의 존재가 사라져도 여전히 이상을 향해 매진할 인물이었다. 그래서 그의 마지막 말을 듣고 마르셀의 얼굴이 당장 창백해지는 것을 본 박사는 깜짝 놀랐다. 박사는 그 갑작스러운 혼란에 숨겨진 의미를 젊은 기사의 눈 속에서 읽어내려고 했다. 늙은 의사의 침묵은 젊은 기사의 침묵에 말을 걸면서, 상대가 그 침묵을 깨뜨리기를 기대하고 있었다. 하지만 마르셀은 놀라운 의지력으로 다시 침착성을 되찾았기 때문에, 곧 냉정한 표정으로 돌아갔다. 안색은 여느 때와 다름이 없고, 태도는 상대가 말을 계속하기를 기다리는 사람의 태도였다.

사라쟁 박사는 마르셀이 자신의 힘으로 이렇게 빨리 냉정해 진 데 조금 약이 올라서 젊은 친구에게 다가갔다. 그리고 의사라는 직업에서 오는 익숙한 몸짓으로 상대의 팔을 잡았다. 슬쩍 맥을 짚어보려고 환자의 손목을 잡는 듯한 몸짓이었다.

마르셀은 박사의 의도를 몰라서 박사가 하는 대로 내버려둔 채, 여전히 입을 열려고 하지 않았다.

"이보게, 마르셀." 늙은 의사가 말했다. "슈탈슈타르트의 장래 운명에 대한 이야기는 나중에 다시 하기로 하세. 우리는 인간의 운명을 개선하려고 애쓰고 있지만, 그렇다고 해서 우리가 사랑하는 사람들, 가까운 사람들의 운명에 대해 이야기하는 것이 금지되어 있지는 않으니까 말일세. 나는 어떤 젊은 아가씨, 그 이름은 이제 곧 말해주겠지만, 그 아가씨가 1년에 스무 번도 넘게 결혼을 권하는 부모에게 얼마 전에 뭐라고 대답했는지 말해도 좋을 때가 되었다고 생각하네. 부모가 권한 신랑감은 대부분 아무리 까다로운 여자라도 거절할 이유를 찾을 수 없을 만큼 훌륭했지만, 그 아가씨는 언제나 '싫어요!'라고 대답했다네."

그 순간 마르셀은 갑자기 박사의 손에 잡혀 있던 손목을 빼냈다. 박사는 환자의 건강 상태를 충분히 느꼈는지, 아니면 젊은이가 팔과 함께 신뢰감도 거두어들인 것을 알아차리지 못했는지, 그런 사소한 일은 완전히 무시하고 조용히 말을 이었다.

"그러자 그 아가씨의 어머니가 딸에게 말했다네. '이렇게 계속해서 혼담을 거절하는 이유를 말해다오. 교육, 재산, 지위, 잘생긴 외모까지 모두 갖추었는데, 잠시 생각해보지도 않고 말이 떨어지기가 무섭게 단호히 거절하는 이유가 뭐냐? 평소에는 그렇게 조신하고 다소곳한 성격인데.'

어머니한테 이런 꾸중을 듣고 아가씨는 드디어 속마음을 털어놓기로 결심했지. 그런데 아가씨는 솔직하고 야무진 성격이었기 때문에, 일단 침묵을 깨자 분명하게 거침없이 말했다네.

'저는 싫다고 대답할 때도 진지하지만, 좋다는 대답이 정말로 제 마음에서 우러나온다면 진지하게 좋다고 대답하겠어요. 어머니가 권하신 혼처가 대부분 나무랄 데 없이 훌륭한 것은 저도 인정해요. 하지만 그 사람들은 모두 저에게 청혼했다기보다 이 도시에서 가장 부유한 집안의 딸에게 청혼한 거라고 믿어요. 그걸 생각하면 청혼을 받아들일 마음이 내키지 않아요. 그것은 제쳐놓더라도, 어머니가 원하시니까 감히 말씀드리면, 그 청혼 중에서 제가 바라는 청혼은 하나도 없어요. 저는 어떤 사람이 저에게 청혼하기를 바라고, 아직도 기대하고 있지만, 불행히도 오랫동안 기다려야 할지도 몰라요. 그 사람이 언젠가 청혼을 해준다 해도!'

'뭐라고?' 어머니는 놀라서 말했지. '도대체 너는…….'

어머니는 뭐라고 말해야 좋을지 몰라서 말을 맺지 못하고, 당황하여 도움과 조언을 청하는 애처로운 표정으로 남편을 쳐다보았지.

하지만 그 아가씨의 아버지는 그런 문제에 개입하고 싶지 않았는지, 아니면 사정이 좀더 분명해질 때까지 모녀의 대화에 끼어들 생각이 없었기 때문인지, 모른 체하는 태도를 취했다네. 그러자 가엾은 아가씨는 당황하고 아마 조금 화도 났을 거야. 아가씨는 얼굴을 붉히면서 갑자기 모든 것을 죄다 털어놓기로 결심했다네.

'어머니! 아까도 말씀드렸듯이 제가 바라는 청혼이 들어오려면 오래 기다려야 할 것 같고, 어쩌면 영영 들어오지 않을지도 몰라요. 하지만 청혼이 아무리 늦더라도 저는 그 때문에 상처를 받거나 놀라지는 않을 거예요. 저는 부자라서 불행해요. 제가 원하는 남자는 아주 가난하거든요. 그래서 그 사람은 저한테 청혼하지 않을 거예요. 그 사람이 옳아요……..'

그러자 어머니는 딸의 입에서 나올 말을 듣기가 두려워서 선수를 치듯 말했지.

'우리가 말해보는 게 어떨까?'

그때 남편이 끼어들어, 아내의 두 손을 다정하게 잡으며 말했다네.

'여보! 당신처럼 딸에게 존경받는 어머니가 딸이 태어났을 때부터 가족과 다름이 없었던 잘생기고 훌륭한 청년을 딸 앞에서 끊임없이 칭찬하고, 모든 사람한테 청년의 성품과 장점을 언급하면 무사히 넘어갈 수가 없지. 게다가 내가 그 청년의 놀라운 지성을 자랑하거나 청년한테 받은 수많은 애정과 헌신의 증거를 실감나게 이야기할 기회를 얻으면, 당신은 무척 기뻐하고 자랑스럽게 여기잖소. 아버지와 어머니가 둘 다 그 젊은이를 특별하게 생각하는 것을 본 딸이 그 청년을 존경하지 않는다면 그거야말로 딸의 본분에 어긋나는 일일 거요.'

'어머나, 아버지!' 아가씨는 당황한 모습을 감추려고 어머니 품에 몸을 던졌다네. '다 짐작하고 계시면서 왜 저한테 말을 시키셨어요?'

'왜냐고? 그야 물론 네 말을 듣는 즐거움을 누리고 싶었고, 내가 잘못 생각하지 않았다는 것을 다시 한 번 확인하고 싶었기 때문이지. 그리고 네 어머니와 나는 네 선택을 기쁘게 생각하고 찬성한다는 것, 네 마음이 결정한 길은 우리가 바라던 길이라는 것, 가난하고 자존심 있는 청년은 그 섬세한 마음으로는 도저히 딸을 달라는 말을 꺼낼 수 없을 테니까 그 청혼 절차를 면제해주기 위해 내가 대신 청년에게 청혼해주겠다고 말하고 싶었기 때문이지. 그래, 내가 청혼해주마. 나는 네 마음을 읽었듯이 그 청년의 마음도 읽었으니까. 그러니 진정하렴! 좋은 기회가 오면 마르셀한테 물어볼 테니까. 혹시 내 사위가 되고 싶은 마음은 없느냐고!'"

마르셀은 이 갑작스러운 결론에 놀라서 용수철이 튀어오르듯 벌떡 일어났다. 옥타브는 말없이 그의 손을 잡았고, 박사는 두 팔을 내밀었다. 알자스 젊은이는 죽은 사람처럼 창백해졌다. 하지만 의지가 강한 사람들의 영혼 속에 행복이 예고도 없이 들어오면, 행복도 때로는 이런 양상을 띠지 않는가?

20
끝맺음

프랑스빌은 주민들의 지혜 덕분에 모든 불안에서 해방되었
다. 이웃 나라와도 평화를 유지하고, 잘 관리되어 행복과 번영
을 누리고 있다. 누릴 자격이 충분한 이 행복은 아무도 시샘하
지 않고, 프랑스빌의 전력은 아무리 호전적인 나라들도 경외심
을 품을 정도다.

철강 도시는 슐츠 씨의 철권통치 아래에서는 무서운 무기공
장이며 파괴의 조직적인 원천이었다. 하지만 마르셀 브뤼크망
덕분에 아무한테도 손해를 주지 않고 부채가 청산되어, 이제 슈
탈슈타트는 모든 유익한 산업의 중심적인 생산지가 되었다.

마르셀은 1년 전에 잔의 행복한 남편이 되었고, 얼마 전에 태
어난 아이가 두 사람을 더욱 행복하게 해주었다.

옥타브는 성실하게 매제의 지시에 따르고, 모든 일에서 매제

마르셀은 잔의 행복한 남편이 되었다

의 훌륭한 보좌관이 되었다. 그의 누이동생 잔은 지금 오빠를 자기 친구와 결혼시키려 하고 있다. 그 아가씨는 물론 미인이고 양식과 이성을 갖추고 있으니까, 남편이 다시는 타락하지 않도록 지켜줄 것이다.

이리하여 사라쟁 박사 부부의 맹세는 실현되었다. 간단히 표현하면 두 사람은 행복과 영광의 정점에 있다고 말할 수 있을 것이다. 두 사람의 정직하고 야심적인 계획 속에 영광이 조금이라도 들어 있다면 말이지만.

이제 미래는 사라쟁 박사와 마르셀 브뤼크망의 노력에 달려 있고, 모범적인 공장이자 도시인 프랑스빌과 슈탈슈타트의 본보기는 미래에도 사라지지 않을 거라고 확신해도 좋을 것이다.

■ 해 설

"쥘 베른은 과거의 낭만주의와
미래의 사실주의가 만나는
문학의 교차로에 서 있었다."
빅터 코헨, 〈컨템퍼러리 리뷰〉(1966년)에서

1. 쥘 베른과 그의 시대

쥘 베른(Jules Verne)은 과학의 시대가 시작될까 말까 한 1828년에 태어나 20세기가 막 시작된 1905년에 세상을 떠났다. 그러니 그는 19세기 사람이었다. 게다가 그는 기술자도 아니고 과학자도 아니었다. 그런데도 그는 20세기에 이룩된 놀라운 과학기술의 진보에 실질적으로 참여했다. 그는 영감을 받은 몽상가, 앞으로 인류에게 일어날 일을 오래전에 미리 '보고' 글로 쓴 예언자였기 때문이다.

베른의 주요 업적은 분명 동시대인들의 과학적·낭만적 열망을 표출한 것이었다. 그는 언뜻 보기에 불가능해 보일 수도 있는 것에다 기존 지식과 그럴듯한 추론을 적용하여, 독자 대중이 미래를 미리 맛볼 수 있게 해주었다. 하지만 그는 거기에서 그치지 않았다. 베른은 진보와 과학과 산업주의에 대한 믿음을 자극하는 한편, 산업시대와 불가피하게 결부될 것으로 여겨진 비인간성과 비참한 사회 현실에서 벗어날 수 있는 탈출구를 제공했다.

하지만 무엇보다도 그는 뛰어난 몽상가였다. 그는 내면의 눈으로 본 장면들을 놀랄 만큼 정확하고 생생하게 묘사했기 때문에, 수많은 독자들도 저자만큼 또렷하게 그 장면들을 볼 수 있을 정도였다. '경이의 여행'(Voyages extraordinaires) 시리즈를 이루고 있는 60여 편(중편과 작가 사후에 발표된 작품을 포함하면 80편에 이른다)의 책을 보면, 지상이나 지하나 하늘에 그가 묘사하지 않은 곳이 한 군데도 없고, 실제 과학에서 이루어진 발전들 가운데 그가 풍부한 상상력으로 미래의 상황을 정확하게 예측하고 과감하게 이용하지 않은 것이 하나도 없었다.

간단히 말해서 쥘 베른은 이 세상에 'SF'(Science Fiction)를 가져다주었다. 물론 신기한 이야기는 오래전부터 존재해왔다. 베른이 한 일은 당시의 과학적 성취를 넘어서지만 인간의 꿈을 이루는 아이디어를 진지하게 다루고 체계적으로 개발한 것이었다. 그는 정보와 이야기를 결합했고, 이 새로운 공식을 근대 테크놀로지의 테두리 안에 도입함으로써 모험과 판타지를 과학소설로 변화시켰다.

하지만 베른이 문학에 이바지한 것이 과학소설뿐이라고 생각하는 것은 잘못이다. 좀더 자세히 살펴보면, 모험소설 작가들도 모두 베른에게 큰 빚을 지고 있다는 것을 알 수 있기 때문이다. 베른의 소설을 읽다 보면 작가는 동시대의 과학자나 탐험가들을 실명 그대로 등장시켜, 그들의 현재진행형 업적을 끊임없이 독자들에게 일깨운다. 그럼으로써 베른이 만들어낸 허구의 과학자들과 그들의 장래 계획도 독자들이 믿지 않을 수 없게 한다. 현재의 과학을 언급함으로써 미래의 과학을 '실재'시킨다고나 할까. 베른 연구의 권위자인 I.O. 에번스는 이런 기법의 소설을 일컬어 '테크니컬 픽션'이라고 불렀다.

이렇게 놀라운 상상력과 천재적인 통찰력을 가진 작가 쥘 베른은 어떤 사람이있는가? 그는 어떤 인생을 살았을까? 사실은 놀랄 만큼 평범하다.

쥘 베른은 1828년 2월 8일에 프랑스 북서부의 항구도시 낭트의 페이도 섬에서 태어났다. 낭트는 1598년에 앙리 4세가 '낭트 칙령'을 발표하여 36년간에 걸친 종교전쟁에 마침표를 찍은 곳으로 유명하지만, 대서양으로 흘러드는 루아르 강 연안에 위치한 지리적 여건 때문에 예로부터 해외무역 기지로 발달한 도시다. 특히 18세기 초에는 프랑스의 잡화와 아프리카의 노예와 아메리카 대륙의 산물을 교환하는 이른바 '삼각무역'으로 프랑스 제1의 무역항이 되어 번영을 누렸다.

쥘 베른의 외가는 15세기에 귀족의 지위를 얻은 지방 명문 집안이지만, 일찍부터 낭트로 나와 해운업과 무역업에 종사하고 있었다. 쥘의 어머니 소피 드 라 퓌의 친할아버지는 유복한 선주였고 외할아버지는 항해사였다고 한다. 한편 베른 집안은 대대로 법관을 배출한 법률가 가문인데, 원래 낭트에 연고가 있었던 것은 아니지만 1825년에 쥘의 아버지 피에르가 낭트에 법률사무소를 차리고 이곳으로 이주했다. 이렇게 낭트에서 두 집안이 인연을 맺어, 이윽고 쥘이 태어나게 된 것이다.

그 무렵 낭트는 혁명기의 내란과 동인도회사 폐지 등의 영향으로 100년 전의 활기는 잃어버렸지만, 이국정서가 풍부한 항구도시로서 번영의 흔적을 간직하고 있었다. 그런 환경 속에서 태어나 자란 덕에 쥘 소년의 마음에도 일찍부터 바다와 이국에 대한 동경이 싹튼 모양이다.

그의 생애를 이야기할 때면 반드시 인용되는 에피소드가 하나 있다. 열한 살 때인 1839년, 동갑내기 사촌누이에게 연정을 품고 있던 쥘은 산호목걸이를 구해다 선물하려고 인도로 가는 원양선에 몰래 탔다가 배가 프랑스 해안을 벗어나기 직전에 루아르 강어귀에서 아버지에게 붙잡혀 호된 꾸지람을 들었다. 그때 소년은 "앞으로는 상상 속에서만 여행하겠다"고 맹세했다고 한다. 이 유명한 '전설'이 사실인지 아닌지는 알 수 없지만, 낭만적인 꿈을 좇아 미지의 나라로 여행을 떠나려는 소년의 모습은 과연 쥘 베른답다는 생각이 든다.

현실의 여행을 금지당한 쥘은 집안의 전통과 아버지의 뜻에 따라 법조계에 진출하려고 파리로 나와 법률 공부를 시작한다. 베른 집안처럼 법조계와 관계가 깊은 가문이 아니더라도 19세기 부르주아 집안의 자제들은 법률가가 되는 것이 일반적인 진로의 하나였다. 유명한 작가들 중에도 발자크, 메리메, 플로베르, 모파상 등이 젊은 시절에 법률을 공부했다.

파리로 나온 베른은 샤토브리앙(프랑스 낭만주의의 선구적 작가)의 누나와 결혼한 삼촌의 소개로 문학 살롱에 드나들게 되었고, 거기서 알렉상드르 뒤마(아버지)와 사귀게 되었다. 뒤마는《삼총사》와《몬테크리스토 백작》의 작가로 유명하지만, 무엇보다도 연극계의 거물이었다. 소년 시절부터 문학(특히 극작)에 관심을 가지고 있었던 베른은 1849년에 법학사 학위를 받았지만, 낭트로 돌아가지 않고 문학의 길을 걷기로 결심한다. 20대 초반부터 30대 초반까지 그는 희극이나 중편소설, 특히 오페레타의 대본을 쓰고, 셰익스피어와 에드거 앨런 포의 작품, 여행기, 과학서 등 많은 책을 읽었다. 베른에게는 화려한 비약을 앞둔 수련기였다.

1857년에 베른은 두 아이가 딸린 젊은 과부 오노린과 결혼했다.

이 결혼에는 수수께끼 같은 부분이 많고, 그후의 생활에 대해서도 베른 자신은 거의 언급하시 않았다. 이윽고 아들도 태어나고, 겉보기에는 죽을 때까지 평온한 가정생활이 계속되지만, 여러 가지 점으로 보아 그에게는 여성과 결혼을 혐오하는 경향이 있었던 것 같다. 작품의 등장인물을 보아도 독신 남자가 압도적으로 많고, 여성 등장인물은 거의 판에 박힌 조역에 머물러 있다.

어쨌든 이 결혼으로 베른의 생활은 가정 밖에서도 크게 달라지게 되었다. '생계를 위해' 처남의 소개로 증권거래소에 취직한 것이다. 베른과 주식은 전혀 어울리지 않는 듯 보이지만, 19세기 후반부터 20세기 초까지 주식시장의 발전과 함께 투자는 대중적으로 널리 보급되어 있었고, 당시 문인들 중에도 주식에 관여한 사람이 많았다. 베른도 주식거래를 통해 과학기술과 산업의 발전 및 사회생활의 변화를 실감하고, 전 세계의 정보를 간접적으로 얻고 있었다. 그런 관점에서 생각하면 당시 문인과 주식의 관계는 재미있는 연구 과제가 될지도 모른다.

증권거래소에 드나들면서도 베른의 문학 활동은 계속되었다. 작품은 역시 가벼운 희곡이 중심이었지만, 〈가정박물관〉이라는 잡지가 그의 주된 활동 무대였다. 이 월간지는 가족용 교양오락잡지로서, 문학 이외에 과학이나 지리적 발견을 삽화와 함께 게재하고 있었다. 베른은 나중에 소설의 원형이나 소재가 될 만한 이야기를 이 잡지에 많이 발표했다.

1862년, 베른은 기구를 타고 아프리카를 탐험하는 이야기를 썼다. 기구는 당시 사람들의 관심을 모으고 있었고, 특히 유명한 사진작가이자 소설가 · 저널리스트 · 평론가 · 만화가로도 활약한 나다르(Nadar, 1820~1910)가 1863년에 기구 '거인호'로 실험 비행을 한 것은 엄청난 센세이션을 불러일으켰다. 베른과 나다르는 기구에 대한 열정을 계기로 의기투합하여 평생 친구가 되었지만, 나다르의 비행 계획은 유럽 전역에서 큰 반향을 얻은 반면 베른의 소설은 출판할 전망조차 보이지 않았다. 그는 원고를 들고 여기저기 출판사를 찾아다니는 형편이었다. 그 무렵, 베른의 생애에서 가장 중요한 만남이 이루어진다. 피에르 쥘 에첼(Pierre-Jules Hetzel, 1814~86)과의 만남이었다.

에첼은 단순한 출판업자가 아니었다. 직접 펜을 들고 많은 작품을 쓴 작가였고, 철저한 공화주의자로서 2월혁명 이후 수립된 임시정부에서는 각료급 요직을 맡기도 했다. 출판에서는 빅토르 위고나 조르주 상드 같은 위대한 낭만주의 작가들의 보급판 책을 펴내고 있었지만, 나폴레옹 3세의 제2제정이 시작되자 벨기에로 잠시 망명했다가 파리로 돌아온 뒤에는 아동도서 출판에 힘을 쏟게 된다. 당시 프랑스에서는 교회가 아동 교육을 지배하고 있었다. 프랑스의 미래는 교육에 달려 있다고 생각한 에첼은 젊은 두뇌가 시대에 뒤떨어진 교육에 묶여 있는 현실을 개탄하고, '재미있고 유익한 책', 특히 당시의 교회 교육에서는 무시되고 있던 유용한 과학 지식을 알기 쉽게 가르치는 서적을 출판하여 새 시대에 어울리는 아이들을 키우려고 한 것이다.

1862년 당시, 에첼은 청소년용 잡지인 〈교육과 오락〉을 창간할 계획을 세우고 집필자를 찾고 있었다. 따라서 두 사람의 만남은 양쪽에 결정적인 사건이 되었다. 에첼은 아직 다듬어지지 않은 베른의 원고를 읽고 그 재능을 간파하여 장기 계약을 제의했다. 베른은 물론 크게 기뻐하며 승낙하고, 이리하여 소설가 베른이 탄생하게 된 것이다.

베른의 원고는 에첼의 조언에 따라 수정된 뒤, 1863년에 《기구를 타고 5주간》이라는 제목으로 출판되어 대성공을 거두었다. 그후 풍부한 결실을 맺은 2인3각의 활동이 시작된다. 베른은 쌓여 있던 것을 토해내듯 차례로 작품을 써냈고, 그의 작품은 대부분 〈교육과 오락〉을 비롯한 잡지나 신문에 연재된 뒤 에첼의 출판사에서 단행본으로 간행되고, 다시 삽화를 넣은 선물용 호화장정본으로 재출간된다. 수많은 판화로 장식된 호화장정본은 당시 선물용으로 인기를 끌었을 뿐 아니라 지금도 애호가들이 군침을 흘리는 대상이고, 파리에는 '쥘 베른'이라는 전문 고서점까지 있을 정도다.

이리하여 '경이의 여행' 시리즈로 지금도 전 세계 독자들에게 사랑받고 있는 걸작들이 1년에 두세 권이라는 놀랄 만한 속도로 잇따라 태어났다. '알려져 있는 세계와 알려지지 않은 세계'라는 부제로도 알 수 있듯이 '경이의 여행'은 인간이 아직 발을 들여놓지 않은 미개지, 망망대해에 떠 있는 무인도로의 여행으로 끝나는 것은 아니다. 지구의 중심으로 들어가거나, 극지방으로 가거나, 공중으로 떠오르거나, 바다 밑바닥으로 내려가거나, 지구의 대기권을 뚫고 우주로 날아가는 등 웅장한 규모를 갖는 모험 여행이다. '경이의 여행'에는 지리학 · 천문학 · 동물학 · 식물학 · 고생물학 등 많은 정보와 지식이 들어 있기 때문에 '백과사전 여행'으로도 볼 수 있다. 또한 인간 형성의 통과의례가 아니라 유럽인의 근저에 숨어 있는 신화나 종교에 도달하기 위한 '통과의례 여행'이기도 하다.

'경이의 여행'은 요즘 말하는 SF의 선구이기도 했다. 실제로 잠수함, 포탄에 의한 우주여행, 비행기계, 입체 영상 장치, 움직이는 해상 도시 등 현실보다 앞선 작품 속에서 '발명'되거나 실용화된 기계와 장치도 많다. 그런 것이 등장하지 않는 경우에도 베른의 작품은 언제나 학문적인 지식이나 기술적인 정보를 많이 담고 있어서, 계몽적 과학소설의 면모를 갖추고 있다.

이런 작품들이 태어난 배경에는 물론 당시의 과학기술이나 산업의 발달, 그에 수반되는 세계의 확대, 정보량의 증가 등의 현상이 있다. 19세기 후반에는 전기를 중심으로 하는 온갖 발명과 발견이 잇따랐을 뿐 아니라, 철도와 기선이 눈부시게 발달했고 전신망이 전 세계로 뻗어갔으며, 증권거래소는 활기에 넘쳤고, 신문 발행 부수는 크게 늘어났다. 런던과 파리에서는 세계박람회가 열려, 최신 과학기술과 전 세계의 문물을 전시하여 사람들의 꿈을 자극했다. 인류는 지식을 통해 커다란 힘을 얻고 끝없이 진보할 거라고 당시 사람들은 믿었다. 베른은 그런 낙관적인 미래를 작품 속에 끌어들여 소년의 꿈과 결부시킨다. 그의 작품에 자주 등장하는 만물박사는 그런 세계에서의 이상적인 인물상이라고 할 수 있다.

물론 현대의 관점에서 보면 과학기술의 진보가 좋은 결과만 가져온 것은 아니다. 산업의 발달은 한편으로는 빈부격차와 생활환경 악화를 낳았고, 과학의 발달은 전쟁 기술의 진보를 가져왔다. 유럽인의 세계 진출은 인종차별과 결부된 식민지 지배가 되어, 이윽고 20세기에 일어난 두 차례의 세계대전으로 이어진다.

베른이 평화사상과 인도주의의 입장에 선 작가였다는 것은 작품에 묘사된 이상사회의 모습과 전쟁 비판, 노예제 폐지, 민족해방 등의 메시지를 보아도 분명하지만, 한편으로는 졸라나 디킨스와는 달리 현실의 사회적 모순에는 별로 눈을 돌리지 않았음도 인정해야 한다. 또한 그의 작품에 되풀이 묘사되는 탐험이나 건설의 꿈이 당시 제국주의적인 식민지 확대 경쟁과 보조를 맞춘 것도 부인할 수 없다. 휴머니즘을 호소하면서 식민지 지배를 긍정하는 것은 모

순된 태도지만, 당시 사람들에게는 그런 의식이 거의 없었다. 베른
도 미개지에 분명을 가져다주는 한 식민지 지배도 나쁘지 않다고
생각한 것 같다. 문학에 과학기술을 도입하고 소년 독자층을 개척
했다는 면만이 아니라 그런 면에서도 베른은 시류를 탄 작가, 또는
시류보다 한 걸음 앞서 나아간 작가였다고 말할 수 있다.

　1869년에 《해저 2만리》를 발표한 뒤, 1872년에는 전쟁(1870년
의 프랑스-프로이센 전쟁)과 혁명(1871년의 파리코뮌)으로 불안
정해진 파리를 떠나 아내의 고향인 아미앵으로 이주한다. 이 무렵
부터 그는 국민적, 아니 세계적인 명성을 얻게 되었다. 《80일간의
세계일주》 연재가 유럽과 미국의 독자들까지 들끓게 한 것을 비롯
하여 《신비의 섬》과 《황제의 밀사》 등이 차례로 베스트셀러가 되
었고, 연극으로 각색되어 대성공을 거두었다. 레지옹도뇌르 훈장,
아카데미 프랑세즈 문학상 등의 영예도 얻었고, 사교계에서도 인
기를 얻게 된다.

　하지만 만년에 가까워질수록 베른의 사상은 차츰 염세적인 색
채를 띠기 시작한다. 진보에 대한 의문, 미래에 대한 회의, 나아가
서는 인간에 대한 불신이 작품 속에 감돌게 된다. 물론 《해저 2만
리》의 네모 선장의 모습에서 볼 수 있듯이, 그의 작품에는 원래 수
수께끼 같은 어두운 정념이 숨어 있었다. 하지만 《카르파티아 성》
과 《깃발을 바라보며》 등 후기로 갈수록 회의적인 분위기가 짙어
지는 것도 분명하다.

　이런 작풍 변화에 대해서는 베른의 사생활에 일어난 불행이 영
향을 미쳤다는 설도 있다. 1886년 3월, 정신장애를 가진 조카의
총에 맞아 상처를 입었고, 그로부터 일주일 뒤에는 그의 문학적 아
버지라고 해야 할 에첼이 여행지인 몬테카를로에서 죽는다. 그의

시신은 파리로 운구되어 장례식이 치러지지만 베른은 참석하지 않았다. 에첼의 죽음은 베른에게 깊은 슬픔을 안겨주었을 뿐 아니라, 그의 몽상의 어두운 면을 억제하는 역할을 맡아온 인물이 없어진 것을 의미하기도 했다. 다시 이듬해에는 어머니가 세상을 떠난다. 부와 명예가 늘어나면서 세 번이나 바꾼 호화 요트도 처분하고, 그 후로는 여행도 떠나지 않게 되었다.

1888년에 그는 아미앵 시의회 의원에 당선되었다. 하지만 사생활에서는 인간혐오증이 더욱 심해져, 사교를 좋아하는 아내가 아무리 부탁해도 좀처럼 사람을 만나려 하지 않은 모양이다. 그런 가운데서도 창작에 대한 정열만은 결코 잃지 않았다. 백내장으로 말미암은 시력 저하와 싸우면서도 규칙적인 집필 생활을 계속하여 해마다 꾸준히 작품을 발표했다.

1905년, 전부터 앓고 있던 당뇨병이 악화했다. 증상이 시시각각 전 세계에 보도되는 가운데, 3월 24일 베른은 가족에게 둘러싸여 숨을 거둔다. 향년 77세. 장례식에는 수많은 사람들이 모여들었고, 전 세계에서 조사(弔詞)가 밀려들었다고 한다.

최근 유네스코(UNESCO)가 조사한 바에 따르면, 쥘 베른은 외국어로 가장 많이 번역된 작가 순위에서 다섯 손가락 안에 꼽히는 것으로 밝혀졌다.* 이처럼 그는 상당히 널리 알려져 있는 작가지만, 좀더 들여다보면 상당히 잘못 알려져 있는 작가이기도 하다.

---

* 유네스코에서 펴내는 《번역서 연감》(Index Translationum)에는 해마다 전 세계에서 새로 출간된 번역서의 총수가 실려 있다. 이 통계 조사가 실시되기 시작한 1948년 이래 쥘 베른은 'Top 10'의 자리를 벗어난 적이 없는데, 21세기에 들어선 이후에는 순위가 더욱 높아져 줄곧 3~5위를 차지하고 있다. 2008년 6월에 발표된 자료에 따르면 베른을 앞선 저자는 월트 디즈니사와 애거사 크리스티뿐이다.

많은 사람들이 베른을 아동용 판타지 작가로만 알고 있는데, 이렇게 된 데에는 나름 그만한 이유가 있다. 그가 성공을 거둔 것은 아동도서 출판업자와 손잡은 결과였고, 베른의 작품 중에는 아동도서 시장을 겨냥한 것도 여럿 있었다. 또한 그의 작품에 나오는 발명품들은 그것을 난생처음 접하는 19세기 독자들에게는 경탄할 만한 것이었지만, 과학 발전의 현실은 곧 그것을 능가해버렸기 때문에 그후의 세대에게는 시시하고 평범해 보였을 것이다.

하지만 이제 그는 더 이상 아동문학가로 여겨지지 않는다. 오히려 과학기술 전문 잡지가 그의 작품을 연구 분석하는 일이 점점 늘어나고 있다. 사실 베른만큼 독특하고 다양한 작품을 창작했거나 교양과 오락을 겸비한 소설을 쓴 작가는 거의 없었다.

이 고독하고 부지런하고 창의적인 작가가 불멸의 존재가 된 이유를 프랑스의 평론가인 장 셰노는 이렇게 설명하고 있다.

"쥘 베른과 '경이의 여행'이 아직도 살아 있다면, 그것은 그 작품들이 20세기가 피하지 못했고, 앞으로도 피하지 못할 문제들을 일찌감치 제기하고 있었기 때문이다."

2. 작품 해설

《인도 왕비의 유산》(Les Cinq Cents millions de la Bégum)은 《교육과 오락》잡지에 연재된(1879년 1~9월) 뒤, 레옹 브네의 삽화가 실린 단행본으로 출간되었다.

5억 프랑에 달하는 인도 왕비의 유산이 인격자인 프랑스 의사에게 굴러 들어오는 것이 이 작품의 발단이고, 뒤이어 이 유산은 공격적 인격을 가진 독일인 화학 교수에게도 상속권이 있는 것으로 밝혀져 똑같이 나누어진다.

이 막대한 유산은 새로운 도시 건설에 쓰인다. 미국 서해안, '사막에 둘러싸여 있고 성벽 같은 산맥으로 세상과 격리되어 있는 외딴 구석'에 두 개의 도시가 40킬로미터의 거리를 두고 세워지는 것이다. 하지만 두 도시의 풍경과 성격은 사뭇 대조적이다. 하나는 평화와 행복에 대한 인간의 꿈을 구현한 빛의 공동체 프랑스빌이고, 또 하나는 권력과 정복에 대한 인간의 꿈을 구현한 강철 도시 슈탈슈타트이다. 자유라고는 한 조각도 찾아볼 수 없는 어둠의 도시를 세워 무기 생산기지로 구축한 독일 예나 대학의 슐츠 교수는 인도주의적인 의학자 사라쟁 박사의 도시를 신병기로 공격하여 그 유토피아를 파괴하려고 한다.

이것은 선과 악의 대결이라는 양상이지만, 그와 동시에 프랑스 쪽에서 본 프랑스와 독일의 대결이기도 하다. 이 소설이 프로이센-프랑스 전쟁(프로이센의 지도 하에 통일 독일을 이룩하려는 비스마르크의 정책과 그것을 저지하려는 나폴레옹 3세의 정책이 충돌해 일어났다. 1870년 7월 19일 프랑스의 선전포고로 시작되었으나 전황은 독일군이 압도적으로 우세하여, 1871년 2월에는 파리가 함락되었고, 5월에 체결된 강화조약에 따라 알자스-로렌 지방 대부분이 독일에 할양되었다) 이후 독일과 프랑스의 민족간 감정을 배경으로 삼고 있는 것은 분명하다. 알자스 태생의 프랑스 청년 마르셀 브뤼크망은 그런 의미에서 매우 상징적인 인물이다.

실제로 쥘 베른의 애국심은 대단했던 것 같다. 《해저 2만리》에서도 조국 프랑스와 프랑스인에 대한 뜨거운 애정을 피력하고 있지만, 《인도 왕비의 유산》에 나타나 있는 독일에 대한 증오심도 상당히 격렬하다. 프로이센-프랑스 전쟁이 일어난 것은 1870년이고 이 작품이 씌어진 것은 1879년이니까, 전쟁에서 패배한 사실에 대해 베른은 통절한 감정을 품고 있었을 것이다. '알자스 젊은이' 마르셀의 활약과 복수는 결국 베른 자신의 한풀이나 다름없다.

프랑스 쪽에서 본 게르만족이나 독일인의 개념이 반세기 뒤인 2차세계대전 무렵과 별 차이가 없다는 것도 인상적이다. 그것은 비슷한 정치 상황이 돌아왔기 때문이기도 할 것이고, 역사적·지리적으로 보아도 민족과 민족, 국가와 국가의 관계는 간단히 변하지 않기 때문이기도 할 것이다. 또한 각 민족과 국가도 그런 관계 속에서 같은 성질을 계속 유지하는 탓도 있다. 거기에 날카롭게 핵심을 꿰뚫어본 베른의 뛰어난 통찰력이 작용했을 것이다.

양대 세력의 대립 체제가 무너진 뒤, 전부터 존재했지만 억제되고 있었던 민족간 감정이 해방되어 겉으로 나타나기 시작했다. 그것이 때로는 유혈까지 동반하는 분쟁이 되어 여기저기서 문제가 되고 있다. 19세기 후반 프랑스와 독일 사이에 존재한 민족간 감정의 리얼리티는 섬뜩할 정도지만, 그 실체에 대해서는 베른만이 아니라 프랑스인과 다른 유럽인들도 분명 느꼈을 것이고, EU(유럽연합) 체제가 확립된 지금도 이런 감정은 간단히 사라지지 않을 것이다.

악의 화신이라고 해야 할 슐츠 교수는 무고한 프랑스빌을 공격하는 불합리한 존재로 묘사되어 있다. 공격 이유는 생존경쟁을 적극적으로 진행한다는 것이다. 아무 해도 끼치지 않는 프랑스빌을 왜 공격하려고 하느냐는 마르셀의 질문에 슐츠 교수는 이렇게 대답한다.

"정의, 선악 따위는 순전히 상대적이고 편의적인 것이다. 절대적인 것은 자연 법칙 안에만 있다. 생존경쟁의 법칙은 중력의 법칙과 같은 가치가 있다. 거기에 거역하는 것은 어리석은 짓이다. 거기에 적응하고 그 법칙이 지시하는 방향으로 행동하는 것이야말로 이성적이고 현명한 방식이다. 그래서 나는 사라쟁 박사의 도시를 파괴하려는 것이다."

독일에 대한 이런 인식은 편견일 것이다. 하지만 터무니없다고 말할 수만은 없지 않을까. 반세기 뒤에 출현한 히틀러가 게르만족의 우수성을 주장하고, 그 휘하의 과학자들이 인간의 진화를 우생학적으로 적극 통제하려 한 것은 베른이 묘사한 독일인의 사상과 무관하지 않다는 생각도 들고, 그런 사고방식에는 오랫동안 존속해온 무슨 근거 같은 것이 있었던 게 아닐까 하는 생각도 든다. 어쨌든 민족의식과 민족간 감정은 속이 깊고, 목을 들이밀기가 두려운 영역이다.

미래 전쟁이라지만, 원자력도 발견되기 전인 19세기 말이면 어떤 신병기도 목가적이다. 포탄이 지구 대기권을 탈출하는 속도에는 이르지 못했지만 낙하할 수도 없는 속도를 얻었기 때문에 인공위성이 되어버린다는 것, 슐츠 교수가 액체 이산화탄소가 기화할 때 흡수하는 기화열 때문에 얼어 죽는다는 것도 당시로서는 참신한 발상이었을 것이다.

"쥘 베른은 몇 가지 주목할 만한 예견을 했다"고 H. G. 웰스는 말했다. 베른의 상상력은 이 작품에서 절정에 이르러 민주주의와 전체주의, 과학기술과 예술의 갈등에 따르는 20세기, 21세기의 문제를 예견하고 있다. 그 예견들은 물론 사실에 근거를 두고 있다. 이 작품의 근거는 프로이센-프랑스 전쟁이었다. 이 전쟁은 독일 군국주의의 위험을 베른에게 확신시켰을 뿐만 아니라, 전쟁이 기계화되면 어떻게 되는지를 깨닫게 해주었다. 동시에 그는 과학과 발명의 잠재적 가능성도 깨달았고, 도시 계획에 열렬한 관심을 갖게 되었다.

쥘 베른은 아마 인공위성 발사를 처음으로 상상한 사람이었을 것이다. 인공위성은 베른이 보여주었듯이 결국 전쟁 무기가 될지도 모른다. 베른은 또한 가스탄과 소이탄을 멀리 쏘아 보내는 장거리 포격의 위험을 예견했다. 대규모 대피 계획과 민방위대 편성으로 그 위험을 중화하려는 시도는 소방 장비를 제공했다.

그는 그런 무기보다 세계를 지배하려는 독일 군국주의의 시도, 국민의 생활을 엄격하게 규제하고 정치 경찰이 횡행하는 전체주의 국가의 등장을 훨씬 더 불안하게 생각했다. 여기서 슐츠 교수를 묘사한 삽화가 콧수염을 없앤 비스마르크와 비슷한 것은 의미심장하다.

도시 계획에서도 쥘 베른은 근대의 도시 설계를 앞질렀다. 프랑스빌은 금속 주조용으로 개조할 수 있는 '용광로'에 연소의 부산물을 이용함으로써, 연기가 전혀 나오지 않는 근대의 무연지대를 능가하고 있다. 하지만 도시 계획자 자신들에게는 아무리 합리적으로 여겨지는 조건이라도 거기에 순응해야 하는 사람들에게는 성가신 조건이 있는 법이다. 도시 계획자들은 흔히 이런 조건을 부과하고 싶어하는 경향을 보이고, 베른도 예외는 아니다. 강철 도시의 탄광에서도 어린 가을은 박쥐들과 함께 놀고 쥐를 길들이고 그에게 코를 비비는 늙은 말을 돌보지만, 프랑스빌의 창설자들이 시민들에게 애완동물 사육을 허용하리라고는 상상하기 어렵다.

하지만 이 책은 작가의 인도주의적 태도를 분명히 보여준다. 그는 독일인들이 프랑스인을 학살하는 것을 바라지 않았듯이 프랑스인들이 독일인을 죽이는 것도 바라지 않았다. 프랑스를 정복한 자들에 대한 그의 태도는 사라쟁 박사의 말—"그들은 보기 드문 재능을 왜 같은 인류를 위해 쓰지 않았을까?"—에 절실하게 표현되어 있다.

본문 속의 삽화는 레옹 브네(Leon Benett, 1839~1916)가 판화로 제작한 것이다. 그는 '경이의 여행' 시리즈를 위해 피에르 쥘 에첼이 동원한 삽화가의 한 사람으로, 《80일간의 세계일주》《15소년 표류기》《카르파티아 성》등의 삽화를 맡아 제작했다. 쥘 베른의 작품에 실린 그의 에칭 삽화만 해도 무려 1,500점이 넘는다.

이 작품은 우리나라 번역문학 및 과학소설의 역사와도 밀접한 관계가 있다. 개화기에 이인직(李人稙)과 더불어 '신소설'의 대표 작가였던 이해조(李海潮, 1869~1927)는 1908년에 《철세계(鐵世界)》라는 번안소설을 내놓았는데, 사실상 국내 최초의 SF인 이 작품의 원작은 바로 쥘 베른의 《인도 왕비의 유산》이다. 당시 언론계에 종사하면서 30여 편의 신소설을 발표한 이해조는 자신의 작품을 통해 계몽사상을 널리 전파하려는 의도를 가지고 있었고, 《철세계》를 번안해낸 것도 같은 맥락에서 이해할 수 있다.

서구에서조차 SF의 개념이 제대로 확립되지 않은 시기에 쥘 베른의 작품이 이 땅에 소개되었다는 사실은 적어도 우리나라의 SF 문학이 그 출발에서만큼은 그다지 뒤진 편이 아니었다는 얘기가 된다. 그럼에도 우리나라에서 SF나 판타지, 추리소설 같은 장

르문학이 제대로 성장하지 못한 것은 시대적 여건이라는 이유도 있을 테지만, 문학적 엄숙주의에 희생된 측면도 무시하지 못할 것이다. 쥘 베른이야말로 그 대표적인 희생자가 아닐까 싶다. 그의 문학적 위상이 '쥘 베른 걸작선'을 통해서나마 제대로 복원되기를 바란다.

인도 왕비의 유산

1판 1쇄 인쇄 2005년 3월 11일
개정판 1쇄 발행 2009년 1월 27일
개정판 2쇄 발행 2020년 3월 10일

지은이 쥘 베른
옮긴이 김석희
펴낸이 정중모
펴낸곳 도서출판 열림원
출판등록 1980년 5월 19일(제406-2000-000204호)
주소 경기도 파주시 회동길 152
전화 031-955-0700
팩스 031-955-0661
홈페이지 www.yolimwon.com
이메일 editor@yolimwon.com

ISBN 978-89-7063-617-7 04860
ISBN 978-89-7063-326-8 (세트)